Mientras vivimos

Autores Españoles e Iberoamericanos

Esta novela obtuvo el Premio Planeta 2000,
concedido por el siguiente jurado:
Alberto Blecua, Pere Gimferrer,
Carmen Posadas, Antonio Prieto, Carlos Pujol,
Zoé Valdés y Manuel Vázquez Montalbán.

Maruja Torres

Mientras vivimos

Premio Planeta
2000

Planeta

© Maruja Torres, 2000

© Editorial Planeta, S. A., 2001
  Còrsega, 273-279, 08008 Barcelona (España)

Diseño de la colección: Silvia Antem y Helena Rosa-Trias

Ilustración de la sobrecubierta: «Le Petit Soldat» de Jean-Luc Godard
  (1963). © 1960, Studiocanal Image (foto BiFi)

Primera edición: noviembre de 2000
Segunda edición: noviembre de 2000
Tercera edición: diciembre de 2000
Cuarta edición: enero de 2001

Depósito Legal: B. 867-2001

ISBN 84-08-03642-4

Composición: Foto Informàtica, S. A.

Impresión y encuadernación: Cayfosa-Quebecor, Industria Gráfica

Printed in Spain - Impreso en España

Otras ediciones:
Especial para Planeta Crédito
1.ª edición: noviembre de 2000
Especial para Club Planeta
1.ª edición: noviembre de 2000
Especial para Grandes Clientes
1.ª edición: noviembre de 2000

Para Ana M.ª y Terenci Moix
por la amistad compartida

REGINA

1

Hoy es el principio de su vida. Por primera vez, alguien la espera.

Judit no ha nacido para lucir ropa barata. Nunca será sorprendida en los probadores de Zara, embutiéndose en un sinfín de prendas, ni la veremos competir con una multitud de chicas de su edad en las rebajas de unos grandes almacenes. Judit posee el don o la condena del desprecio por lo falso. No quiere, si no puede. Por eso no se viste: se disfraza. Porque no se conforma con menos que lo auténtico y, como carece de todo, se lo inventa. De esa privación absoluta nace su fuerza, se alimenta su fe. Su fe, que aprieta entre los dientes hasta que el frío prematuro de un noviembre que parece enero le taladra las encías. Es la mañana de Todos los Santos, y Judit va al encuentro de Regina Dalmau.

Se aleja calle abajo tan de prisa como puede, dejando atrás bloques de viviendas de los que siempre teme no saber salir, quedarse convertida en herrumbre o en una mancha del techo, un elemento más en la asimetría de los edificios que se apiñan en lo alto de la cuesta y que parecen apoyarse unos en otros para protegerse de la degradación. Pasa ante varias pintadas. Sus vecinos están siempre en combate: contra lo que consideran injusto, contra la autoridad, contra las guerras que se libran en lejanos países que sólo conocen por los telediarios... A Judit le basta consigo misma.

Al final de la calle tuerce a la derecha, sobrepasa el mercado y cruza la calzada en dirección al paseo. Camina bajo las palmeras y los plátanos, sortea la estación del metro, una conquista de la unidad vecinal, al igual que el techado metálico que sirve de cobijo a los viejos, y el parque infantil. Junto con los escasos espacios verdes y pasos elevados que han sustituido los cruces antaño peligrosos, el paseo, pletórico de pequeños comercios, constituye uno de los orgullos del barrio. Para Judit, en cambio, representa la cruda constatación de sus barreras. Aquí podría desarrollarse su futuro, en el irrelevante hormigueo de una clase media que pretende convertir el suburbio en remedo de la verdadera ciudad.

Si se lo preguntaran en televisión, en uno de esos concursos para ganar millones que le producen vergüenza ajena, podría recitar de memoria los escaparates que se alinean a ambos lados de la rambla. Agencias inmobiliarias, tiendas de telefonía, electrónica, alquiler de vídeos, material de oficina, fotocopias y servicio de fax; las viejas mercerías y bodegas son ahora comercios de indumentaria deportiva y aparatos gimnásticos, y estudios de *tattoo* y de *piercing*; las perfumerías han sido ampliadas para albergar vitrinas dedicadas a marcas extranjeras e incluso salones de depilación, masajes y aplicación de uñas postizas, y gabinetes de bronceado con rayos ultravioletas; los almacenes de confección se han trocado en *boutiques* de ingenuas pretensiones, que surten a la gente del barrio y exhiben nombres como Melany's o Bibiana's; y lo que antes fueron establecimientos que proporcionaban al vecindario muebles baratos pagaderos a plazos, hoy incluyen la asesoría de un decorador de interiores dentro de esa compra de todo lo necesario para su hogar, *financiable* en términos a convenir. La única taberna antigua que queda, en una casa de una sola planta con un parral en la azotea, morirá cuando lo haga la clientela que tiene más o menos su misma edad y que aún le es fiel; abundan los restaurantes de comidas rápidas.

Cómo odia Judit este paisaje, que podría describir al detalle con los ojos cerrados. Lo ha recorrido en busca de trabajo, con la secreta esperanza de no obtenerlo. Ha sido empaquetadora de regalos en Navidad, vendedora a domicilio de pólizas de seguros, ha cuidado niños en una guardería, ha intentado hacerse experta en informática y ha enseñado pisos por cuenta de una agencia. Se vanagloria de haber fracasado en todos estos intentos y por eso hoy avanza por el paseo, sin mirar a los lados, empujada por su odio a cuanto la rodea desde que tiene memoria. Rocío, su madre, y Paco, su hermano mayor, no han penetrado nunca en sus pensamientos, no pueden entender su rechazo, no la conocen. Y la entenderían aún menos si la conocieran bien. Ella tampoco comprende su conformismo, la dicha que les produce ser quienes son, hacer lo que hacen y estar donde están.

Judit se mantiene equidistante entre ambos como si estuviera aprisionada dentro de un iceberg. Paco hace el amor con Inés, su novia, en la habitación que ha ocupado desde niño; ambos trabajan como enfermeros en el mismo hospital público, y ahorran para pagar la entrada del piso y solicitar la hipoteca que les permitirá, si conservan sus empleos, casarse antes de cumplir los treinta y quedarse cerca de sus respectivas familias; el suyo es un porvenir sin complicaciones, sin aspiraciones que no puedan realizar. Por su parte, Rocío ha ido saltando de un desengaño a otro, en su lucha obrera, sin perder sus creencias ni sus ganas de conseguir un mundo más justo; tiene amigos que son como

11

ella, tiene su ateneo popular, sus reuniones, su vermut de los domingos, su solidaridad, su historia. Judit carece de futuro y de pasado.

Cuando consigue trabajo, una de esas ocupaciones eventuales que tanto tiempo le hacen perder, Judit apenas embrida la irritación que le provocan las muchachas que, como ella, tienen veinte años, incluso menos, y que todas las mañanas se dirigen, pálidas y banales, a sus puestos de oficinistas, vendedoras, encuestadoras o lo que sea, vestidas con adocenadas faldas cortas y diminutos jerséis que les dejan el ombligo a la vista incluso en invierno, cargadas con mochilas y subidas en zapatones que las llevan hacia su destino a paso de res. Judit, entre otras cosas, no les perdona que hayan trivializado el negro, que para ella es el único color que no miente y que le permite disfrazarse mientras sueña con vestirse como la mujer que le gustaría ser.

Judit, cuando algunos domingos va a la ciudad real, de la que su barrio no es más que una excrecencia, practica la costumbre de husmear en las casetas de libros viejos del mercado de Sant Antoni, en busca de buena literatura a bajo precio. Allí se enamora de añejas revistas femeninas y consigue que los vendedores se las regalen; esos *Lecturas* y *Garbo* bicolores con estilizados diseños de Balenciaga, de Pertegaz, de Pedro Rodríguez, con dibujos de mujeres etéreas, trazadas con la extrema delicadeza de contornos que sólo una pluma afilada y sumergida en tinta es capaz de sugerir. Como no tiene dinero para copiar esos modelos —ni siquiera podría comprar en Zara, en el caso de que le gustara hacerlo—, se empecina en su disfraz, en su máscara, desde que se levanta hasta que se acuesta, día tras día. No siempre con las mismas prendas, cuestión de higiene; pero sí muy parecidas, cuestión de estilo.

De pies a cabeza, Judit es una pincelada en negro, color

devaluado por la insistencia de sus coetáneas en lucirlo de cualquier manera, y que ella intenta ennoblecer con sus rarezas. Mientras aguarda el autobús cerca de la plaza y contempla la estatua desnuda del monumento a la Primera República («Las repúblicas siempre van en pelotas y las monarquías con capa de armiño», suele comentar su madre), tiene dudas acerca de su extravagante uniforme, y se pregunta si no la confundirán con una viuda reciente, o una huérfana, una más entre los muchos deudos que hoy se disponen a rastrear en los cementerios hasta dar con tumbas de parientes a los que honrar. No hay peligro, se tranquiliza. ¿Qué clase de viuda o huérfana se dirigiría al camposanto sujetando contra su pecho una abultada carpeta escolar, en vez de un ramo de crisantemos?

Si la oyéramos hablar, mucho más sorprendente que su aspecto nos parecería su voz honda y abrupta: como la voz de un visitante que sabe más de lo que cuenta y habla poco para ocultar lo que sabe. Su voz marca distancias y la defiende, tanto como su aspecto, en su solitaria contienda por abrir una grieta en el iceberg.

La mañana tiene un carácter sagrado, fundacional, y Judit la ha hecho suya al saltar de la cama. Ha dormido muy poco, como siempre, pero no por las razones que habitualmente la exaltan, sino por la turbación que siente desde que Regina Dalmau la ha citado en su casa y le ha devuelto la fe en los milagros. Desde que cree que puede derribar las barreras.

Saltar de la cama llena de expectativas y correr hacia el cuarto de baño con los pies desnudos: como en los anuncios de calefacción que ponen por la tele pero en versión ínfima. En su casa sólo disponen de un par de estufas eléctricas que encienden cuando no hay más remedio, y Judit se ha acostumbrado, desde pequeña, a vivir con el soplo húmedo que atraviesa el frágil armazón de los bloques trayendo consigo un agreste perfume a romero y caucho quemado, el olor de la montaña y los deshechos urbanos. Detrás del barrio, de los edificios escalonados sin gracia en una de las vertientes nororientales de la sierra de Collserola, surge el antiguo torreón a cuyo amparo transcurrieron muchas meriendas de su infancia. Todos los días, mientras se cepilla los dientes, Judit siente en la nuca el paisaje de matorrales que hay detrás y que se difumina hacia la comarca interior, tierra desconocida, con otros núcleos urbanos de los que prescinde porque ella se proyecta en dirección contraria, hacia la ciudad prometida que existe lejos del piso de sesenta metros cuadrados, más allá de la cruda realidad que aparece ante sus ojos cada vez que recoge la ropa del tendedero.

Si su madre tiene el piso y el barrio mitificados, que le aproveche, piensa Judit, que ha crecido moviéndose con cautela entre la cuidadosa distribución de muebles y enseres emplazados con exactitud para mayor aprovechamiento del exiguo espacio. Una proeza, repite Rocío cada vez que se le ocurre colocar un nuevo artilugio plegable o encajar una repisa, una hazaña más de la clase obrera, porque es lo que somos, obreros, y a mucha honra. Rocío está siempre en pugna, año tras año, por la salubridad del polígono, por la demolición de la planta asfáltica, por un pedazo de zona verde, por un mercado, por un colegio público, por una guardería...

Hoy, Judit ha sentido en los pies desnudos el goce de las losetas frías y, ya en la ducha, no se ha fijado en los cachivaches que todos los días ofenden su buen gusto, como los tres recipientes de plástico adosados a la pared (colocados por su hermano, heredero del fanatismo materno por el bricolaje) que contienen gel blanco perla, champú verde pistacho y crema suavizante color cereza, y que huelen a ambientador barato. Ha pasado por alto incluso las bolsas de tela con múltiples bolsillos que Rocío usa para guardarlo todo, a falta de sitio para armarios, y los colgadores en los que se apretujan batas, toallas y gorros de plástico.

En su propio dormitorio apenas hay espacio para la cama turca, una librería de conglomerado tan atiborrada de libros que se desmoronó hace pocos días (Paco ha tenido que apuntalar los estantes con ladrillos: «Mira que si llegas a morir aplastada por el peso de la cultura», le ha dicho, aunque sin burlarse; en su casa, eso sí, se respetan los libros) y la mesita de noche donde Judit guarda las muestras de perfumes que a veces le regalan y que gasta con tanto placer como tacañería. Se ha sentado en la cama, vestida, maquillada y perfumada, sintiendo la sensual caricia de una intimidad poco frecuente; Rocío ha salido temprano, disparada hacia el ateneo para ayudar en los preparativos de una nueva fiesta solidaria por otro desdichado país africano, y Paco duerme en su habitación, reponiéndose de una noche de guardia en el hospital, prolongando en el descanso el aire de adolescente eterno que lo hace disfrutar de cada uno de sus días.

Ha sido entonces, antes de salir, cuando se ha preguntado si podía permitirse llevar consigo algunos de sus escritos, para someterlos al juicio de Regina. No los cuadernos de anotaciones diarias que, por vergüenza, nunca le enseñará; quizá alguno de sus cuentos, aquellos de los que se siente más orgullosa. Ha optado por dejarlo para una próxima ocasión, para cuando la misma Regina Dalmau se lo pida, cosa que ocurrirá pronto, sobre eso no alberga la menor duda. Hoy sólo lleva consigo una carpeta con las mejores piezas de la valiosa colección de recortes que tiene como tema central a la mujer que, desde hace años, es su guía y su estrella.

Tal como la vemos, con el pelo corto engominado hacia atrás y un abrigo estrecho del que apenas asoman las puntas de unos botines de charol, el cutis muy pálido y el rostro anguloso, parece mayor, y cierta parte de ella lo es, aunque no la que luce como único trazo de vivacidad el rojo escarlata de sus labios y el esmalte de uñas que se advierte bajo el calado de mantilla de los guantes. No, los síntomas de lo que podría ser una madurez verdadera, la plenitud de una conducta regida por el buen juicio, se esconden en los pliegues de lo que Judit no muestra: es una amarga mezcla de decepción y esperanza. Los descalabros que ha sufrido cada vez que ha intentado complacer a los demás (responder a los intentos de su madre para que colabore en la labor social del ateneo, aceptar la ayuda de su hermano para seguir, sin éxito, este o aquel cursillo) le han dejado un regusto de floración abortada, y en esas ocasiones en que ha cedido, en que no ha ido a su aire, se ha sentido como una atleta obligada a correr con un esguince; o lo que es peor —porque es la verdad que se niega a aceptar—, como una joven de veinte años que tiene que lanzarse hacia adelante y que, paralizada, ve cómo su porvenir se convierte en pasado sin dejar de amenazarla.

Tanto como el disfrute de un bienestar que no figura en su mapa genético, añora lo que existió de lujoso lejos de ella y antes de su nacimiento, cierta noción de elegancia que sólo conoce de oídas, y por eso su disfraz (incluidos la falda larga y ceñida y el suéter ajustado, ocultos por el abrigo), que supone rebosante de clase, es sobre todo anacrónico: entre existencialista francesa y vampira de película mexicana. Quizá también viste así porque detesta que su madre, que pronto cumplirá los cincuenta, siga engalanándose como una jovencita. Rocío es infatigable; empleada en la cocina del aeropuerto, costurera y planchadora a ratos, militante vecinal (su actividad, piensa Judit, es el modo en que se manifiesta su resignación), siempre acortando y adornando la ropa usada que le regalan para adaptarla a su optimismo de patio sevillano. No lo reconocerá nunca, pero cuando Judit revuelve en las tiendas de segunda mano en busca de piezas para combinar con clase, no se diferencia gran cosa de la progenitora que aprovecha sobras ajenas.

El motor que la empuja es la ambición. No una ambición cualquiera, el ansia genérica de dinero, fama y poder que en algún momento nos conmociona a todos, sino la ambición muy concreta de ser alguien dotado de una singularidad tal que borre para siempre el lugar de donde procede y la herencia de su sangre. Quiere reinventarse, o mejor podríamos decir que quiere reencarnarse, y lo relevante de su determinación es que sabe en quién e intuye el cómo, y sólo el tiempo que transcurrirá hasta que lo consiga ocupa la mínima parcela de su pensamiento dedicada a la duda.

Si Judit fuera una muchacha simple querría haber nacido bonita para vivir sin tener que empujar puertas ni idear estrategias, sin otro anhelo que el de ir aceptando las mieles sucesivas que se le irían ofreciendo por encarnar la fantasía de los demás. La belleza, si va a favor de la corriente, es lo opuesto del esguince en el atleta: te hace volar.

Como no es simple, Judit sabe, en primer lugar, que no es bella, al menos no a la manera de Conxita Martínez, la más guapa del barrio, que en menos de un año pasó de un modesto estudio de la radio local a presentar un programa matinal de la televisión autonómica, y que en la actualidad conduce un magacín diario de máxima audiencia a la hora de la sobremesa. También sabe que es mucho más importante ser entrevistada que entrevistadora: salir en todas las televisiones, en todas las radios, en todos los periódicos. Ser admirada, amada por quien no te conoce. Y más aún: ser creída. Tal como Judit cree en la mujer con quien tiene una cita.

Regina Dalmau ha sido elegida por ella, recortada, pegada en blancas hojas de papel. Ha sido leída, observada a distancia, como se observa hoy en día a quien existe públicamente, en la creencia de que todo su ser participa de la exhibición, de que no hay parcela privada, por recóndita que sea, que resista a la contemplación de los otros. Ha sido ordenada, catalogada, ungida. Quién es, qué hace, cómo viste, cómo habla, cómo piensa, cómo ríe: el resultado está ahí, en la carpeta escolar que aprieta bajo el brazo. Algún día Judit será como ella.

El 73 tarda en aparecer. Puede que tenga suerte y el autobús llegue vacío, y que nadie suba al vehículo en lo que queda de recorrido hasta la parada final, en la plaza de la Bonanova. Así, Judit avanzará sin obstáculos ni testigos, sin interrupciones, y no será un mero autobús este 73 que en sus peores días utiliza como un vicio secreto; será una nave, una flecha surgida de la nada para conducirla al inicio luminoso de su vida a través de lo que ella llama la zona muerta. Si su madre o, mucho peor, su hermano Paco, supieran cómo pierde el tiempo (en su opinión, que Judit, por supuesto, no comparte) cada vez que escapa a su otro mundo, cómo merodea por el paseo de Sant Gervasi, cómo se entretiene en la plaza, antes de caminar por Muntaner fijándose en cada uno de los signos distintivos de esa otra ciudad a la que aspira. Si pudieran adivinar cuán lejos se pierde en esa región, cómo huye del rincón venidero que los suyos creen tenerle asignado.

Los vecinos de su barrio disponen, desde hace unos años y gracias a otra de las batallas colectivas en las que Rocío participó con entusiasmo, de suficientes medios de transporte para trasladarse con rapidez a lo que todos llaman *la ciudad*; pero sólo existe una ruta, larga y sinuosa, para llegar a los antípodas. Un sociólogo amigo de Rocío, que frecuenta el ateneo, dice que el 73 realiza la travesía más intersocial de Barcelona, pero Judit no ha necesitado estudiar, sólo fijarse, para saber que cada vez que lo toma es como si saliera de una película de Ken Loach para ir a parar a otra con Tom Hanks y Meg Ryan. Nunca le ha dicho a nadie que los días en que desaparece de casa con la excusa de salir a buscar trabajo, o fingiendo que lo tiene, en realidad se mete en el 73 para ir a la ciudad de arquitectura rebuscada, verjas y jardines pomposos, comercios caros y escaparates de lujo. La ciudad a la que le gustaría pertenecer.

El autobús llega, por fin, resoplando. Judit sube. Está casi vacío. Dos muchachas mulatas, sentadas en una de las últimas filas, ríen y cotorrean en un castellano pastoso. El conductor tiene un periódico deportivo doblado sobre los muslos. Otro que tampoco quiere estar aquí, piensa Judit.

La zona muerta. Judit nunca ha salido al extranjero, pero imagina que ciertas fronteras no son como una línea que se atraviesa después de cubrir los trámites necesarios, sino que constituyen una peregrinación agónica similar a la que ella realiza por esta pista serpenteante, salpicada de plazas que son como coladeros, o como nudos, y a cuyos lados no existe lugar donde guarecerse. La gente que sube al autobús parece brotar de la nada, y es engullida por la nada al bajar, porque más allá del asfalto y de las raras combinaciones de mobiliario urbano que forman lo que no es más que una arteria habilitada para que los vehículos circulen con rapidez de un punto a otro (pueden llamarla paseo pero sólo es un caño de aire), no hay referencia viva a la que asirse, no hay tiendas, ni bares ni estancos ni bancos o cajas de ahorros, sólo algo intangible que transmite, por ausencia, la idea de un ordenamiento superior en el que todo cuanto es individual se diluye.

A la derecha se extienden, durante kilómetros, ambulatorios y hospitales (su hermano trabaja en uno de ellos), instituciones públicas para ancianos, algún complejo deportivo oculto a la vista por una repentina barrera de apretados cipreses, terrenos todavía agrestes y nuevos bloques a medio edificar, con sus grúas gigantescas. Judit imagina que los edificios hospitalarios y geriátricos son como enormes cajas de herramientas bien dispuestas, cada llave inglesa en su lugar, ni una sierra ni una tenaza ni un martillo fuera de su sitio, y que la gente, los destinatarios pasivos de semejante organización, se amontonan como tornillos en los compartimentos que les han sido adjudicados. Al otro lado, a su izquierda, en la mitad inferior de los cerros que coronan la ciudad, partidos sin remedio por la pista, Barcelona se despeña y se amansa, se une y apretuja hasta el mar. Hay otro mundo ahí pero, desde el autobús, Judit no puede verlo.

Nunca vuelve a casa en el 73. Lo hace en metro, y es el viaje subterráneo, clandestino como la confesión de un fracaso, lo único que le permite regresar. Si tuviera que volver en la misma línea de autobús, al descubierto, no podría resistirlo. No podría pasar de largo la Bonanova y la plaza de J. F. Kennedy y enfrentarse con las manos vacías a la árida perspectiva de cemento, barandillas metálicas y pasos elevados, ni bordear la plaza de Karl Marx, con sus inútiles parterres idílicos a los que los peatones no pueden acceder salvo que se jueguen el físico sorteando coches, lo cual, en palabras de su madre, Rocío, constituye una parábola perfecta de la revolución.

No, no es capaz de utilizar el 73 para recorrer la zona muerta en sentido inverso, sometida a la tortura de contemplar lo que pierde a medida que avanza, masticando la derrota de verse depositada de nuevo, como un madero en la playa, ante la estatua de la Primera República.

En el autobús, esta mañana de Todos los Santos, Judit disfruta del itinerario que la aleja del barrio. Conforme se aproxima a su meta, puede ver que la mole del Tibidabo se desplaza en el horizonte, como si el mundo estuviera dando la vuelta para ofrecerle el acceso adecuado. El 73 es una burbuja que pugna por salir de la exclusión y cuando, por fin, se detiene en la plaza de la Bonanova, Judit desciende del vehículo como si bajara del avión que la devuelve a la patria añorada. Aquí todo es lo que parece, como en su barrio, pero en su extremo opuesto. El buen paisaje es el indicio de la buena vida.

Muy cerca, por primera vez, alguien importante la está esperando.

2

«Las más elevadas metas que puede alcanzar una mujer son aquellas que conquista partiendo de la nada», dijiste en una entrevista. Recuerdo con exactitud tus palabras porque las anoté en uno de mis cuadernos.

Tengo muchos cuadernos, Regina. Cuadernos-ayer, repletos de balbuceos adolescentes. Cuadernos-mañana, en los que he tratado de imaginar, hasta quedar exhausta, qué va a ser de mí, de mis afanes. Navego por un río de palabras que ignoro adónde me conduce. Y no tengo nada más: palabras. También dijiste que de nada le sirve al escritor su talento si no practica sin piedad, si no se esfuerza por encontrar su estilo, si no posee una visión del mundo que quiere levantar con sus palabras. Si eso es cierto, hace años que me preparo para alcanzar lo que deseo. Pero todo lo que es interesante ocurre lejos de mí.

Éste es mi primer cuaderno-hoy, que he empezado a escribir desde que sé que me estás esperando. Nunca lo leerás; tampoco los otros. Mis cuadernos son el borrador de mí misma. He garabateado en ellos lo que aspiro a ser, una página tras otra. Poco a poco, las líneas se han tornado firmes y, de las largas parrafadas que me han consumido más tiempo que el vivir, surge esta Judit que tienes cada día más cerca. Soy letra, soy papel. Carezco de experiencia. Soy lo que quieras que sea.

Cuando era pequeña, antes de empezar con los cuadernos, inventaba historias para paliar la ausencia de acontecimientos reales. Tenía, tengo, la capacidad de inventar relatos, cuya duración adapto al tiempo de que dispongo para soñarlos. Es decir, al tiempo en que puedo estar a solas conmigo misma, porque cuando los demás se inmiscuyen con sus propias historias, que no me interesan, me bloqueo y actúo como una autómata, mientras aguardo el momento en que se iniciará una nueva tregua, un nuevo lapso que me permitirá entregarme a mis ensoñaciones.

Te decía que, de niña, empecé a inventar cuentos. Iba de casa a la panadería, y para ese trayecto mínimo, de seis minutos a paso lento, tenía una escena concreta: yo, en la calle, perdida, miserable, viendo pasar a una multitud sin encontrar un rostro conocido. Me recreaba en el cuadro de mi desgracia y lo completaba con descripciones y con algún pequeño monólogo. Solía llegar a la tienda con lágrimas en los ojos, embriagada por la compasión que mi propia imagen me inspiraba. Estoy segura de que la dependienta tenía la sospecha de que mi familia me martirizaba. La buena mujer no sabía que, en el camino de vuelta a casa, en mi imaginación aparecía un hombre rico que confesaba ser mi verdadero padre, me tomaba en sus brazos y me llevaba a vivir a su palacio. Con otras variantes, según mi humor, el argumento siempre era el mismo. Trataba de mi pérdida y mi rescate.

Con los años, conforme fui leyendo libros, los cuentos que me contaba se volvieron más complejos, más ricos. Empecé a hacer míos los colores que otros inventaban, porque me parecían mejores que aquellos que veía con mis ojos. Atravesé países y alenté sentimientos que no por ficticios me decepcionaron; al contrario. Robé a los libros el conocimiento que a mí me faltaba. En otra de tus entrevistas afirmas que el escritor tiene que aprender a mirar: me gustaría lograrlo. Dime qué debo mirar, qué horizonte puedes ofrecerme que me arranque de la aridez fragmentada del suburbio, de esta ausencia de armonía y de belleza. Hazlo pronto, antes de que se me atrofien los sentidos. Ahora me esperas, pero ignoras quién soy y qué puedo hacer con tu ayuda. Mírame, te lo ruego. Mírame.

Cuando te descubrí, cinco años atrás, en aquel programa de televisión que para mí fue trascendental y del que tú no puedes acordarte —te invitan a tantos—, experimenté la misma agitación gloriosa que me invadía mientras caminaba, no importaba el destino, viviendo el anticipo de los finales felices que daría a mis historias. En aquella ocasión, yo tenía quince años, pronunciaste la frase que me marcó: «Las más elevadas metas que puede alcanzar una mujer son aquellas que se conquistan partiendo de la nada.» La nada era el lugar donde yo vivía. Sigue siéndolo, pero en esta existencia paralela de mis cuadernos hay alguien que me recogerá para que no me pierda en el vacío: Regina Dalmau.

En mi mundo no había mujeres como tú. No las hay.

Esa noche anoté la siguiente observación, que hoy considero candorosa en la forma pero acertada en su esencia: «Pensándolo bien, en lo físico no es nada del otro mundo. Tiene los ojos y el pelo castaños y los rasgos regulares. Nada en ella destacaría en un concurso de belleza, pero resulta imposible dejar de mirarla, porque siendo tan normal no se parece a nadie, y eso es lo que más me ha impresionado de su larga intervención de esta noche en la tele. Las demás mujeres que participaban en el coloquio, una profesora, una socióloga y una ginecóloga, se volvieron insignificantes cuando ella empezó a hablar. Hasta el locutor parecía hipnotizado, y la cámara la enfocó mucho más que a las otras. Viste con una elegancia que alucinas.»

Aquella ingenua percepción se ha convertido, con los años, en un sentimiento mucho más complejo, pero la idea básica permanece: no te pareces a nadie, Regina. No sólo en lo que dices cuando te entrevistan o en lo que escribes en tus novelas, que tanto apoyo y consuelo me han proporcionado. Tienes razón, sobre todo, en la forma en que conduces tu vida. Parece como si siempre hubieras encontrado ante ti el camino justo. Aunque tú nunca te refieres a ello, imagino que creciste amparada por una firme cultura, una familia sólida, una educación sensata en buenos colegios; que te rodearon los mejores amigos. Has sido, eres, libre; has tenido amantes, has elegido siempre. Con todo eso, y pudiendo consagrarte por completo al merecido éxito que ha recompensado tu trabajo, en lugar de mostrarte egoísta no dejas de preocuparte por cómo va el mundo en general y por la situación de la mujer en particular.

Yo nací en la sala de partos del Clínico mientras el cadáver de mi padre se encontraba en el depósito, varias plantas más abajo, a la espera de ser descuartizado por los estudiantes de anatomía. Pienso en ello todos los días de mi vida. No por dolor: no puede dolerme, carezco de recuerdos. Pienso en ello porque lo considero un desposeimiento simbólico. Desde el primer momento, alguien se quedó con algo que me pertenecía.

También sé leer mientras camino. Muchos lo hacen, pero no como yo. La gente, cuando va de un sitio a otro, hojea periódicos y revistas, incluso si se trata de libros se limita a realizar consultas rápidas. En la calle sólo se lee de verdad cuando se espera: el autobús, a una persona que llega tarde... Yo leo mientras camino, y al hacerlo conservo la misma intensidad y capacidad de abstracción que cuando leo en mi dormitorio. Es una técnica que desarrollé cuando empecé a encontrar en los libros mejores historias que las que yo me contaba y a saber que, fuera a donde fuera, el trayecto no dejaría de decepcionarme, porque no saldría de los límites de mi barrio. Mi método consiste en detenerme cada equis metros, depende de por dónde vaya, y en un segundo calibrar lo que tengo por delante: poseo una memoria fotográfica. Tantas farolas y en tal lado, tantos baches dentro de tantos pasos, dos peatones por aquí, tres niños por allá, un perro, un ciego. Lo que sea. Una vez memorizados todos los detalles, me abstraigo en el libro y sorteo los obstáculos. Me demoro para llegar a los semáforos cuando se ponen en ámbar. Entonces me paro y sé que podré despreocuparme durante uno o dos minutos.

Hablo de leer en serio, leer de verdad. Como leo lo que escribes desde que te vi aquella primera vez en televisión y al día siguiente corrí a una librería, a comprar la que por entonces era tu última novela: *Dolor de hembra*. Yo era muy joven, te lo he dicho, y nunca había leído el relato de una pasión contado, como ponía en la contraportada y todavía recuerdo con exactitud, «desde la profundidad del corazón de las mujeres, ese planeta desconocido que Regina Dalmau sigue explorando a lo largo de su obra novelística, una de las más aclamadas de este país».

Desde entonces, no hay nada tuyo que no haya hecho mío. Leo lo que los críticos escriben sobre cada una de tus novelas, y me complacen sus elogios tanto como sin duda te agradan a ti. Y a ese mal bicho, a ese Xavier Felíu que siempre te ridiculiza, ese frustrado que parece estar esperando que saques un nuevo libro para volcar en ti su mala baba, le detesto tanto como tú lo debes de despreciar: es un don nadie que se empeña en nadar contra corriente para dárselas de exquisito ante su camarilla de resentidos. ¿Qué puede importarte, mientras tengas al resto de los medios de comunicación a tu favor y a los lectores, que te adoramos? Aunque ninguno como yo, que sé de ti hasta de qué color son las cortinas de tu dormitorio. Sé, sobre todo, de tu bondad y generosidad. Recuerdo cómo sufriste cuando el hijo de tu compañero sentimental trató de suicidarse, cómo acudiste a la clínica, a pesar de que no tenías ninguna obligación, porque habíais roto. Tu imagen apareció en televisión: tu rostro, tan dulce, contraído por una mueca de dolor. No quisiste hacer declaraciones durante esos días; una vez más te comportaste como una señora.

Inventar historias y leer historias; en casa, en un banco, en la terraza de un bar; por la calle, mientras camino. Es lo que he hecho desde que tengo memoria, pero cuando tu obra se metió dentro de mí, mezclé las dos cosas, lo que leía y lo que me narraba, y fue entonces cuando cristalizó la Judit que te pertenece como un personaje más de tus novelas. Siento que has escrito un argumento para mí, pero que aún no lo sabes.

Tu alma ensancha mi alma.

3

Aquél no era el mejor día para Regina Dalmau, y aun así, seguía pensando que citar a la muchacha esa mañana de Todos los Santos había sido una buena idea, al margen de que su presentimiento respecto a ella se cumpliera o no. El mero hecho de saber que vendría le resultaba estimulante, como cortarse el pelo o comprarse un vestido después de una convalecencia. Era un gesto que desencadenaría otros. Eso, si su sagacidad no le fallaba.

Faltaban un par de horas para que la chica llegara y podía permitirse haraganear un rato, antes de arreglarse. Era cuanto hacía últimamente. Vegetar. Pulsó una tecla en el ordenador y una batería rojinegra de naipes en miniatura se desplegó en la pantalla, invitándola a emprender otro solitario. Pronto os perderé de vista, susurró, dirigiéndose a las cartas, y este trasto servirá para lo que tiene que servir; para escribir una novela tras otra. Como había sido siempre, antes de aquellos interminables meses de sequía. Dos años, para ser exacta. Dos años llevaba Regina sintiéndose el eco de lo que había sido, sospechando que eso era todo lo que le quedaba por hacer en el futuro, repetirse y alargarse hasta que la evidencia de su esterilidad ensombreciera por completo cualquier logro profesional del pasado.

Blanca tenía razón. Había llegado a un punto en que sólo un cambio radical podía liberarla de la trampa que se había tendido a sí misma. Blanca era su agente desde que Regina empezó a triunfar, hacía más de veinte años, y nunca había dejado de protegerla. Vivía en Madrid, pero a efectos de control era como si la tuviera en el piso de al lado. Blanca había sabido rodearse de un personal eficiente y discreto, y su despacho era el más prestigioso en la cada vez más nutrida comunidad de la representación literaria. Se había ganado a pulso lo que poseía y se rompía el pecho por sus autores. Era una superviviente, y tenía una cualidad que Regina valoraba mucho: nunca le contaba sus penas.

—Deberías acercarte más a los jóvenes, cambiar de temas, meterte en la realidad —le había aconsejado la semana anterior, durante una de las habituales conversaciones telefónicas que mantenían antes de irse a la cama—. No sé hasta qué punto tu público va a aguantar mucho más leyendo historias de mujeres maduras que buscan su camino durante todo el libro y que, de una forma u otra, se realizan en el capítulo final. Que es lo que has escrito siempre, no nos engañemos.

—Nunca me lo habías dicho.

—Nunca te había visto tan desorientada.

¿Era eso lo que su agente opinaba de su obra? Regina había dado por sentado que le gustaban sus novelas. ¿O no? ¿Qué sabía ella de los gustos de Blanca? En algo llevaba razón. El mercado literario era hoy más voluble que nunca y empezaba a fijarse en las jóvenes escritoras que invadían el mercado y que eran incapaces de describir la angustia sin que sus protagonistas se quitaran las bragas o se clavaran una jeringuilla cada pocas páginas. El mundo que Regina reflejaba en sus novelas era muy distinto. ¿Y también distante? Hasta entonces, nadie se había quejado, salvo algún crítico picajoso y, por suerte, minoritario.

Poco después de su conversación con Blanca, Regina

pudo comprobar cuán acertadas eran las observaciones de su agente. Fue la tarde del último viernes, durante la conferencia que dio en el ateneo de un barrio obrero: como de costumbre, su público estaba formado por mujeres que, como ella, rondaban la cincuentena; incluso mayores. Sus lectoras habían ido envejeciendo con Regina, sin que ella se diera cuenta. Había sido su emblema desde la primera novela, el símbolo de sus deseos y esperanzas, de sus rebeldías. Si la seguían, fieles, era porque se había movido muy poco desde el punto de partida, porque había cambiado las formas, no la fórmula. En lo básico, se copiaba, se repetía. Blanca se había dado cuenta y era posible que sus lectores no tardaran en seguir su ejemplo.

Si cerraba los ojos, podía verse a los 27 años, la edad a la que tuvo su primer éxito, rodeada de gente tan plena de energía como ella, una generación arrogante que entonces tenía sus mismas ganas de comerse el mundo. Ahora seguían esperando que les contara lo de siempre, lo que Regina se contaba para evitar encararse con el origen profundo de su crisis: que no se habían equivocado en sus elecciones, que había valido la pena.

«La peor equivocación que podemos cometer es crearnos la ilusión de que estamos a salvo de errores y permanecer dentro de esa fantasía hasta que estalla y nos precipita al vacío.» Aquellas palabras, oídas por Regina treinta años atrás, habían vuelto a su memoria en el ateneo, poco antes de iniciar su charla. Le parecía que Teresa las había pronunciado el día anterior. Pero Teresa estaba muerta. ¿O no? Hacía tiempo que Regina no entraba en el cuarto secreto que tantos estímulos proporcionó a su inspiración durante dos décadas. No se atrevía. Delante de su público aún podía guardar las apariencias. Allí dentro, sería como encontrarse desnuda.

Entre el público de mujeres maduras, esa tarde en el

ateneo, la chica vestida de negro había llamado su atención porque era la única persona joven que se encontraba en la sala. ¿Qué podía tener, veintipocos años? Tal vez menos. Su severo atuendo la hacía parecer mayor. Cuando, al final, la muchacha se le había acercado para pedirle una dedicatoria, Regina no dudó en proponerle que la visitara el lunes siguiente por la mañana, aprovechando que sería festivo. Qué disparate, se dijo más tarde. Una desconocida, entrando en mi domicilio como si tal cosa.

Como si tal cosa, no. Regina Dalmau nunca daba puntada sin hilo, se dijo ahora, atacando con rabia un nuevo solitario y evitando mirar el paquete sin abrir que se hallaba en una esquina del escritorio. Eran las pruebas de corrección del libro que estaba a punto de publicar. Mejor dicho: ese libro era la prueba de su incapacidad para ofrecer algo original a su público. Se trataba de una recopilación de artículos periodísticos antiguos, viejas conferencias y relatos dispersos publicados aquí y allá. Nada importante. Nada original. Y ni siquiera se sentía con ánimos para realizar las correcciones, a pesar de que Amat, su editor, abrumaba a Blanca diariamente con histéricas llamadas telefónicas.

—Se queja de que el libro debería estar en la calle, como muy tarde, a mediados de noviembre. Y tiene razón, Regina —le había dicho la agente—. Los libreros ya han hecho sus previsiones, y si te guardan un sitio en sus mesas es porque se trata de ti. De todas formas, a mí me preocupa más tu sequía, así que procura salir de ella, que a Amat ya me encargaré yo de mantenerlo a raya. Al fin y al cabo, ha ganado mucho dinero a tu costa, que se aguante.

Por lo menos, Blanca no le había dicho lo que opinaba de la desesperada antología de sus restos de serie.

Ni siquiera le salían los solitarios. Sintió agonizar la breve sensación de alivio que había experimentado minutos antes, al pensar en la inminente llegada de la muchacha. Caviló acerca del trabajo rutinario y agotador que tenía por delante: corregir pruebas, suprimir párrafos que en su día fueron muy actuales pero que ahora resultarían obsoletos; elegir portada, impedir que el Departamento de Publicidad metiera la pata, someterse a sesiones de fotos para el catálogo, determinar las ciudades que convenía tener en cuenta para la gira de promoción, eliminar los puntos de venta poco rentables...

La acostumbrada rutina a la que tendría que someterse se le antojaba irritante. Antes era distinto: podía desdoblarse, hacer que una parte de ella, su yo sociable, se sometiera con gusto al trámite inevitable de bregar con las exigencias del mercado, sobreponiéndose al cansancio e incluso disfrutando del contacto con sus lectores y de los agasajos de los libreros. Esos tiempos parecían muy lejanos. Cuanto le quedaba era inseguridad, miedo al futuro. Y fachada.

«Escribir también es dar vida —había dicho al iniciar su charla en el ateneo popular—. La creación artística es una clase de vida que a las mujeres, a quienes se nos envidia nuestra capacidad de parir, nos ha sido obstaculizada durante siglos.» ¿Qué creación artística? ¿La suya? Si esas buenas señoras que la escuchaban, con sus peinados enhiestos que aún olían a peluquería y una expresión arrobada en el semblante, hubieran adivinado hasta qué punto se sentía incómoda pronunciando aquellas manidas palabras. La única que no la miró embobada fue la chica. Cejijunta e intensa, parecía reflexionar, discutir consigo misma si lo que Regina decía casaba con sus propios pensamientos. Es joven y me juzga, había pensado la escritora, pertenece a una generación que desconozco, que no comprendo, y cuyo veredicto no deseo recibir.

Cada generación emite sus propios juicios y éstos suelen ser implacables. La de Regina había sido la más radical en la ruptura. Nada les valía de lo anterior, se creyeron inventores de la rebeldía cuando no eran sino un eslabón más en la larga cadena de inadaptados que dio este país en los años oscuros. Cobraron los réditos de la resistencia anterior, sólo porque habían gritado más y más alto (también los tiempos eran otros: la bota de la gastada dictadura los pisó de refilón). Y cuando llegó la hora del relevo, cuando les tocó diseñar el futuro, se sintieron con derecho a administrarlo desde su arrogancia. En el poder no sólo se creyeron mejores, sino únicos. En su juventud, Regina había sido como la mayoría de sus coetáneos. Había prescindido de cuanto le estorbaba, mezclando en el mismo saco lo bueno y lo malo: personas, sentimientos...

De forma inesperada, la chica de negro, mientras Regina escribía su dedicatoria en la página inicial de un sobado ejemplar de su última novela («Para Judit, con el deseo de que este libro te ayude a vivir», menuda tontería, viniendo de alguien a quien ni éste ni ningún otro libro le ha impedido naufragar), le había murmurado, en tono confidencial y con una voz ronca y solemne que la sobresaltó:

—Te venero tanto.

«Te venero tanto.» ¿Decían cosas así las muchachas de hoy, las muchachas vestidas de esperpento? ¿Quiénes eran, qué querían? Fue entonces cuando se le ocurrió que la tal Judit podría resultarle útil si aceptaba la sugerencia de Blanca para que escribiera una novela sobre la juventud actual. Aunque, ¿no era un disparate? Quizá el esfuerzo de entender a alguien que podría ser su hija le abriría un nuevo camino por el que una escritora como ella sabría manejarse para encontrar un buen filón. ¿O eso sólo serviría para que siguiera huyendo hacia adelante?

Desde el pesimismo de su crisis, Regina ni siquiera estaba segura de conocerse a sí misma. Y, sin embargo, seguía concediendo entrevistas, pronunciando charlas, como si todavía disfrutara de la autoridad con que hasta hacía poco se había sentido investida. Aquella supremacía moral que, según sus exégetas, se hallaba presente tanto en sus libros como en los artículos de opinión (ecos y más ecos, pensó) que publicaba con frecuencia en diferentes periódicos y revistas. Dudaba. Nunca, antes, había experimentado una desazón similar. Había perdido el control de su existencia, y hasta este pensamiento la turbaba. ¿Puede alardear de autoridad moral alguien que nunca se ha movido del cómodo asilo que proporcionan unas cuantas certezas absolutas? Así se veía, desde su desconfianza actual: dogmática, aferrada a ideas fijas, a rígidos conceptos cuya identidad consistía en que nunca cambiaban. No te rindas, le escribían sus admiradores. Sigue así, Regina. Lo que tú escribes es lo que yo pienso. Dejadme en paz, quería gritar. Dejadme admitir que me he equivocado.

¿Quería reconocerlo? Era lo bastante decente para confesarse que sus vaivenes del presente nada tenían que ver con una autocrítica sincera. Ni se la planteaba: acabaría en desastre. La visión negativa que hoy tenía de su vida se debía a que sentía desaparecer bajo sus pies el trampolín desde el que se proyectaba: su capacidad, que en otro tiempo le pareció inagotable, para producir materiales que a su vez le eran devueltos en forma de éxito, dinero, adoración (veneración, había dicho la joven). Más le valdría no detenerse a reflexionar y bracear hacia una nueva novela en la creencia de que acabaría por encontrarle el gusto.

Acometió otra tanda frenética de solitarios. Temía verse abocada a la introspección tanto como que le fallara la buena estrella.

Muchos años antes, cuando Regina apenas levantaba medio metro del suelo, Santeta, la criada de sus padres, colgó en la despensa del piso del Eixample una bolsa de red que contenía caracoles vivos.

—El ayuno no los mata, pero los purga —le explicó, sacudiendo la bolsa, que emitió un sonido como de maracas.

Durante un par de días, la niña vivió hipnotizada por la presencia de aquel bulto aterrador. Los caracoles se agitaban dentro de la red, asomaban sus cabecitas de cuernos retráctiles por los agujeros, tratando de escapar, mientras sus excrementos resbalaban e iban cayendo en una palangana. Una mañana, la bolsa desapareció, y Regina suspiró con alivio, pero su bienestar duró poco. La sirvienta había metido los moluscos en un cubo con un fondo de harina.

—Para que acaben de cagar —informó Santeta.

Tres días más duró la nueva modalidad de martirio, en el que las víctimas permanecieron atrapadas en sus propias babas. Por fin llegó el momento de lavar los caracoles en la pila. Cuando la criada acabó de pasarlos por el chorro frío, los puso en una olla, con un poco de agua.

—Y ahora, a fuego lento. A joderse. Hay que mantener la llama muy baja, para que se confíen y no escapen —le explicó.

Tuvo que afianzar la tapa con varias pesas, porque los agonizantes, con sus últimas fuerzas, no dejaron de intentar la evasión una y otra vez.

Es extraño, pensó Regina, tecleando el ratón para colocar un as de diamantes. En alguna parte de su vida, los caracoles volvían a reptar.

Decidió abrir el paquete con las pruebas. Podía corregir un par de capítulos antes de que Judit se presentara, y eso haría que se sintiera mejor. Al cortar el cordel se dio cuenta de que tenía la piel de las manos deshidratada. No podía seguir descuidando su cuerpo. Pensándolo bien, las pruebas podían esperar. Aún iba en bata. Venerada tiene que arreglarse para recibir a Venerante, se dijo, y de inmediato se arrepintió. Ésa era otra cosa que le preocupaba: su ironía, tan admirada por los lectores, se volvía contra sí misma.

En el baño, se sentó en el taburete, de espaldas al espejo, y procedió a untarse los pies, subiendo centímetro a centímetro por la piel, en la que se dibujaban débiles escamas. Piel seca, flujo vaginal inexistente, insomnio, sofocos. Eso también empezaba para ella. «Si Flaubert hubiera tenido la regla —había dicho en aquella estúpida conferencia—, *Madame Bovary* jamás habría sido escrita.» Las mujeres habían premiado su comentario con una jubilosa carcajada. A Regina le ponía frenética que el hecho de que semejante obra maestra pudiera no haber existido regocijara al público de aquel modo. ¿No era eso lo que buscaba, la risa fácil? Pensó, con amargura, que podría ampliar la frase: «Si Flaubert hubiera tenido la regla y, después, la menopausia...» Regina tenía pendiente una cita con su ginecólogo, pero no quería oír su diagnóstico, no hoy. Iba a cumplir cincuenta años y nada estaba en su sitio. Dios, pronto alcanzaría la edad a la que murió Teresa.

Lo último que necesitaba era oír hablar de osteoporosis y de parches. La voz que escuchaba en su interior, la viscosa presencia de los caracoles, no tenía nada que ver con sus hormonas.

4

Rocío, pese a ser materialista y laica, tenía la superstición de creer que los hijos vienen a este mundo mejor o peor dotados según la ocasión y el lugar en que se les engendró. Era una creencia que le había transmitido su madre y que, seguramente, ésta había recibido de la suya: mujeres de campo acostumbradas a mirar al cielo y a los ojos de sus maridos para adivinar la proximidad de las tormentas. Si Paco había salido tan tranquilo era porque había sido concebido en la cama matrimonial; a Judit, en cambio, Manolo y ella la engendraron la noche de la acampada por la construcción del ateneo popular, en pleno jolgorio vecinal y en una época de excesivas esperanzas. «Cultura para todos», había sido el lema de la fiesta.

¿Qué iba a hacer Judit con su vida?, se preguntaba Rocío, mientras llenaba diestramente con ensaladilla rusa una batería de platos. A la cocina del restaurante del Puente Aéreo llegaba el estrépito del aeropuerto, pero Rocío estaba tan acostumbrada que ni lo notaba. Eran casi las doce, aún le quedaban cuatro horas para acabar su turno. La cultura está muy bien, pensó, no sería ella quien dijera lo contrario, pero sin estudios y con su carácter retraído, sin relaciones, su hija no tenía muchas posibilidades de labrarse un porvenir. Rocío no era una de esas madres que creen que todo se arregla con un buen matrimonio. El matrimonio, aunque sea bueno, no soluciona nada, pensó, más bien complica las cosas. Le daba miedo Judit, porque no sabía quién era. No había salido a nadie de la familia. Ni siquiera a Manolo, que fue un hombre débil y no tuvo rumbo desde que aquel grupo de rock en el que tocaba la guitarra se disolvió sin haber podido grabar ni siquiera un miserable microsurco. ¿Podía ser que el carácter de Judit se hubiera forjado de un golpe, cuando todavía estaba en su vientre, la madrugada en que Rocío recibió la noticia de su muerte?

Nunca olvidaría la forma en que Judit había abordado la cuestión cuando estaba a punto de cumplir ocho años.

—¿El *papa* cogió la moto borracho? —le había preguntado, con su vozarrón de adulta.

Rocío, que además de materialista, laica y supersticiosa, era de las que creían que la verdad nunca hace daño, le dijo que su padre no se emborrachaba nunca, aunque no les hacía ascos a una cerveza y un canuto, pero que en todo caso no era él quien conducía la moto aquella noche, sino su propietario, el Gede, un chico de Badalona que era amigo suyo desde la infancia, otro fantasma empeñado en que un día u otro volvería a hacer de manager de roqueros. Él también había muerto en el accidente.

—Venían de un festival de rock en el sur de Francia y, bueno, no creo que estuvieran muy serenos.

—¿Nací la madrugada en que el *papa* murió, y en el mismo hospital adonde lo llevaron?

—Lo del hospital es verdad. Pero viniste al mundo dos días después de que él falleciera.

Desde aquel día, Judit no volvió a sacar el tema, ni a nombrar a su padre, ni mostró interés alguno por el joven cetrino, de pelo largo y grandes patillas que aparecía junto a Rocío y con el pequeño Paco en algunas de las fotos de la parentela que su madre tenía diseminadas por la casa, y en la imagen de un programa antiguo, enmarcado, que anunciaba la actuación del conjunto musical Los Pelones en el entoldado de la plaza del Sol de Gràcia, prevista para finales de agosto de 1974.

Ante tanto desapego por parte de Judit, Rocío se había sentido obligada a rehabilitar la figura paterna, y en cierta ocasión le confesó:

—Tu padre era un poco tarambana, pero al final sirvió para algo, porque en el Clínico me pidieron que donara su cuerpo para las prácticas de los estudiantes de Medicina y me pareció que eso era lo mejor. Siempre fue generoso y le gustaba compartir lo poco que tenía.

A punto estuvo de añadir que gracias a eso se ahorraron el entierro, pero Judit le disparó una de sus precoces miradas gélidas y Rocío agachó la cabeza y siguió festoneando una sábana.

Manolo había tentado al destino por última vez cuando estaba a punto de entrar a trabajar, por fin, en un puesto fijo y con una nómina un poco decente. Paco acababa de cumplir cuatro años y era un chaval despierto y formal; ella estaba embarazada de Judit y pensaba que, por fin, su marido iba a comportarse con sensatez. La víspera de incorporarse a su empleo de guarda en una constructora, Manolo le dijo que no lo esperara a cenar, que se iba con el Gede a Ceret, a un concierto de rock.

—El último, antes de sentar la cabeza —prometió, abrazándola—. Volveré a tiempo para ir al trabajo, te lo juro. La moto de Gede nunca falla.

—Sólo los hijos de los ricos pueden permitirse el lujo de ser hippies —respondió ella, zafándose—. Y además, ya no hay hippies, ¿es que no te das cuenta?

Le había dolido mucho su muerte. Tanto, que tardó algún tiempo en darse cuenta de la sensación de respiro que afloró a medida que se difuminaba su duelo, llenándola de culpa. ¿Qué era lo que había provocado su muerte? ¿Su afición a la música, su forma de vivir sin aceptar responsabilidades? ¿O había sido ella, su empecinamiento en cambiarlo, sus prisas por hacerlo volver? ¿Estaría vivo si no hubiera tenido que regresar en plena noche para incorporarse a su trabajo? ¿Qué tenía que hacer con Judit? ¿Atosigarla o dejarla en paz?

Judit había heredado la tendencia paterna al extravío, pensó, secándose con el dorso de la mano el sudor que le resbalaba por la frente. Llevaba el cabello cubierto por el gorro de plástico reglamentario. No obstante, algo le decía que su hija era mucho más dura de lo que había sido Manolo. Dura y desorientada, qué mala mezcla, caviló, mientras removía un enorme perol lleno de salsa boloñesa y, agarrada a la cuchara con las dos manos, se sentía como un extra en la escena de los remeros de *Ben-Hur*.

Judit siempre había sido igual. Terca, reservada, difícil. Con la misma naturalidad con que renunció a armar un recuerdo de aquel padre desconocido, la niña se manifestó parca en juegos, nula en amistades y reacia a las tonterías en que se complacían sus compañeras de barrio y de colegio. Nadie era capaz de adivinar sus pensamientos. No creaba problemas pero tampoco daba alegrías. Muy pronto empezó a traer a casa libros que no sabían de dónde sacaba y que no eran demasiado adecuados para su edad, pero Rocío se jactaba de ser librepensadora autodidacta, y conservaba la memoria amarga de cómo, cuando tenía trece años y trabajaba ayudando a lavar ropa, su madre le había arrebatado, después de plantarle dos bofetones, la *Historia de la Revolución Soviética* que una vecina roja como la sangre le había dado a leer. Se cuidó mucho de censurar las lecturas de su hija, así como de preguntarle dónde las conseguía. Había algo en ella que le inspiraba respeto.

Judit pasaba más horas encerrada en su cuarto que jugando, pero si se quemaba la vista era leyendo libros que nada tenían que ver con los estudios. Sus notas eran un desastre, y a los quince años se plantó y dijo que no estaba dispuesta a seguir en el instituto, en donde perdía el tiempo y se le agostaba su talento natural. Lo dijo con su voz desproporcionada:

—En el instituto se agosta mi talento natural.

Eso dijo: «se agosta». Y, por absurdo que parezca, no sonó ridículo. Rocío y Paco aceptaron la explicación sin discutirla apenas, como si fuera algo que estaban esperando. A solas con su madre, el muchacho, que le llevaba cuatro años a su hermana y ejercía de hombre de la casa, comentó, no sin orgullo, que la nena les había salido intelectual, y se decidió a montarle una estantería barata en el dormitorio, con una tabla un poco más ancha que le serviría de escritorio, aunque al utilizarlo tendría que sentarse en la cama, porque no había sitio para una silla. Judit prometió buscar trabajo.

Semanas después logró entrar de aprendiza en una librería-papelería del paseo, y se pavoneó como si la hubieran nombrado jefa de la Biblioteca Central, pero se le bajaron los humos cuando comprendió que allí sólo había dos decenas de libros que poca gente compraba, y que la interminable jornada se le iba en hacer fotocopias y repartir pedidos. En aquella época aún vestía con el desaliño propio de la pubertad, aunque se notaba que hacía experimentos porque algunas veces salía de su habitación, camino del trabajo, con una prenda de más, algo tan modesto como un pañuelo de gasa en torno al cuello o un trozo de cadena atado a modo de cinturón, o unos guantes largos; detalles incongruentes que fueron fundiéndose mientras pasaba de un empleo a otro hasta componer el atuendo que dio por definitivo poco antes de meterse en la agencia inmobiliaria, que era el trabajo que más le estaba durando.

Su pequeño cuarto, que Rocío se atrevía a inspeccionar cuando se quedaba sola en el piso, se había enriquecido con unas cuantas prendas negras que colgaban de los ganchos. En la estantería se apilaban gruesas libretas de anillas que la mujer había desistido de leer porque la letra, menuda y apretada, le producía dolor de cabeza. También tenía muchas carpetas, cada vez más abultadas, colocadas en riguroso orden, con etiquetas en las que Judit había escrito unas iniciales, «R. D.», y una escala de números y asteriscos que le servían para clasificar el contenido. Rocío las había examinado, con el corazón en un puño, porque lo que su hija guardaba como un tesoro era un verdadero museo dedicado a una sola persona: la famosa escritora Regina Dalmau. Y eso, lo mirara como lo mirara, no podía ser bueno.

¿Cuáles eran los sentimientos de su hija hacia aquella mujer? ¿Estaba Judit en peligro? Porque había bastantes posibilidades de que la chica le hubiera salido bollera, se dijo, llevándose la cuchara a los labios para probar la salsa, e inmediatamente soltó una maldición, se había quemado la lengua, me está bien empleado por no haberla llamado lesbiana, o mejor gay, que es como ahora hay que llamar a tortilleras y maricones. Estúpida, volvió a reñirse mientras añadía puñados de sal al guiso, si tu hija es bollera más le valdrá que tenga derechos y digan que es gay.

Rocío se sentía culpable por pensar así, pero qué otra conclusión podía sacar de la desmesurada admiración que Judit sentía hacia la Dalmau, de aquella prolija acumulación de recortes de prensa, de entrevistas con párrafos subrayados y anotaciones al margen, de fotos con flechas y círculos trazados con rotulador que señalaban, la madre que la parió, partes concretas de la anatomía de la escritora, que dicho sea de paso a Rocío le parecía muy distinguida, eso sí, pero muy sosa.

Apeló al no hay mal que por bien no venga con que solía consolarse en cada uno de los momentos de desánimo que sufría debido a sus múltiples militancias: tal como están los hombres, mejor que le dé por las tías, lo que importa es que mi hija sea feliz.

La manía de Judit por Regina empezó cinco años atrás, la noche en que la chiquilla vio por primera vez a la escritora en televisión, en un debate sobre feminismo. Rocío tenía que reconocer que, aunque ella era feminista como la que más, no le había transmitido a su hija más enseñanzas al respecto que su propio comportamiento, así como abundantes comentarios que, en su opinión, resultaban mucho más contundentes que los libros, como por ejemplo: «La vecina del primero se ha vuelto a quedar preñada, cómo se puede ser tan imbécil, a algunos hombres habría que caparlos»; «Paquito, arregla tu habitación, que todos creéis que las mujeres somos vuestras criadas»; «Yo me he ganado siempre lo mío y no he necesitado de ningún hombre»; «Sexo débil, sexo débil, te diré yo cuál es el verdadero sexo débil»; «El día de mañana búscate uno que sea buen compañero, que para mandar ya están los patronos»... Nada más y nada menos.

Regina Dalmau aparentaba entonces poco más de treinta años y llevaba el pelo castaño en corta melena hueca y suelta, un traje de chaqueta gris de corte exquisito sobre una blusa más oscura y una finísima cadena de oro en el cuello, de la que pendía una piedra pequeña que centelleaba en el hueco que formaban sus clavículas al juntarse. Judit parecía deslumbrada, allí sentada, junto a su madre. No perdía palabra del debate pero, sobre todo, no dejaba de mirar a Regina, y se removía en el sillón con impaciencia cada vez que el moderador cedía la palabra a otra participante.

—Eso que lleva colgado seguro que es un brillante —recordaba haber comentado Rocío.

En un arranque que, incluso ahora, le parecía una ingeniosa aportación al tema objeto del coloquio, y aprovechando que estaba echando spray desodorante en las zapatillas deportivas de Paco que tenía en el regazo, añadió:

—Hay que ver cómo les cantan los pies a los hombres.

—¡Calla, *mama*, que no me dejas escuchar! —rugió Judit, a quien le estaba cambiando la voz, pero a más fuerte.

Desde aquel día, Rocío presenció la conversión de su hija a fan absoluta de Regina Dalmau, la vio leer sus libros, colocarlos en una estantería especial. También empezó a prestar atención al periódico que compraba su hermano y las revistas que ocasionalmente entraban en la casa. Cuando encontraba alguna noticia relacionada con la escritora, la recortaba y pegaba con cuidado en una hoja de papel.

Meses después del inicio de su reginomanía, hojeando un semanario especializado en horóscopos, Judit lanzó una exclamación de triunfo, seguida de otra de profundo asombro:

—¡No me lo puedo creer, *mama*! ¡Regina Dalmau y tú habéis nacido el mismo día y a la misma hora!

Las dos tenían 44 años y medio. Y una vida bien distinta, pensó Rocío, mientras su hija vaciaba su hucha para invertir los ahorros de todo un año en la carta astral de la escritora. Hacía poco que habían abierto una tienda de horóscopos en una galería comercial del barrio, y por dos mil pesetas te contaban cómo eras y qué ibas a hacer en la vida, lo cual, en opinión de Rocío, no sólo resultaba una completa imbecilidad sino que, además, empeoraba manifiestamente la calidad de la propia vida porque te dejaba con dos mil calas menos.

—Tiene bemoles, tu hermana —refunfuñó la mujer, después de que Judit saliera, enloquecida, a por la carta astral.

—Déjala en paz, *mama* —dijo Paco, que siempre potenciaba el lado bueno de las cosas—. ¿Qué prefieres, que se lo gaste en drogas o en copas con novietes?

—Pues, mira, en drogas sí que no, pero podría gustarle algún chico. A su edad, a mí ya me picaban las tetas.

Judit regresó una hora después, con metro y medio de papel perforado en los bordes, en donde figuraba un mapa con la situación exacta de los planetas que regían el destino de Regina, una descripción de los rasgos principales de su carácter y una anticipación de lo que podría sucederle en los meses inmediatos.

—Parece una analítica —se burló Paco.

El grupo sanguíneo era uno de los pocos datos de Regina que no constaban en su carta astral.

—No sé qué tenemos en común ella y yo, aparte de haber nacido a la vez —comentó Rocío, con inquina.

—*Mama*, no seas ignorante. Regina es de Barcelona capital, y tú, de un pueblo de Sevilla. Eso lo cambia todo —replicó Judit.

—¡Me trajeron aquí a los cinco años! Lo que pasa es que unas nacen con una flor en la frente, y otras, con una patada en el culo. ¿Qué pasa? ¿Preferirías que tu madre fuera esa mujer? De desagradecidas está el mundo lleno.

Se había equivocado al ponerse tan quisquillosa, porque desde ese día Judit dejó de exteriorizar su admiración por Regina, y Rocío no tuvo más remedio que dedicarse a registrar la habitación de su hija siempre que se le presentaba la ocasión, convirtiéndose en el desconcertado testigo de aquel culto a la personalidad que, en su opinión, dejaba en mantillas a Stalin y Fidel Castro juntos.

Lo peor de todo era que, dos días antes, Regina Dalmau había dado una charla en el ateneo a la que Judit había asistido; y que Rocío, ajetreada en la cocina preparando
los malditos pinchos de tortilla y embutidos que se sirvieron después de la conferencia, no había podido contro-
larla.

Y vete a saber, gruñó, recolocándose el delantal, que se
le había aflojado por la cintura. Vete a saber.

5

Sintiéndose pringosa, Regina volvió a ponerse la bata para dar tiempo a que su piel absorbiera la perfumada crema. Cuando la naturaleza cierra la puerta de la regeneración de los tejidos, la cosmética abre la ventana de la hidratación artificial: larga vida a la cosmética, canturreó Regina. Al diablo con todo. Vas a cumplir medio siglo pero puedes permitirte un lote completo de productos de belleza La Prairie al extracto de caviar. Da gracias por ello, bonita. Nadie te quiere por lo que eres pero puedes embellecer lo que pareces. Es más de lo que las mujeres que asisten a tus conferencias tienen a su alcance.

Se dirigió a la cocina para servirse agua. Vaso en mano, pasó al comedor y luego al salón. Con la frente pegada a uno de los ventanales, contempló los árboles color verde polución de la plaza, hoy casi sin tráfico. Mira qué bien vives, se consoló. Muebles, cuadros, libros, antigüedades, detalles de moderno diseño, alfombras. Esto es lo que hay. Lloras, sí, pero sobre cojines de seda. Y estaba la vitrina, con su colección de premios dentro. Cuando recibía visitas, Regina encendía la luz halógena, y sus trofeos brillaban como piezas de museo. De museo arqueológico, añadió su voz torpedera.

Sonó el teléfono y cometió el error de responder antes de que saltara el contestador automático. Tal vez era Judit, anunciando que se retrasaría. Demasiado tarde, recordó que la chica no tenía su número.

—¿Cómo está la reina de las letras?

Algunas cosas no cambian nunca, pensó. Era Jordi, el último de sus ex amantes. En los buenos tiempos había dicho de él que era su compañero; aunque tuviera reminiscencias sindicales, la palabra le gustaba y era eso lo que siempre había querido tener, un compañero, aunque quizá no con tanto énfasis como proclamaba en público. Se sentó en la butaca y colocó los pies descalzos, lustrosos por la crema, sobre la mesa de centro. Un objeto llamó su atención. ¿Qué hacía allí el monolito de cristal que le habían enviado la semana anterior los agradecidos miembros del gremio de libreros de una ciudad de provincias? Tenía que hablar seriamente con Flora, su asistenta; se estaba volviendo muy descuidada.

Jordi seguía piropeándola. Algo quiere, se dijo, para llamarme en pleno puente. No tardó en averiguarlo. El muy cínico acababa de ser nombrado presidente de la división latinoamericana de su empresa e iba a instalarse en Miami. Quería endosarle a Álex.

—Será sólo por un mes… bueno, puede que dos. No ignoras cómo se tomó el traslado a Madrid. No puedo cambiarlo de continente sin tenerlo allí todo dispuesto para que se sienta a gusto, la casa, el *college*, en fin, ya sabes.

Claro que sabía. Habían roto dos años antes, después de haber convivido durante tres, pero Jordi se las había arreglado para continuar extorsionándola sentimentalmente, de una manera u otra. Regina quería a Álex, aunque no era hijo suyo. Y su ex lo sabía.

—Mándalo a un internado —protestó—. ¿Qué edad tiene? ¿Diecinueve?

Álex tenía catorce años cuando Jordi se trasladó al piso de Regina y era el fruto de un matrimonio anterior. Fue todo lo que aportó. Ella puso el resto. En aquel tiempo, no le importaba. Se veía compensada por el hecho de que, cuando los periodistas le preguntaban por su estado civil, podía contestarles con orgullo:

—Tengo una pareja estable.

La falta de estabilidad amorosa era su punto flaco. Regina nunca había tenido dificultades para enamorar a los hombres que la atraían, pero su habilidad para conservarlos resultaba más discutible. Hasta hacía poco no se había dado cuenta de que los hombres no le duraban porque siempre se equivocaba en la elección. Le gustaban más jóvenes que ella y del tipo pasivo: aquellos que se le rendían pronto, deslumbrados por su nombre, su fama, su energía, su nivel de vida y su influencia social. Nunca dio resultado. El desastre llegaba siempre al final del primer año de convivencia, como si los individuos de quienes se enamoraba llevaran incorporado un marcapasos biológico de duración limitada. Doce meses, fin de los estímulos, adiós. Había dedicado muchas horas a reflexionar y escribir sobre esta característica masculina, la volubilidad, el cansancio del cazador, su incapacidad para mantener un vínculo cuando la mujer le parecía demasiado fuerte. En algún momento se había preguntado si, como intelectual (se sonrojó al recordar la palabra), no debería anteponer el cálculo a la pasión, y aceptar a cualquiera de los tranquilos y maduros admiradores que la rondaban. Pero una cosa es querer un compañero y otra conformarse con un sillón de orejas.

Tenía que reconocer que, aunque se quejara, se sentía mucho más tranquila cuando su pareja dependía de ella en todos los sentidos, incluido el económico. Hay personas que se resisten a recibir de balde el bien que se les hace. Regina pertenecía a ese grupo. Sólo se sentía tranquila cuando controlaba los cordones de la bolsa y hasta el espacio físico en el que se desarrollaba la relación. Algunos lo llamarían egoísmo, ella prefería pensar que era independencia.

Jordi apareció en su vida, cinco años atrás, ornado con los atributos necesarios para que la sempiterna historia de enamoramiento y desgarro volviera a repetirse. Era cuatro años más joven que ella, tenía un precario empleo en una empresa publicitaria de poca monta y parecía entusiasmado por su personalidad, su empuje. Y, detalle inédito, era viudo. No alardeaba de ello, se limitaba a comentarlo con compungida sobriedad. Tenía cierto aire ausente que Regina tomó por una aureola de tristeza: con el tiempo, ese talante se reveló como la manifestación externa de su soberana indiferencia hacia todo lo que no fuera su propia persona. Le contó que *había tenido* que casarse muy joven con una muchacha de buena familia que había fallecido al poco de nacer Álex, y Regina sobreentendió que se había visto atrapado por un embarazo inoportuno. Parecía indefenso, y la piedad actuó en la escritora como un irresistible afrodisíaco.

Jordi resistió la prueba del marcapasos. Mediado el segundo año de relación, Regina creyó poder repetir sin temor a arrepentirse la frase que solía dedicar a la prensa:

—Tengo una relación estable —declaraba a diestro y siniestro.

Pareja, que no familia, pensó ahora, mientras Jordi seguía dándole explicaciones acerca de lo conveniente que sería para Álex disfrutar de su tutela. Regina nunca quiso tener hijos ni los echaba en falta. Sin embargo, su experiencia con Álex no había sido desagradable, a pesar de sus aspectos negativos. Cuando lo conoció era una especie de gamberro, un chico en plena edad del pavo que faltaba al colegio cuando se le antojaba, no le contestaba cuando le dirigía la palabra, y pasaba la mayor parte del tiempo encerrado en su habitación, tumbado en la cama sin descalzarse y escuchando música a todo volumen. No hacía falta ser una especialista en novelas sicológicas para comprender que el muchacho sufría las consecuencias de no haber disfrutado de una madre, si es que de una madre se puede disfrutar, se decía Regina, recordando su propia experiencia. Tras una temporada de broncas extenuantes y algún que otro bofetón, durante la cual Regina llegó a sentirse como Ana Sullivan domesticando a Helen Keller, consiguió inculcar en el chaval ciertos principios de orden y obediencia, y entre los dos se estableció un lazo de ternura y complicidad. Cuando la relación con Jordi empezó a hacer aguas, Álex cayó en una intensa melancolía. Luego vino aquel horrible intento de suicidio, aquella llamada de atención que sumió a Regina en la impotencia porque el chico ya no dependía de ella. Era lógico que, encontrándose de nuevo a merced de su padre, Álex hubiera retomado su comportamiento de adolescente medio salvaje.

En cualquier caso, no era asunto suyo. Jordi podía mandarlo a estudiar a Inglaterra o a Estados Unidos, o a Canadá. El dinero ya no era un problema para él. Gracias a las influencias de la odiosa Patricia, la mujer por quien la dejó dos años atrás, se había colocado como alto ejecutivo de la empresa audiovisual Ultracable y se permitía viajar a Hawai dos veces al año para participar en seminarios de budismo, religión a la que se había convertido y que, según él, daba pleno sentido a su vida.

—Recuerda lo que hizo cuando le dije que nos teníamos que mudar a Madrid —repitió Jordi, al teléfono, en tono lastimero—. No querrás que vuelva a intentarlo.

¿Cómo olvidarlo, si ella fue la única persona a quien los médicos pudieron localizar después de que un compañero encontrara a Álex en su habitación del internado, inconsciente por una sobredosis de Tranquimazin? Papaíto se encontraba a setecientos kilómetros, en un chalet de La Moraleja, probando con Patricia la cama del que iba a ser su nuevo domicilio madrileño, y con el móvil desconectado. Aquella noche, en el hospital, fue Regina quien le tomó la mano mientras el chico deliraba, fue ella quien sufrió al pensar en el doloroso lavado de estómago que acababan de practicarle. Para colmo, cuando el hombre por fin se presentó, se limitó a mirarla como si fuera suya la culpa de lo que Álex había hecho. El chico robó las pastillas de su botiquín, porque había seguido visitándola después de la ruptura, desoyendo las advertencias de su padre y tratando de mantener el lazo que lo unía a la mujer que lo había tratado como a un hijo. A Regina le rompía el corazón verlo tan desorientado, pero se repetía que el único responsable de su inestabilidad era Jordi.

Su talante de hoy era otro muy distinto; el viejo estilo zalamero de los primeros tiempos.

—Te necesita. No ha conseguido hacer buenos amigos en Madrid, o no le gustan los que tiene. Añora Barcelona. Y yo me quedaré más tranquilo si sé que se encuentra bajo tu custodia. Eres la única persona con la que se lleva bien. Lo tienes todo bajo control.

¿No había sido eso lo que le había reprochado Jordi cuando rompieron? ¿Lo que, según él, lo indujo a buscarse una mujer más dócil, más femenina? Su omnipotencia, lo había llamado.

—Tu omnipotencia me vuelve impotente —había dicho—. A tu lado no puedo crecer. Me limitas.

Y, ante su exasperación, había añadido:

—Lo superarás, no te preocupes. No precisas de nadie, Regina. Eres una hermafrodita funcional. No me extraña que te lleves bien con Álex. A él puedes dominarlo.

Fue su mensaje de despedida. Ella era la escritora, pero el epitafio de su relación tuvo que ponerlo Jordi. Hasta llegar a aquel momento, el deterioro de su convivencia había adoptado un ritmo lento y arrasador. Al analizarlo desde el presente, Regina veía con claridad que se desarrolló en dos fases, dos caídas en picado hacia la ruptura, frenadas por una engañosa meseta intermedia que ellos bautizaron como período de reflexión. En la primera etapa del conflicto, Jordi había sido víctima de un estado de gatillazo permanente que la llenaba de frustración. No podía consumar el coito.

—Si no me deseas, dilo y en paz. Nos separamos. Nadie manda sobre el deseo —lo apremiaba ella—. O puedes... podemos ir a un sicólogo.

—¿Que no te deseo? ¡Toca! —y le tomaba la mano para que comprobara la magnitud de su miembro erecto.

En cuanto la penetraba, su sexo iniciaba un acelerado retroceso, como un niño atemorizado al entrar en la guarida del monstruo. Jordi se disculpaba: no sé lo que me pasa, no es culpa tuya, te juro que aún me vuelves loco, etcétera. Había algo enfermizo en la forma que él tenía de rechazar la confrontación, en cómo intentaba ser un enamorado intachable y atento durante el día para, de noche, embarcarse de nuevo en la rutina de la frenética e imposible jodienda. Regina se levantaba con la saliva amarga del fracaso, pero allí estaba él, esperándola para desayunar, con un compacto de Mozart en la minicadena de la cocina y la presencia atareada de Flora, la asistenta, que impedía toda conversación íntima, revoloteando alrededor.

Una noche, Regina se negó a secundar su juego:

—Será mejor que nos demos una tregua —decidió, apartándolo antes del primer intento—. Creo que los dos necesitamos un poco de aire.

—¿Quieres que me vaya? —se espantó él.

—No, sólo que vivamos un poco más despegados, no tan pendientes el uno del otro. Bajo el mismo techo, en habitaciones separadas, haciendo cada uno sus propios planes. Si dejas de tenerme todo el rato al lado, quizá las cosas vuelvan a su cauce.

La vida es más ruin que la literatura. La suma de los diálogos que mantuvieron en el transcurso de aquellos meses no daba para dos páginas de un triste relato. Por entonces, Regina estaba terminando una novela de verdad, iniciada en plena euforia pasional. Para acabar de escribirla tuvo que realizar un esfuerzo supremo, del que culpó a su desastrosa situación sentimental. Sólo más adelante comprendió que tenía que buscar el origen de su crisis en algo más profundo y esencial que una separación amorosa.

Si alguien meditó mientras duró la tregua que se dieron, ése no fue Jordi, que pasó a la categoría de huésped de lujo con más entusiasmo de lo que recomendaba el pudor. Entraba y salía de la casa cuando le venía en gana, disfrutando de la comida y el alojamiento gratuitos. No hacía falta ser un lince para comprender que estaba teniendo aventuras. Se desentendió de Álex. Ante el pasmo de la escritora, su compañero de piso, ya que no de vida, empezó a ejercer una desbordante actividad social, como un soltero sin responsabilidades. Regina lo había introducido en un círculo de gente mucho más importante que la que él conocía: le había presentado a sus amigos, editores, escritores, políticos, publicistas, artistas, críticos. Y él, que había hecho lo imposible por aislarla de su grupo, convenciéndola de que nada merecía su atención fuera de las paredes de lo que llamaba «nuestro refugio», había aprovechado aquella pausa para dar unos cuantos pasos bien meditados: conquistar a una mujer, Patricia, tan bien relacionada como ella pero más proclive a la dependencia y el agradecimiento; utilizarla para medrar.

Tendría que haber puesto sus maletas en el descansillo, antes de que él me dejara como a un trasto inútil, se arrepentía. Porque lo que vino después del paréntesis todavía fue peor. Cuando Regina, harta de reflexionar a solas y de que él se diera la gran vida, le dijo que había llegado el momento de intentarlo otra vez, Jordi se mostró de acuerdo, aunque dejó claro que no pensaba renunciar a la parcela de libertad conquistada. Qué fácil es sumar dos y dos cuando se tiene frío el corazón, pensó Regina. A él, las semanas de descanso le habían proporcionado nuevos bríos. Ella estaba hecha una ruina. Quería a Jordi y había esperado que se tratara del hombre definitivo. En cierto modo, pensó con ironía, así había sido, porque después de él no le quedaron ganas de volverse a enamorar.

Después de la tregua, Jordi regresó a casa dispuesto a esgrimir cada una de las armas con que los débiles se vengan de los fuertes. Regina sentía que la nueva situación era mucho peor que la precedente. Volvió a ocupar su sitio en la cama, pero no la tocaba. Era como dormir en medio de una corriente helada. Se acabaron las pantomimas nocturnas. También las diurnas: Jordi perdió sus buenos modales y se apresuraba a subrayar el menor de sus errores. En las raras ocasiones en que salían juntos, la ridiculizaba en público. Echaba mano del repertorio ofensivo típico de las parejas que se desmoronan: «Lo peor de ti…», empezaba una frase, aflautando la voz. O bien: «Ya te lo había dicho…», «Tú siempre tan lista…».

Su instrumento más demoledor fue la pasividad: su forma de permanecer en silencio, tumbado en la cama, a su lado, con cara de víctima. Regina tuvo que empezar a consumir pastillas para dormir, pero aun en sueños así sentía el rechazo del otro, su insultante respiración. Al despertar, la mujer corría a su estudio y se encerraba. Fue entonces cuando se acostumbró a hacer solitarios en el ordenador. Le vaciaban el cerebro, pero no lo suficiente.

Una mañana, Regina no pudo más. Le golpeó la cara

con los puños. Al menos, era una forma de sacudirlo todo. Él le respondió con una bofetada que la tiró al suelo.

—¿Es esto lo que buscas? —preguntó Jordi.

Poco después se marchó, no sin vomitarle la frase sobre su omnipotencia. Demasiado tarde, Regina supo que, para entonces, Jordi tenía segura a la otra mujer, aquella Patricia menuda y sabelotodo que Regina conocía bien porque trabajaba como directora de comunicación en la editorial de Madrid donde ella publicaba entonces. Su compañero había pasado de unos brazos a otros, de un bienestar a otro y, por fin, dio el gran salto a la capital del reino. Ahora conducía un BMW último modelo y, por las noches, corría al chalet de La Moraleja para ofrecer incienso al buda que él y Patricia habían puesto en su dormitorio. No me extraña que crean en la reencarnación, se dijo Regina. Así podrán ir de la mano, brincando de una vida a otra, haciéndole putadas al prójimo.

Cuando se publicó la novela que odiaba y que había acabado de cualquier manera, Regina pensó que el torbellino de la promoción la ayudaría a curarse de sus heridas, pero no contaba con la sempiterna presencia de Patricia, que desde su puesto de directora de comunicación organizaba la campaña publicitaria y había puesto especial empeño en acompañarla durante alguna de sus giras: era un agravio viviente verla tan dicharachera, tan movediza, tan segura de sí misma, oírla hablar con Jordi por el teléfono portátil. Fue una temporada siniestra y, al final, Regina se derrumbó.

Sucedió durante la Feria del Libro de Valencia. Había estado firmando ejemplares durante casi dos horas, cuando se le acercó una pareja homosexual. Eran dos hombres muy guapos. El mayor tenía la boca entreabierta y húmeda, niebla en los ojos y todo él parecía recorrido por un leve temblor. Su acompañante, algo más joven, lo sujetaba por el brazo y sonreía como si nada ocurriera.

—¿Se lo puedes firmar? —pidió el más joven—. Te admira mucho, pero ha sufrido un accidente y no recuerda nada de su vida anterior. Cuando recupere la memoria, se alegrará de tener tu libro dedicado.

Con un nudo en la garganta, Regina escribió una frase de aliento y su firma. Entonces el acompañante blandió una instamatic y dijo:

—¿Te importa que os saque una foto juntos? Fotografío todo lo que hace para que, cuando vuelva a ser el de antes, sepa que no hemos dejado de compartir todo lo que le gustaba.

Aquella era, precisamente, la clase de relación en la que Regina pensaba cuando se refería a una pareja estable. Después de Valencia, había dado instrucciones a su agente para que anulara el resto de la campaña. También le dijo que quería cambiar de editorial y fichar por una de Barcelona, lo que a Blanca le pareció muy bien, porque llevaba años tratando de convencerla para que lo hiciera.

—De acuerdo —accedió Regina, cortando en seco la perorata telefónica de Jordi—. Mándamelo.

Sentía por Álex un amor verdadero que ni siquiera podía explicarse a sí misma.

6

Hacía mucho que Judit había decidido que lo máximo que su familia llegaría a saber de su vida era si se depilaba o no las axilas. Su cuerpo vivía con ellos, y nada más.

Meses después de tener que marcharse de la agencia inmobiliaria, su madre y su hermano seguían creyendo que aún trabajaba allí. Salía por la mañana y regresaba por la noche, simulando cumplir con su horario laboral. En realidad, dedicaba la jornada a escaparse en el 73 a la Barcelona opulenta que le ofrecía sus tentaciones. El dinero que aportaba a su casa cada fin de mes, como si todavía cobrara el magro sueldo de la empresa, procedía de la indemnización que Lluís Viader, el delegado de zona, le había entregado para que se largara sin rechistar.

—Llevas poco tiempo trabajando en la agencia y ni siquiera tienes contrato. Podría echarte sin contemplaciones, pero soy mejor persona de lo que piensas. Este dinero lo pongo de mi bolsillo. Es más de lo que ganarías aquí en seis meses, y espero que me lo agradezcas.

Judit sabía muchas cosas de su jefe, pero no contaba con que en una ocasión así se mostrara tan cínico. Aunque Viader no le importaba lo más mínimo, había creído que estaba loco por ella y que podía manejarlo a su antojo. Las heroínas de Regina Dalmau tenían razón: «Un hombre se convierte en un extraño cuando deja de pensar en una con el pene», había escrito.

Viader se había levantado, la había acompañado hasta la puerta de su despacho y le había tendido formalmente la mano, mientras Judit buscaba en su mente una réplica digna de su autora predilecta. Por fin se le ocurrió. Abrió el sobre que el hombre acababa de darle, leyó la cantidad y, dirigiéndole una de sus gélidas miradas, abroncó la voz y dijo:

—No sabía que la indemnización por eyaculaciones precoces estuviera tan devaluada.

Y se largó, dejándolo con la boca abierta.

La aventura con Viader había empezado a los pocos días de que Judit entrara en la empresa, una tarde en que el hombre le propuso que lo acompañara a examinar un piso recién incorporado a los listados de posibles ventas.

—Quiero tu opinión de chica de hoy —le había dicho Viader, abriendo la puerta del ascensor lo justo para que Judit tuviera que pasar rozándolo.

Judit se la dio sobre el falso parquet de aquella pretenciosa vivienda situada en la parte nueva del barrio. El hombre se desconcertó un poco porque le resultó evidente que lo que buscaba en la chica estaba tan por estrenar como el piso, y después de manosearle rápidamente los pechos se derramó con tal celeridad en el condón que ella no notó nada más que un dolor corto y agudo, y una irritación que le duró varios días.

En las ocasiones que siguieron, Judit comprendió que no sólo era culpa del hombre que ella no llegara a sentir gran cosa. Viader, excitado, la manejaba con torpeza, agarrándola por la cintura y deslizándola por encima y por debajo de su cuerpo robusto y peludo; a un lado y a otro, piernas por aquí, piernas por allá, mientras repetía compulsivamente:

—¡Qué joven eres! ¡Qué delgadita estás!

Entretanto, Judit no podía dejar de pensar, como había hecho toda su vida, no podía dejar de maquinar, e imaginaba lo fondona que debía de ser la mujer de él, su manera de vestir, su peinado, y luego pasaba revista al piso en el que estaban haciendo el amor ese día. Viader enloqueció durante las semanas en que follaron al menos dos veces al día, convirtiendo en fugaces picaderos casi la totalidad de los pisos que figuraban en el listado de la agencia. Al principio sólo la llevaba a los que estaban recién construidos, y entonces Judit, mientras la jodía, pensaba en la gente que algún día los habitaría, en los muebles que pondrían y en los que ella habría puesto en el caso impensable de que pudiera interesarle seguir viviendo en el barrio y en un edificio tan poco noble como el de su familia pero mucho más pretencioso. Poco a poco Viader perdió la cautela, y empezó a llevarla a viviendas todavía ocupadas por sus propietarios. Pasaba parte del día hablando por teléfono con los dueños, concertando horas de visita:

—Es mejor que ustedes no se encuentren en el piso. Se trata de un cliente muy especial, que no quiere ser visto —argumentaba.

Follar en pisos amueblados era, aparte de más cómodo, mucho más entretenido. Viader la tumbaba en un sofá o sobre la cama, o se lo hacía sobre la formica de la cocina, o en el cuarto de los niños y, mientras, Judit contemplaba con curiosidad los *bibelots*, los cuadros, las cortinas, los muebles, como si al hacerlo se apoderara del espíritu de la casa y de sus ocupantes. Era increíble que la gente tuviera estómago para encerrarse con semejante cantidad de objetos de mal gusto. Una vez jodieron sentados sobre una alfombrilla que tenía tejida la imagen del papa, con la paloma del espíritu santo encima del bonete y la cúpula vaticana al fondo. Quizá fue ese polvo el que trastornó del todo a Viader, quien al día siguiente, nada más entrar en un piso que apestaba a ambientador de rosas, la abrazó, gimiendo:

—¡A la ducha, a la ducha! ¡Vamos a la ducha! ¡No pienso más que en metértela en la ducha!

Debía de ser cierto que no había pensado más que en eso, porque aquel día no cuadró bien los horarios, y en plena efusión acuática fueron sorprendidos por la dueña del piso, que se llevó un susto de muerte. Judit se vistió como pudo (menos mal que su ropa, aunque comprada de segunda mano, era de buena calidad y no desteñía) y salió de estampida. Viader se quedó, dando explicaciones.

Esa misma noche estalló todo porque, como las desgracias nunca vienen solas, la dueña del piso resultó ser compañera de gimnasio de la mujer de Viader, y reconoció a éste de un par de veces que había ido a buscarla; le faltó tiempo para poner al corriente a la esposa ultrajada de los desmanes de su marido. Al día siguiente, Judit fue despedida de forma fulminante por el mismo hombre que horas antes sólo pensaba en metérsela en la ducha.

Había abandonado la inmobiliaria más contenta que unas pascuas, tanto por su frase final que, aunque suya, era digna de su ídolo, como porque la cantidad anotada en el cheque le permitiría, si se administraba bien, dar muchos paseos, comprarse algo en cualquier tienda de ropa usada, y fantasear acerca de su futuro sin tener que aguantar un trabajo de mierda.

Poco a poco, se había ido convenciendo de que lo vivido con Viader podía convertirse en el germen de un relato, o quizá una novela. Era algo que tendría que consultar con Regina Dalmau, como tantas otras cosas.

7

Conozco tu casa. Dirás que suele salir fotografiada en revistas de decoración y que mucha otra gente la ha visto. Ver no es conocer. Sé cómo vives porque sé cómo eres. Cuando escudriño las fotos que los otros se limitan a ojear, todo lo que he averiguado sobre ti dirige mi pensamiento hasta situarte en el lugar y la actitud apropiados. Lo que he leído en revistas y periódicos, lo que te he escuchado decir en radio y televisión. Y, sobre todo, ciertos comportamientos de tus protagonistas femeninas que se repiten una novela tras otra. Demasiadas coincidencias para que no seas tú misma el modelo en el que te inspiras.

Te hago actuar en esos escenarios en donde estoy a punto de poner los pies por primera vez. Por tediosa que resulte mi vida, puedo mirar el reloj y decirme: Regina está haciendo esto y lo otro. Y así me olvido de mí, de cómo doy vueltas y más vueltas sin salir nunca del círculo. «No he dejado de moverme —dice Leonora, tu personaje en mi opinión más logrado—, porque sé que a las chicas que se quedan quietas no les caen regalos del cielo.» En el mundo real, qué complicado resulta acertar con el gesto adecuado para romper el cerco. La historia de la bella durmiente es un cuento de terror. ¿Puedes imaginar cuál sería su sufrimiento si, durante esos veinte años que pasa esperando que la despierten, no estuviera realmente dormida, sino paralizada, condenada a escuchar a quienes se mueven a su alrededor creyéndola muerta, sentenciada a sentir sobre su frente la sombra del tiempo que huye?

Puesto que, hasta ahora, me he visto forzada a aceptar esta parálisis, mi forma de aliviar la desesperación ha consistido en crear representaciones de ti. Te he hecho compañía todo este tiempo.

Te levantas muy temprano, te preparas un zumo en la cocina y lo bebes de pie, mientras miras por la ventana que da al Tibidabo. En invierno no hay más que oscuridad delante de ti y el amanecer te sorprende cuando ya te encuentras en tu estudio, sentada ante el ordenador, planificando el trabajo de la jornada; pero cuando amanece pronto te gusta demorarte un rato en la cocina, contemplando cómo la claridad que viene de levante rescata de la noche las siluetas del templo del Tibidabo y de la torre de comunicaciones, esa esbelta aguja que aparece en dos de tus novelas. La cúpula del observatorio (en donde pusiste a trabajar a Guillermina, otro de tus fascinantes personajes) destella bajo los rayos del primer sol. En cualquier caso, en cuanto te pones a escribir te evades del mundo que te rodea. «Si no escribiera no sabría qué hacer», dijiste en cierta ocasión, por lo que siempre estás metida en la redacción de una novela o en los preparativos para empezar otra. Tienes un archivo con casos que pueden servirte de inspiración y que recortas de los periódicos. A mí también me gustaría hacerlo, si no estuviera tan ocupada controlando tu vida. Porque es increíble de lo que una se entera por pequeños sueltos periodísticos. La gente que parece normal es capaz de hacer cosas muy chocantes.

Me pregunto en qué parte de tu estudio guardarás el archivo. En la librería inglesa, supongo. En la mitad superior de ese mueble, al lado del espejo en el que se refleja tu jardín, tienes tus libros de consulta y unos cuantos volúmenes sobre historia de la literatura y biografías de escritores, lo sé porque los he examinado con una lupa y, aunque sólo he podido captar palabras sueltas, ésa es la impresión que me ha dado. El cuerpo inferior de la librería dispone de puertas correderas, imagino que ahí guardas tus archivos, tus escritos, tus borradores, las cartas de tus fans.

Nunca me he atrevido a escribirte, me pongo enferma de sólo pensar que podrías suponer que soy una más entre tus seguidoras. Tampoco he querido acercarme cuando firmas ejemplares en un centro comercial. No me habría atrevido a aproximarme a ti, en el ateneo, si no me hubiera dado cuenta de cómo me has estado mirando todo el rato. Como si adivinaras lo especial que soy, lo importante que voy a ser en tu vida. Como si me descubrieras. Lo has hecho, me has invitado a visitarte, y sé que ya no habrá nadie que pueda interponerse entre nosotras.

Yo también escribiría como tú si tuviera una casa como la tuya. Y el jardín de tu terraza, que es como un invernadero, aunque nunca he visto ninguno al natural; sólo en alguna película. Como es lógico, tu escritorio está dispuesto de forma que, cuando levantas la vista de la pantalla, puedes descansarla en el exuberante frontón de plantas y flores que tienes delante. Un jardín en tu estudio: nunca imaginé que existieran lujos semejantes. Mi madre tiene macetas de geranios colgadas en la pared de la minúscula terraza donde están la lavadora y el tendedero. Me repugnan los geranios: huelen a carne muerta. No son verdaderas flores, tienen algo de necesario, de integrado, de permanente. A veces pienso que cierta gente nace con los geranios puestos. Las flores de verdad, las que a mí me gustan, son como las que adornan los rincones de tu salón: narcisos, lilas, lirios, rosas, gladiolos, calas, varas de nardos cuyo aroma percibo como si impregnara el brillante papel de la fotografía. Flores especiales para una mujer especial.

Invernadero. Me gusta escribir esta palabra. Más bonita aun, más densa, me parece umbráculo. Pero no son palabras que me conciernan. Para mí, quedan las otras: macetas, geranios, tendedero. Trabajas hasta bien entrado el mediodía, y entonces la mujer que te sirve, eso lo contaste en el programa de medianoche de la emisora cultural catalana, te lleva al estudio una bandeja con una comida ligera. Te gustan las frutas exóticas. El zumo de la mañana seguramente es de guayaba, o de mango: en la mesa de la cocina, una mesa que es más grande que el comedor de mi casa, hay siempre una bandeja de madera con frutas tropicales de colores muy vivos. Sale en las fotos, y me he fijado en que los volúmenes y colores de los frutos cambian: no son de cera, ni están ahí para mera decoración. Te las comes. Leí también que prefieres el pescado y el queso a la carne. Bebes, pero sólo vino con las comidas. Saber cuáles son tus alimentos y tu bebida hace que me sienta extrañamente dentro de ti. Una vez, durante mis paseos por la Bonanova, me gasté un buen dinero en una frutería de lujo. Compré una bandeja de poliuretano con rodajas de piña preparadas, cubiertas con celofán. Luego, cerca de la plaza, en la charcutería de la calle Muntaner que allí llaman *delicatessen*, adquirí una pequeña botella de vino tinto y pedí que me la descorcharan. Me miraron como si fuera una extraterrestre, pero no me importó. No visto para pasar desapercibida. La tienda estaba llena de gente elegante, y tuve que esperar mucho a que me sirvieran.

Busqué un banco en la plaza y me senté a darme un festín. Era la hora del almuerzo, el reloj de la iglesia dio dos campanadas en aquel momento, y yo fui feliz porque sabía que tú también las habrías oído, y que también estarías comiendo y bebiendo algo muy similar. Mi boca se convirtió en la tuya, sentí los sabores mezclándose sutilmente con la saliva, desparramándose por mi interior. Si uno es lo que come, según sostienen los chinos, por fuerza algo parecido a ti tuvo que gestarse ese día en mi estómago.

Hace tiempo que sé dónde vives. Lo adiviné gracias al reportaje que apareció en la revista *Casa Vogue*. El texto era muy explícito, demasiado: alguien que te quisiera mal podría sorprenderte un día, hacerte daño. El texto, te decía, daba una descripción completa del edificio, de su entrada privada, de la rosaleda que bordea el camino de pedriza que conduce a la puerta, de las robustas quentias situadas a ambos lados del portal, y de la estatua de Clarà, esa mujer desnuda y acuclillada que mira al cielo con la cabeza recostada en sus brazos cruzados. Y hablaba de la iglesia cercana, del panorama que se ve desde tus ventanales de la parte exterior: la calle que desciende y se pierde en el horizonte, la franja de mar que se ve un poco más allá, dividida por la torre de San Sebastián. «Un ático de 200 metros cuadrados, luminoso, en uno de los edificios exclusivos del área más elegante de la ciudad.» He caminado mucho por esa zona, en los últimos tiempos, desde que dejé mi empleo en la inmobiliaria. Conozco cada palmo de la plaza y de las callecitas silenciosas y cuidadas que hay detrás. La iglesia siempre me ha impresionado, con su mezcla de estilos: la columnata neoclásica que parece sacada de *Lo que el viento se llevó*, el frontis con vidrieras de colores, las ojivas de las fachadas laterales.

Con frecuencia he mirado los amplios ventanales, cuando no sabía que tú vivías ahí, y me he preguntado qué se sentirá al ver la ciudad desde arriba. Sin duda, satisfacción y seguridad. La seguridad del dueño.

El redactor del reportaje fue muy imprudente. Demasiados datos. No hay otra casa en los alrededores de la iglesia, que también describía con detalle, cuyo patio de entrada disponga de rosaleda, quentias y estatua de mármol. Lo he comprobado. Alguien que no te quisiera como yo podría merodear alrededor de tu casa como yo lo he hecho, podría esperarte como yo te he esperado, podría abordarte como yo no me he atrevido a hacerlo, a pesar de que te he visto salir del garaje contiguo en un par de ocasiones, conduciendo tu Renault blanco, y de que podía haberte abordado mientras esperabas a que se levantara la barrera. Estoy segura de que te hubiera asustado.

Aparte de la indiscreción del texto, era un trabajo fotográfico magnífico. Una doble página para cada habitación, con una imagen general, complementada con una secuencia de detalles. Esos dos angelotes de colores llamativos que cuelgan del techo en una esquina de tu salón, entre los dos ventanales, son mexicanos, ¿verdad?, y la lámpara de bronce que hay sobre la mesa ovalada, de patas curvas, es muy antigua, la compraste en París. Cuando lees bajo su haz, ¿lo haces sentada o te gusta tumbarte en el sofá, con la cabeza apoyada en uno de los cojines? Puedo imaginar tu cabello castaño desparramado sobre la seda adamascada amarilla. A veces levantas la vista y contemplas el cuadro que está sobre la chimenea: un barco antiguo, con las velas infladas, que parece saltar sobre un mar encrespado. Tiene que gustarte mucho, porque le has dado el mejor emplazamiento en tu salón. Hay tantas cosas que me tienes que contar.

«Desde la ventana de la cocina se divisa la colina del Tibidabo», se decía en el reportaje. Por eso pienso en lo que ves cuando desayunas, mientras tomo café en la cocina de mi casa, cuya ventana da a un patio de luces que desde muy temprano huele a aceite frito.

Ninguno de los pisos que tuve que enseñar mientras trabajé en la agencia inmobiliaria guarda el más remoto parecido con el tuyo. Es como si el mundo estuviera dividido en dos áreas: una, atiborrada de cubículos pequeños y apelmazados para la gente que no debe crecer; la otra, llena de aire, de espacios abiertos, de techos altos, que permite a sus habitantes desarrollarse. Una vez visité el cementerio de Montjuïc, y vi que allí también la muerte está partida en dos. Nichos tan apretujados como los pisos de mi bloque. Panteones con arretes y estatuas para quienes proceden de barrios como el tuyo.

De pisos, como sabrás a su debido tiempo, entiendo un rato. Algún día te contaré lo que me ocurrió en la agencia, pero será a mi manera, porque si lo viví fue para atrapar el embrión de alguna historia que te pueda cautivar. Comprendo que lo que soy y lo que tengo no constituyen un bagaje capaz de despertar tu interés. No puedo igualar cuanto posees. Sólo me aceptarás si puedo compensar alguna de tus insuficiencias. ¿Te queda algo por conseguir en esa vida tan completa de que disfrutas? ¿Qué hueco puede llenar en ti una criatura venida de las madrigueras en donde nos escondemos los enanos? Temo que mi ansia por servirte no baste para mantener tu atención.

Me pregunto si tendrás cuarto de invitados. No salía en el reportaje, pero por fuerza tienes que tenerlo.

8

Irritada consigo misma por haber aceptado hacerse cargo de Álex cuando bastante tenía con ocuparse de sus propios asuntos, Regina decidió volver al estudio a hacer solitarios, y al retirar bruscamente los pies de la mesa tiró el monolito de cristal, que se hizo trizas contra el parquet. Dichosa Flora, que había olvidado colocarlo en la vitrina, junto a los otros trofeos.

Flora era la mujer que trabajaba para ella desde hacía más de una década, y a quien pagaba, y muy bien, para que la cuidara todos los días del año excepto domingos, Viernes Santo y Navidad. El resto de los festivos, Flora trabajaba como si fuera laborable. Este trato convenía a las dos. A Regina, porque precisaba de atención permanente, y a Flora, porque aborrecía pasar más tiempo que el indispensable sirviendo de esclava al curda de su marido, un peón de albañil propenso a los accidentes laborales.

En su juventud, Flora, que era de un pueblo de Almería, trabajó en Suiza, y a menudo le hablaba a Regina de la dureza de aquellos años pasados bajo el yugo de las amas de casa helvéticas. «Mala gente —decía—. No tienen corazón.» Flora, por lo visto, había tenido demasiado, y se había enamorado de otro emigrante, un italiano que se la llevó de vacaciones a Nápoles pero que la había plantado por otra. «Menos mal que no le hizo una barriga», le solía decir Regina, para consolarla. «Ojalá —contestaba Flora—. Yo siempre quise ser madre. Cuando conocí a Fidel pensé que nuestra vida nunca sería como con Paolo, pero que, por lo menos, era un buen hombre y que yo estaría *arrecogía* y tendríamos hijos. Ni lo uno ni lo otro y, encima, trabajando por partida doble.»

Era una buena mujer y una empleada modelo, forjada en la implacable escuela de la emigración. ¿Cuántos años podía tener? No era mucho mayor que Regina, pero parecía su madre. La vida le había pasado por encima, y la escritora le tenía afecto. Flora se alegraría de la vuelta de Álex. Había disfrutado cuidando de él como si se tratara del hijo que echaba en falta.

Flora medía más de un metro setenta, era cuadrada y fornida, una bestia de carga, útil para los trabajos más duros, y desde hacía un tiempo había renunciado a llevar el pelo en moño. La primera vez que compareció con su melenón peinado en rizos y suelto hasta los hombros y, colgándole del brazo, un bolso de rafia recién adquirido en las rebajas y adornado por fuera con tintineantes campanillas, Regina, que en aquel momento salía del cuarto de baño, pegó un respingo y, sin darle ni los buenos días, exclamó:

—¡La madre que la parió, Flora! Parece usted el Golem cuando iba a hacer la compra por el gueto de Praga.

Durante varias semanas, la mujer no hizo más que preguntarle quién era aquel señor, y al final Regina escurrió el bulto diciéndole que se trataba de un personaje mitológico, como las hadas y las sirenas. Flora se puso muy contenta, y al día siguiente la obsequió con uno de aquellos adornos que solía comprar en un Todo a Cien, un unicornio hecho con cristal de culo de botella que se alzaba sobre las patas traseras pegadas a un espejo que hacía de peana.

—La dependienta me ha dicho que también es mitológico.

Como solía hacer con los regalos decorativos de Flora, al poco tiempo se las apañó para romperlo.

—Qué lástima, con lo bonico que quedaba en el aparador.

La muy bruta parecía tener alergia a las superficies despejadas. Pocos días antes, tras desembalar el jodido premio que ahora yacía hecho añicos a los pies de Regina, Flora lo había contemplado, extasiada, dictaminando lo bien que quedaría sobre el televisor. Seguramente lo había dejado en la mesa para que ella misma acabara seducida por la idea y lo pusiera allí. Parecía mentira que, después de haber trabajado diez años en su casa, siguiera sin conocer sus gustos. Pero Flora era una buena mujer, tenía una mano mágica para las plantas y le era de gran utilidad cuando quería incluir en sus novelas vocablos y giros populares.

—A ver, Flora, ¿cómo llamaría usted a esto? —y Regina señalaba la pared de la cocina.

—*Rachola.*

—No, eso es una perversión del catalán, es *rajola* y se escribe con jota. Quiero decir, en Andalucía. Sería azulejo, ¿no? ¿O baldosa? Tengo que ponerlo tal y como ustedes lo dicen.

—Pues yo siempre digo *rachola.* No conozco a nadie que lo llame de otra manera.

En estos momentos, con el trofeo pulverizado a su alrededor, Regina no podía sentir por ella su habitual ternura. Flora formaba parte de los problemas que la mortificaban. La mujer, que llevaba diez años a su servicio, en los últimos meses había empezado a desarrollar un comportamiento extravagante. No sólo olvidaba los encargos, sino que la casa cada vez tenía más rincones sucios. Y, además, se había vuelto testaruda, quería a toda costa que le abriera el cuarto cerrado, que Flora, que era muy peliculera, siempre llamaba «la habitación de Rebeca».

—Bien lo tendré que limpiar un día u otro. Debe de estar hecho una pocilga —decía—. Yo nunca he entrado ahí…

—Ni entrará —cortaba Regina—. Más le vale limpiar bien lo de siempre.

Además, le fallaba el oído, y Regina se veía obligada a desgañitarse cada vez que necesitaba pedirle algo desde una relativa distancia. Cuando, por fin, Flora comparecía, lo hacía colorada como un pimiento y aullando a su vez:

—¡No me grite, que no estoy sorda!

La mujer había adquirido la costumbre de telefonearle los domingos, a última hora de la tarde.

—¿Está usted ahí? ¡No está usted ahí! —gritaba al contestador automático.

Y a continuación le dejaba grabadas interminables y confusas peroratas acerca de su Fidel y las cervezas que la obligaba a comprarle. Acababa llorando y diciéndole, entre sollozos, que para lo que la esperaba más le valdría estar muerta, y que estas cosas sólo se las podía contar a ella porque, al fin y al cabo, decía, es usted mi única amiga, aunque nunca la encuentre cuando le telefoneo. Regina se preguntaba si Flora no estaría acompañando a su marido en lo de empinar el codo.

La última llamada intempestiva de la mujer se había producido hacía menos de veinticuatro horas, y había sido para comunicarle que no podría ir a trabajar en toda la semana:

—¡Mi marido, que se ha caído del andamio, el pobretico! ¡Tiene la cadera como un tomate reventado! —le gritó al contestador.

Regina no había tenido más remedio que ponerse al teléfono y concederle unos días de permiso, confiando en

72

que Vicente, el conserje de la finca, sabría solucionarle provisionalmente los asuntos domésticos. Pero Vicente no me ayudará a recoger los restos del monolito, se dijo mientras agarraba con precaución los trozos de cristal más grandes y los colocaba sobre la mesa. Regina se dirigió al trastero. Estaba más familiarizada de lo que Flora creía con los artículos de limpieza que había en la casa. Ella misma se ocupaba, siempre de noche, cuando se encontraba a solas, de mantener la habitación cerrada relativamente limpia.

Esa misma aspiradora serviría para eliminar del parquet todo rastro de cristales. Había pertenecido a Jordi, que solía usarla para la tapicería del coche, y al final no se la había llevado consigo. En estas cosas, al menos, no había sido mezquino, aunque Regina hubiera preferido que lo fuera, porque durante los primeros meses de su ausencia no hizo más que toparse con objetos suyos. Además de la aspiradora, dejó una taladradora, varios libros sobre mercadotecnia aplicada a los nuevos sistemas de comunicación y una colección completa de fascículos sobre el funcionamiento de Internet. También había olvidado algunas de las prendas que Regina le había regalado: un cinturón de Loewe que le había costado un riñón, dos corbatas de seda italiana y una bufanda a cuadros escoceses. Y su olor.

Durante los días que siguieron a la ruptura se había sentido demasiado lacerada para advertirlo, fulminada por la incredulidad de estar viviendo de nuevo la experiencia del abandono. Más adelante, cuando el dolor y el deseo de revancha dieron paso a una meliflua desorientación, el olor corporal de Jordi, mezclado con su colonia, se materializó como una ofensa. Era un rastro tan intenso que a menudo Regina se figuraba que, en su etapa actual, por fuerza él tenía que segregar un aroma distinto, obligado a prescindir de esa parte de su presencia sensorial que había preferido permanecer con ella.

Había ordenado a Flora ventilar la casa, mandar cortinas y alfombras al tinte, limpiar la tapicería de los muebles, pero sus esfuerzos resultaron inútiles. Redecoró el dormitorio de arriba abajo, pero el olor seguía allí. «Son imaginaciones suyas», se quejaba la mujer.

Regina sabía que la noción de ciertas cosas puede ser más real para los sentidos que las cosas mismas, como ocurre cuando uno piensa que necesita una ducha fría para despejarse, y el solo pensamiento produce el efecto deseado. La fragancia de Jordi era el epítome de los recuerdos de su vida en común, había concluido, resignándose a soportarla, y este sometimiento actuó como regulador: el olor no desapareció, sino que se integró en la casa como uno más de los muchos elementos que la remitían a los años vividos con Jordi.

No era la privación del amor lo que la atormentaba, sino el fracaso de su diseño de vida. «A diferencia de los hombres, las mujeres que nos entregamos a una profesión tenemos muchas veces que renunciar a los sentimientos», solía declarar a la prensa. Si era sincera consigo misma, y bien sabía Regina lo poco que deseaba serlo, debía aceptar que ella nunca había renunciado a nada, por la sencilla razón de que las emociones privadas le parecían menos importantes que su carrera como novelista. Su debilidad al enamorarse de un hombre equivocado tras otro le resultaba, por tanto, más humillante. Lo único que pedía era una infraestructura sentimental y sexual lo bastante sólida y flexible como para permitirle dedicarse por entero a su oficio. ¿Qué tenía eso de malo? ¿No era a lo que aspiraba la mayoría de los machos de la especie? ¿Es que no había en el mundo nadie capaz de respaldarla, tolerarla y quererla?

No era culpa suya si se había convertido en una hermafrodita funcional. Y no le importaba serlo, si eso le permitía mantener su trabajo bajo control. Porque nada desazonaba más a Regina Dalmau que perder el rumbo en su escritura.

Había terminado de limpiar cuando sonó el zumbido del portero automático. Todavía iba en bata cuando abrió la puerta a Judit.

9

Lo primero que hizo Judit al entrar en su casa, después de la cita con Regina, fue tumbarse en la cama y pensar. Su hermano aún dormía; Rocío estaba en el ateneo, preparando la fiesta africana de la noche. Nadie le impedía ordenar sus ideas, disfrutar de sus emociones.

No le apetecía escribir en su cuaderno sobre lo ocurrido. De súbito, las libretas, los carpetones repletos de recortes y la habitación misma le parecían una representación arcaica de las ilusiones que hasta esa misma mañana había alimentado respecto a su porvenir.

Hasta entonces había creído saber qué era la esperanza: la vaga promesa de un tiempo mejor, a la que se aferraba con empecinamiento para huir de los estragos de su realidad cotidiana. Ahora sentía la esperanza. Físicamente. Tanto, que había sido capaz de volver al barrio en el 73. Una visita a la mujer a quien adoraba había obrado el milagro. Judit ya no temía ser engullida por el bloque.

Regina tiraba de ella, pero esta vez de verdad, con hechos, con una oferta para trabajar en su casa.

—Voy muy retrasada con mi nuevo libro —le había dicho—. En el despacho de mi agente me ayudan, pero hay un montón de asuntos que tú podrías solucionarme. Si es que te apetece.

Se lo había propuesto al final de la visita, por eso Judit

pensó que no debía evocarlo todavía. Para gozar otra vez de lo recién vivido, se obligó a recordar empezando por el principio, por lo que había sentido al llamar al portero automático.

¿De verdad era ella quien había estado allí, temblando, a punto de cumplir su sueño de penetrar en la intimidad de Regina Dalmau? Había atravesado el vestíbulo, admirando las butacas forradas de cuero, la lámpara de pie con pantalla de pergamino y los cuadros que adornaban las paredes. Hasta la mesa del conserje resultaba elegante. Llevada por el nerviosismo, había estado a punto de utilizar el ascensor del servicio. Muerta de vergüenza, se metió en el que correspondía a los vecinos y, una vez dentro, se dio un repaso frente al espejo, estirándose el pelo hacia atrás con un poco de saliva.

No le había abierto la puerta una criada, como esperaba, sino la propia Regina. La mujer la recibió con una sonrisa, pero no la saludó con dos besos, ni le tendió la mano. Mejor. Hubiera sido una frivolidad. «Pasa», dijo, y Judit cruzó el umbral como si atravesara la barrera del sonido.

Sólo más tarde, cuando volvía en el autobús, la muchacha se percató de que Regina Dalmau, vista de cerca, era más menuda de lo que creía. Llevaba zapatillas e iba en bata. Regina, ¡en bata! La había recibido sin ceremonia. Era el gesto de una diosa para no abrumar con su grandeza a una vulgar mortal como ella. Aunque, pensándolo bien, no tan vulgar, si había logrado llegar hasta allí.

La siguió hasta el estudio, mientras Regina parloteaba sobre el tiempo que hacía y otras banalidades. Quiere que me sienta a gusto, se había dicho Judit, ha notado lo cohibida que estoy. La habría abrazado, de gratitud, pero se limitó a sentarse en el pequeño sofá, a su lado, muy modosa, sin dejar de apretar contra su pecho la carpeta con los recortes de su ídolo.

—¿Qué hacías el viernes en mi conferencia, entre tanta gente mayor? —inquirió Regina—. ¿Te aburriste?

Judit enrojeció. La voz le salió más ronca que de costumbre:

—No hay nada en el mundo que me guste más que escucharte.

—Hoy estás aquí para contarme cosas.

Quería saber las razones que impulsaban a Judit a leer sus libros, y si pensaba que su forma de escribir conectaba con la gente joven. La muchacha se había quedado atónita ante la inseguridad que reflejaban las preguntas de Regina, y pronto se vio hablando de amigas que no tenía y que también eran acérrimas partidarias de la novelista, adjudicándoles comentarios favorables sobre su obra, inventando cuantas historias consideró necesarias para devolverle a la mujer esa parte de fe que parecía faltarle.

—Tu forma de escribir interesa a cualquier persona con sensibilidad, tenga la edad que tenga —terminó.

Regina Dalmau la recompensó con la frase que Judit venía esperando desde que entró en la casa:

—Háblame de ti —le dijo.

Le contó rápidamente sus orígenes, cómo era su familia, incluso mintió respecto a la muerte de su padre, para hacerle más interesante. Cuando iba a entrar en la parte que le importaba, sus ambiciones, Regina la interrumpió:

—¿Qué llevas ahí?

Le tendió la carpeta.

—Es una pequeña muestra del interés que siente por ti una chica de veinte años.

Regina se mostró muy cortés. «Me halagas», dijo, al examinar los recortes, pero pronto hizo a un lado la carpeta, dejándola en la mesita auxiliar de cualquier manera. Judit no quería admitir que semejante actitud la había defraudado. Era normal, pensó ahora, que una mujer como ella, acostumbrada a fascinar a su público, no viera en la carpeta más que una chiquillada. Para Judit, suponía años de paciente colección; para ella, unos minutos de complacencia. No le importaba. Los recortes también formaban parte del decorado que acababa de derrumbarse. Carecían de la intensidad del contacto directo. Habían sido meros sucedáneos de la presencia de Regina, de su amistad.

—¿A qué te dedicas?

—Hasta hoy, a soñar —respondió Judit.

Se puso roja como un tomate, porque sabía que, a continuación, tendría que emplear la máxima elocuencia para hablarle de sus ambiciones literarias. Pero Regina iba por otros derroteros.

—Quiero decir si estás en el paro —añadió.

A ella no habría podido mentirle.

—Sí. No es fácil encontrar un empleo decente, en estos tiempos.

Regina se levantó del sofá.

—¿Te enseño la casa?

Más que una sugerencia, había sido una orden. A Regina le gustaba mandar, pensó Judit, desperezándose en su cama, con los ojos cerrados para mantener la ilusión de que todavía se encontraba con la mujer.

La siguió por el pasillo que antes habían recorrido en penumbra. La mujer encendió la luz, y una constelación de botones halógenos empotrados en el techo iluminaron cuadros y muebles. Se necesita haber mamado una leche muy especial, reflexionó Judit, apretando los párpados para que en su visión no se colara ni un atisbo de su propio dormitorio, para saber colocar una partitura abierta por la mitad encima de una consola y, sobre el libro, descansando en las páginas plagadas de notas musicales, un abrecartas con empuñadura de nácar; y que el conjunto quede ahí como al descuido, entre un vaso alto de bronce y una rechoncha arqueta lacada cuyos cajoncillos tienen forma de pájaro, con el pico, a modo de tirador, en relieve. Caray, se había dicho Judit, si mientras follaba con Viader hubiera podido mirar cosas así, seguro que me habría sabido mejor el sexo.

La novelista había vacilado ante una puerta situada a la derecha:

—Es el baño, no creo que te interese.

La madre de Dios, el baño de Regina. Antes de que ésta pudiera reaccionar, Judit se coló dentro. ¿Había sensación más exquisita que imaginar a la mujer allí, entregada a su aseo, a su embellecimiento? En la bañera o en la ducha, porque contaba con las dos variedades, separadas por una mampara; hasta sentada en el inodoro de diseño quedaría elegante. El espejo ocupaba una pared entera, encima de dos lavabos gemelos. Por todas partes había repisas de cristal en donde se ordenaban frascos, tarros, cajas. Olía tan bien, pensó, apretando los párpados, que la simple memoria borraba para siempre el tufo a jabón barato de su propio cuarto de baño. Aquellos cosméticos tan caros… Lo más cerca que Judit había estado de productos semejantes era cuando El Corte Inglés celebraba su semana de la cosmética y ella vagaba por los mostradores ofreciéndose a las señoritas para que le hicieran una mascarilla gratuitamente.

Allí, en aquel cuarto reluciente como un mausoleo era donde Regina se desnudaba, donde se depilaba, donde enjabonaba su cuerpo y dejaba que el agua resbalara sobre su piel. Con qué inteligencia están distribuidas las luces, Regina, pensó, para que no reconozcas del todo las señales del tiempo en tus músculos. Sabía que la novelista se mataba a hacer gimnasia, pero eso no frenaría la decadencia de su cuerpo. Estaba delgada pero Judit se había dado cuenta de que su cintura era ancha, tenía ya la gravidez que es el heraldo de años peores; y sus brazos, que parecían duros debajo de las mangas, adoptaban sin que ella lo percibiera posturas de matrona. Regina tenía la edad de su madre. Qué curioso le había resultado ver en ella la misma agilidad prolongada al filo de la cincuentena por la actividad física, pero carente de la afabilidad con que Rocío se iba redondeando. La gimnasia no basta, hace falta espíritu. Se incorporó en la cama, como si hubiera cometido un sacrilegio. Nunca antes había pensado que su madre poseyera alguna ventaja sobre Regina. Y nunca más volvería a hacerlo. ¿No le había dicho la escritora, con aquel tono de voz tan suave, tan distinguido, que esperaba que pronto podrían trabajar juntas? Colaborar, había dicho. Tenía que serle leal.

—Me falta alguien como tú —fueron sus palabras, antes de despedirla.

Regina la necesitaba y Judit necesitaba a Regina. Entraría y saldría de su casa, pasaría jornadas enteras a su lado, se convertiría en su apoyo imprescindible. Y un día podría confesarle sus pretensiones de llegar a ser como ella, a escribir como ella.

Volver en el 73 había sido más que una decisión práctica. Ahora se sentía parte de Regina Dalmau y de la Barcelona que la escritora encarnaba. Podía recorrer sin temor la zona muerta porque ya no estaba condenada a padecerla. El barrio, su barrio, la había perdido para siempre.

Un golpe en la puerta y el rostro bonachón de su hermano, todavía fruncido por la huella de las sábanas, apareció en el umbral:

—¿Qué haces? ¿Pensar en las musarañas?

—Me han hecho una oferta en la inmobiliaria para que vaya a Lleida. Tengo que sustituir a una vendedora que está de baja por maternidad —improvisó—. A lo mejor me quedo unos meses.

—Si te pagan más y te buscan piso…

La idea se le acababa de ocurrir, y Paco se la tragó sin vacilar. Le entusiasmaba que su hermana se tomara en serio el trabajo.

Se quedó dormida, recordando que su escritora favorita no tenía un cuarto de invitados, sino dos. Y preciosos, por cierto.

TERESA

1

Antes de contratar a Judit en firme, Regina tomó la precaución de pedir informes. Por mucho que deseara tener a la joven cerca, no era tan ingenua como para no asegurarse antes de su honradez; que fuera eficiente no le importaba tanto.

Le urgía someterla a su vigilancia. A Judit, no a otra. De eso estaba segura. Si Blanca había acertado, y todo lo que Regina Dalmau necesitaba para recuperar la inspiración era centrar sus novelas en temas más juveniles, la muchacha le parecía muy adecuada. No sólo le ofrecía un perfil interesante como hija de un populoso suburbio y de una familia modesta que, pese a todo, trataba de superarse y poseía una razonable cultura general; también era lo único que tenía a mano, a domicilio, por así decirlo. Regina no conocía a gente de esa generación, porque Álex no contaba, el chico era sólo un apéndice del odiado Jordi. Carecía de amigos con hijos que pudieran servirle como arquetipos. En su vida, lo más parecido a una amistad íntima era la relación que había desarrollado con su agente, y Blanca también era un producto típico de los setenta: emancipada y sin ataduras. Es decir, sin descendencia.

Por otra parte, no tenía sentido que saliera a la calle a buscar jóvenes como quien va a buscar setas. ¿Qué iba a hacer, a su edad y con lo conocida que era, merodeando por discotecas, centros comerciales y otros espacios llamados lúdicos que funcionaban como campos de concentración juveniles? Tampoco era cosa de poner un anuncio en los periódicos: «Escritora desconectada de la realidad busca persona joven de unos veinte años, a ser posible del género femenino, representativa de su generación y con carácter, para convertirla en protagonista de una novela paradigmática de nuestro tiempo.»

Por lo que había observado en ella la mañana de Todos los Santos, Judit le ofrecía un punto de partida ideal. Con admirable concisión narrativa, Judit le había contado sus modestos orígenes, cómo era el barrio del que procedía y en cuyo ateneo cultural se habían conocido, la clase de madre abnegada y trabajadora que tenía, y las entrañables aspiraciones de su hermano. Se había referido, mirando hacia otro lado, como si pretendiera ocultar la emoción que sentía al nombrarlo, a aquel padre roquero a quien no había podido conocer porque falleció de sobredosis de heroína cuando ella estaba a punto de venir al mundo.

Impresionantes antecedentes, creía Regina, para una protagonista enraizada con solidez en lo real. La propia Judit, su aspecto, aquella atractiva mezcla de ingenuidad y osadía con que se había esforzado en transmitirle su vacío profesional, ¿no reflejaban el estado de frustración permanente en que se hallaban los jóvenes? Demasiadas expectativas y pocas satisfacciones. Su talento de escritora, su reconocida maestría, sacarían el máximo partido de un personaje así, convenientemente enriquecido, inmerso en el mundo de hoy.

Con suerte, tener a Judit en casa la ayudaría a volver a pedalear. Y, tarde o temprano, la bicicleta rodaría sin obstáculos por el camino que no debía abandonar: su oficio, su prestigio literario, lo único que le importaba.

El empleo de secretaria que le había ofrecido era la excusa perfecta para que la muchacha revoloteara a su alrededor, confiada. Y, si era necesario, le clavaría las alas allí mismo, en su casa, hasta que segregara información suficiente para armar la nueva novela, el nuevo éxito del que Regina no podía prescindir.

«Un novelista tiene que recurrir de vez en cuando a la sangre ajena», se dijo Regina, repitiendo una de las frases favoritas de Teresa, pero este pensamiento no pudo encubrir el temor que yacía en lo más profundo, allá donde los caracoles se desesperaban por reptar. Y era que, en toda su obra, le costaba reconocer una sola gota de su propia sangre.

A los 27 años, Regina Dalmau había sido arrojada al éxito por la voracidad de la época en que empezó a publicar, un tiempo en que el país estrenaba los nuevos modelos de consumo que traía consigo la transición política hacia la democracia. Había recorrido las etapas previas inevitables a su conversión en icono. Primero, tuvo una maestra, Teresa, que dio cauce a sus inquietudes. Teresa creía en sus dotes de escritora mucho más que ella misma, y la ayudó a reconocer su talento. Regina fue una discípula trabajadora que hizo sus deberes sin rechistar, leyó lo que tenía que leer para cultivar su carácter y su estilo, declamó a solas a los clásicos españoles («Son indispensables para mejorar tu castellano», cuántas veces habría escuchado la cantinela), y escribió y reescribió cuentos que nunca resultaban lo bastante perfectos («No importa el tiempo que te tomes, el esfuerzo que te cueste; tienes talento, puedes lograrlo», otro consejo puntual, inmisericorde).

Tenía veinte años cuando escapó de aquel rigor para incorporarse a la corriente de juvenil entusiasmo que recorría el mundo y alcanzaba a este desasistido extremo de Europa. Sin descuidar sus estudios de Filosofía y Letras, se echó un novio con el que realizó los primeros viajes a París y, mucho más, a Londres, y con quien participó en sus primeros alborotos universitarios. Se volvió noctámbula y promiscua, consumidora de cubalibres y de *anfetas*, frecuentó las playas nudistas de Ibiza y se convirtió al feminismo y a todo cuanto hizo falta. Abortó y tomó LSD. Sin dejar de considerar *La Regenta* una obra cúspide de la literatura, se incorporó a la corte de adoradoras de Virginia Woolf.

Su primera novela trataba de esas experiencias. La escribió después de romper con el enésimo novio y de reflexionar durante una noche acerca de qué iba a hacer con su vida. Ése era el tema medular del libro, precisamente: ¿por qué no contar lo que me está pasando, lo que me ha ocurrido hasta hoy? No todo. No las incontables horas transcurridas con Teresa años atrás, oyéndola pontificar sobre lo que no debía hacer si quería llegar a ser una buena escritora. Eso, ¿a quién podía interesarle? Maestra y discípula ya no se veían. No más tabarras, no más reproches: «No sucumbas a tu facilidad para escribir, a tu don. Sólo el esfuerzo te conducirá a la brillantez, al arte», solía decirle. Pues bien, en poco más de tres meses compuso una novela que poseía todos los ingredientes que la época y la necesidad de identificación del público requerían, y con el original bajo el brazo se presentó en una editorial cuyos propietarios eran tan jóvenes y audaces como ella.

Regina se vio desbordada, transportada hacia otro mundo, hacia el triunfo, convertida en fetiche de la clase cultural emergente que corría complacida hacia la amnesia. Paradójicamente, los laureles obtenidos no fueron el resultado de su fidelidad a los principios que le habían sido inculcados, sino un premio a lo que bien podía denominar su deserción. Su novela conectó, más allá de cualquier sensatez, con el alegre ánimo de aquellos años, dio señas de identidad a un nuevo tipo de mujer que necesitaba de una Erica Jong adaptada a las costumbres locales.

La flauta no había sonado por casualidad. Al contrario que las imitadoras que pronto surgieron y que también disfrutaron de su porción de éxito, Regina Dalmau supo luego mantenerse, siempre en línea ascendente, atravesando como una certera jabalina la década de los ochenta e incluso la siguiente, estos agónicos años noventa que habían sintetizado el fenómeno, revalorizando su aspecto más superficial. Convertido el feminismo oficial en una actividad social de prestigio, con sus parcelas de poder, sus compartimentos estancos y sus esporádicas facilidades para que las más perspicaces conquistaran su lugar bajo el sol, el ansia genuina de las mujeres por leer y formarse había desembocado, muchas veces, en la necesidad inducida de leer para identificarse con los estereotipos. Y éstos tenían que ser cada vez más osados, lo que los vaciaba aún más de contenido.

¿Por eso Regina sentía, junto con la urgencia de adelantarse a su deterioro, de conjurar el peligro de verse retirada como un aparato electrónico en desuso, la nostalgia infinita de lo que nunca intentó, aquello para lo que había sido amorosamente dirigida? La voz que había tratado de moldear su conciencia, que la había prevenido contra lo que ahora temía, volvía a hablar a Regina desde la otra orilla, saltando por encima de su traición, del tiempo y de la muerte. «Cuídate de los triunfos fáciles —dijo la voz—. No hay nada malo en equivocarse, porque eso no te impedirá volver sobre tus pasos, rectificar, luchar. Pero pobre de ti si te equivocas y te aplauden, y si te siguen alabando aunque persistas en el error. Entonces no tendrás elección, y nadie podrá rescatarte.»

Nunca volveré a ser joven, nunca podré volver a empezar, se dijo.

Pensó en Judit, a la que pronto tendría bajo observación, envuelta en sus veinte años como en un traje de astronauta, ajena al experimento a que Regina la iba a someter. No sentía piedad por ella, por nadie que estuviera en el umbral de su vida. Regina pronto cumpliría los cincuenta. En el mejor de los casos, ¿cuántos años de inspiración le quedaban, cuántos libros, cuántos éxitos? Se irguió, sobreponiéndose a sus temores. Era valiente, siempre lo había sido. Tenía recursos. Estaba allí, estaba viva, Regina Dalmau, profunda conocedora del alma femenina, fustigadora implacable de las peores lacras del universo machista. Firme, asentada, mientras otras iban y venían de las listas de éxitos y desaparecían.

Tienes veinticinco o más años por delante, se animó. Pero ¿de qué estás hablando? ¿De ser una novelista longeva o una novelista inmortal, como Martín Gaite o Matute? No, no quería engañarse. No podía. Regina nunca había pertenecido a su estirpe. El deseo de perennidad sólo había entrado en sus cálculos mientras estuvo bajo la tutela de Teresa, que la desvió temporalmente de su natural inclinación a lo fácil e inmediato.

Abandonada la maestra, olvidadas sus lecciones, Regina eligió la comodidad. Lo hizo con el alivio de quien comete la deslealtad definitiva que lo libra del esfuerzo de mantener la dignidad que se le reclama. Con el desahogo de quien cree que, por haber dejado de tener fe en Dios, puede excusarse de cumplir con los deberes que su religión le impone y negarse a aceptar los pesares que su fe acarrea; sin saber que, a la larga, tendrá que soportar un nuevo lastre, más gravoso que aquel del que abjuró porque no es sino el lamento de la propia ética desatendida, esa maldita voz de la memoria.

2

Para obtener referencias de la chica acudió a Hilda, la secretaria alemana de Blanca, que fue con quien habían hablado las mujeres que organizaron la conferencia en el ateneo donde conoció a Judit. Hilda llevaba veinte años viviendo en Madrid y estaba casada con un español, pero su particular modo de adaptar las frases hechas del castellano le había reportado el apodo de Hildaridad.

—Si quieres chica para que te eche unos brazos —servicial, Hilda se apresuró a revalidar su sobrenombre—, podemos hacer volar a alguien del despacho.

—Te lo agradezco, pero me interesa ésta. Parece muy despierta, y tengo montañas de papeles por clasificar.

Las empleadas de Blanca se encargaban de solucionar los temas importantes de Regina, sus impuestos, su agenda. También le cribaban la abundante correspondencia que recibía de sus lectores y le filtraban las llamadas telefónicas. No obstante, había un sinfín de asuntos pequeños, domésticos, que la escritora atendía con más pereza que habilidad cuando las cajas de cartón en donde los iba depositando amenazaban con estallar. Durante años, detenerse en plena labor creativa para dedicar un par de jornadas al mes a ponerse al corriente le había servido para orearse pero, desde que se inició su sequía, no había tenido fuerzas ni para eso. Las atiborradas cajas se le antojaban un pretexto excelente para disponer de Judit el tiempo que considerara preciso.

Hildaridad tardó menos de veinticuatro horas en telefonearle con la respuesta:

—Puedes quedarte sin los nervios —anunció—. Me han dicho que su madre es la viga maestra en la que se cae el ateneo. La chica ha pasado por muchos empleos porque su culo está mal sentado, pero es honrada y lista como la patena.

Regina respiró, reconfortada. Había temido que su entero plan se viniera abajo por culpa de un informe desfavorable.

—¿Cuándo necesitas que empiece? —Judit había respondido al teléfono con tanta presteza que Regina adivinó que esperaba su llamada.

Quizá no había hecho otra cosa que esperarla desde el día de Todos los Santos.

—Hoy, mejor que mañana —dijo Regina.

—Dame dos horas.

Dámelas tú a mí, pensó. No podía ofrecerle a la muchacha otra visión desautorizada del mito. Tenía que borrar cualquier imagen de igualdad que Judit pudiera albergar como consecuencia de la imprudente llaneza con que la había recibido el primer día, alzarse en su santuario con cada uno de los atributos que la distinguían. Ser, en fin, Regina en su reino, no en su escondite, Regina Dalmau elevada a la máxima potencia. Y para conseguirlo, nada mejor que ungirse, armarse, protegerse con parte de los bienes de que la chica carecía y que la había observado mirar ávidamente durante su visita.

Esta vez, al abrirle la puerta, vestida con una falda acampanada de espiga y un suéter color rata, botas de ante y la corta melena flotando a ras de los pequeños pero inconfundibles pendientes de brillantes, sintió hasta en el último hilo de su lencería íntima que era ella quien mandaba. Judit le correspondió con una mirada que sobrepasó sus expectativas. En el rostro afilado de la muchacha se alternaban sentimientos más profundos y valiosos que la admiración: afecto y orgullo por haberla conocido, satisfacción, respeto. Y todo ello expresado por el decoro con que demuestran su aprecio hacia los demás las personas que poseen su propia estima. No era la sumisión de un ser anodino lo que Regina tenía delante, y ella misma, si hubiera podido inventarla, no habría elegido una expresión más oportuna para ayudarla a salir del pozo de conmiseración en el que se había estado hundiendo.

Sin dejar de ver en Judit el objeto de su próximo experimento literario, algo sacudió las alborotadas emociones de Regina, dejando un poso de ternura. Para disimular su turbación la condujo de prisa a su estudio, como había hecho el primer día, cuando aún ignoraba que pronto podría contemplarse en Judit como en un espejo que sólo le mostraría su lado bueno.

—Trabajarás aquí, conmigo —le dijo, mostrándole el espacio situado entre la pared recubierta por la librería y el pequeño sofá que dividía la amplia habitación en dos—. Tendremos que buscarte una mesa.

Entre las dos, arrastraron la que había en el jardín.

—Qué rara. Es antigua, ¿verdad? —preguntó Judit.

—Es una mesa de joyero. Perteneció a mi padre. Quizá no te resulte muy cómoda, está diseñada para apoyar los codos, por eso la encimera tiene forma de medialuna.

Notó que Judit se quedaba mirándola como si esperara algo más, la referencia a un pasado concreto que le habría gustado compartir. Regina no estaba para recuerdos.

No, no estaba para recuerdos, y menos si se relacionaban con el católico, honesto y pudoroso Albert Dalmau, diseñador de delicadas piezas, engarzador de piedras preciosas, abrillantador de alhajas únicas en su género y, sobre todo, artífice de enseñanzas morales cuyas excelencias comparaba con la belleza y el valor de los materiales que utilizaba en su oficio.

No alcanzaba Regina la altura de ese mueble de trabajo, debía de tener seis o siete años, y ya le oía asociar la entereza de un espíritu inquebrantable a la consistencia de los diamantes que manejaba; y atribuir al cumplimiento de las promesas, que proclamaba como indispensable engarce de una vida, la nobleza de los metales que aceptaban doblegarse para sostener y resaltar aquellos brillos. Y Dios siempre al final, repartiendo castigos y premios.

Esta mesa fue el único bien que quiso conservar de la herencia de un hombre que había sido arrumbado en su profesión por su aversión a la chabacanería creciente del mercado y el auge imparable de los fabricantes de joyas en serie, y puesto a prueba, también y a diario, por la grosería de una esposa dominante e impedida de la que, coherente hasta el final con sus convicciones, jamás se quiso separar. Tanta rectitud y honestidad, tanta contrición, pensó acerbamente Regina, habían culminado en la peor de las infidelidades: aquella que los hombres íntegros perpetran por omisión, por falta de acción, por cobardía, y que desemboca en frustración y desdicha para unos y otros.

Encerrado todo el día en la habitación que usaba como taller, dejaba que Regina vagara por la casa y se las arreglara para escabullirse del peso de las exigencias maternas, o más bien debería decir de las exigencias del peso materno: aquella mujer monstruosa, de pechos escasos pero inmensamente gorda de cintura para abajo, que pasaba su vida en la cama, siempre con un bastón al alcance de la mano para llamar a la chica de servicio que la atendía, o para reclamar la presencia de los otros, de su padre, de la misma Regina o de la buena de Santeta, que era quien llevaba la casa y se encargaba de darle a la niña algo de afecto. Aún hoy, Regina no podía ver un bastón con empuñadura de plata en el escaparate de un anticuario sin estremecerse al recordar el instrumento de tortura sicológica que María tenía junto a su cama, apoyado en la mesilla de noche, y con el que golpeaba impacientemente el suelo a cada momento.

Más adelante, cuando ya era una novelista famosa y sus padres se encontraban bajo tierra, leyó en alguna parte que Lillian Hellman, en su vejez, también usaba un bastón, y que en las fiestas a las que acudía solía sentarse en el mejor lugar y reclamar desde allí, a bastonazo limpio contra el suelo, la atención de los otros invitados.

Pobre María, pensó con desapego, recluida desde que ella podía recordar en aquel cuerpo deforme, negándose a ver a médicos, rodeada siempre por un enjambre de curanderos y embaucadores, sitiada y a la vez investida por la enfermedad, cuyo nombre nadie le supo dar y tuvo que averiguar por su cuenta, una hidropesía que no era mortal (podía atestiguarlo: había vivido cinco años más que su estilizado marido, fallecido en el 86 mientras dormía, apenas cumplida la setentena), pero que había ahogado todo lo bueno que pudo existir en ella.

Pobre Albert, asido a su mesa de joyero, con las gafas para ver de cerca, aunque muy a menudo usaba la lupa binocular, cubierto por el guardapolvo gris que usaba para el trabajo. Quién sabe qué corrosivas partículas cubrían su corazón. Regina estaba convencida de que su rectitud no lo inmunizó contra los sentimientos. Quién sabe si alguna vez, pese a su fe católica, en la soledad de su cuarto, no dirigió más de una mirada anhelante al frasco de ácido sulfúrico que guardaba en lo alto del armario de las herramientas más grandes. *Blanquimento,* pronunció Regina, saboreando la poética palabra que define la disolución, nueve partes de agua y una de sulfúrico, que su padre utilizaba para blanquear metales. Sin mezclar habría resultado un veneno estupendo, para él o para la mole conyugal que lo tenía sometido.

No, el verdadero sulfúrico, o al menos su equivalente humano, se encontraba en el otro extremo del odioso piso del Eixample, en el dormitorio de la madre, junto a la galería abierta que daba a un patio interior que olía a excrementos de gatos. «Ven aquí, medio hombre, mequetrefe», gritaba María, golpeando el suelo con el bastón. Y esas frases hirientes llegaban a Albert y a la niña, que huían de su presencia.

El banco de joyero tenía una historia pero Regina no quería contársela ni a sí misma. Mucho menos, a Judit. Se limitó a mostrarle las particularidades del mueble, el tablero para dibujar que se deslizaba entre los dos cajones, la plancha de acero colocada en el centro de la medialuna, la cuña de madera situada debajo.

—Puedes dejar tus cosas en el recibidor —dijo en tono cortante, para evitar que le hiciera más preguntas—. Luego te digo qué tienes que hacer con el material que hay en esas cajas.

3

Nada es como parece. Y todo es mucho más de lo que parece, se dijo Judit, empujando con energía la recargada puerta de madera de la *delicatessen* de la calle Muntaner, la misma donde había realizado modestas compras en su vida anterior, antes de que Regina Dalmau despertara a la Bella Durmiente.

—Puedes llamarlos por teléfono —le había dicho la escritora—. Es lo que hago siempre.

Regina le había rogado que se quedara a cenar, era la primera vez que lo hacía, y esta invitación, que para Judit representaba todo un acontecimiento, se veía reforzada por la posibilidad que le ofrecía de presentarse de nuevo en la refinada *delicatessen,* pero ahora pisando terreno firme.

—Déjalo —había respondido Judit—. Me conviene tomar un poco el aire.

—En eso tienes razón —convino Regina—. Hace más de diez horas que estás pegada a la mesa. De todas formas, que lo manden con un chico. No tienes por qué ir cargada.

La atendió el mismo dependiente de chaquetilla blanca que la vez anterior la había mirado de arriba abajo, arrugando la nariz. Inició el mismo gesto, que se convirtió en una expresión de extrañeza cuando leyó la lista que Judit le alargó con aire displicente. Comprobó el pedido y se quedó unos segundos con la boca abierta y los ojos fijos en la muchacha, como si le resultara imposible asociar a aquella joven de aspecto estrambótico con un pedido de ensalada de langostinos, jamón de Jabugo y un surtido de quesos. Consciente de que no daba la talla ni de criada ni de niña bien, Judit compuso una expresión pétrea y utilizó su voz más intimidatoria para decir:

—Es para Regina Dalmau. —Mirando su reloj de pulsera, añadió—: Haga que se lo manden dentro de media hora. Ni un minuto antes, ni un minuto después.

El dependiente dobló el espinazo y se deshizo en promesas de puntualidad, pero a Judit no le gustó su media sonrisa. Le recordaba demasiado el comentario que su madre solía hacer en cada ocasión que veía una vieja película, *Gilda,* por la tele: «El más inteligente es el hombre de los lavabos del casino, que no se equivoca cuando juzga a la gente y pone a cada cual en su lugar.»

Cuando Regina decidió la compra, lo del jamón la desconcertó:

—¿No eras vegetariana? Creí…

—¿Quién? ¿Yo? —La mujer enarcó las cejas.

—Lo ponía en una revista. En más de una. También te lo he oído decir por televisión.

—Ah, eso… —Regina se encogió de hombros—. Supongo que me dio por ahí. Si contestas siempre lo mismo acabas por aburrirte.

Salió del establecimiento con la molesta sensación de que el dependiente, para sus adentros, la había puesto en su lugar. Sin embargo, no le duró mucho. Al desembocar en la plaza sintió que no pertenecía a ninguna otra parte, que aquélla era su ciudad. Iba a cenar con Regina, en su casa, en un acto de intimidad inaudita, ya que sólo hacía tres días que trabajaba para ella. No sabía cómo calificar la relación que había empezado a establecerse entre las dos.

Había llegado a la casa tan cargada de energía, tan proyectada hacia su ídolo, que inevitablemente la vida cotidiana, tan plena de alicientes, contenía también una parte de decepción, como si su ímpetu se estrellara contra una mampara invisible. Regina era muy amable con ella, más que eso, cariñosa. Aceptaba con satisfacción sus sugerencias para agilizar el trabajo, le agradecía su rapidez, apreciaba la puntualidad con que llegaba a la casa todas las mañanas; se notaba que disfrutaba de su compañía.

Y nada más.

La comunión que buscaba, la chispa que tenía que brotar entre las dos, aquel choque entre almas gemelas del que debía nacer una relación indestructible, todo eso no se había producido. La maestra no había reconocido a su discípula. Había algo en Regina que no cuadraba con la imagen que Judit se había creado. Algo andaba torcido en el interior de la escritora, algo que la joven olfateaba pero que no sabía definir, como si la Regina Dalmau majestuosa que había fraguado reuniendo los mensajes que la mujer había enviado al exterior a lo largo de los años fuera una ilusión óptica. La mañana de Todos los Santos, Judit no quiso reconocerlo, pero ¿no había advertido en ella, mientras la seguía por el pasillo, camino de su estudio, como si un peso invisible agobiara la línea de sus hombros?

Absorta, ésa era la palabra justa. Regina estaba absorta en sí misma, pendiente de algo que ocurría en su interior y que la mantenía desconcertada.

La parte buena era que Judit ya no temía por su presente y creía poder confiar en el futuro. Cualquiera que fuese su frustración por la falta de curiosidad que detectaba en Regina, su vida había cambiado por completo.

Disponía de quince minutos antes de que el mozo llevara el encargo a la casa. Ya no tenía que sentarse en un banco en la plaza: ahora podía entrar en un bar, ocupar una mesa junto a la cristalera, pedir una agua tónica y mirar afuera, si no como propietaria, al menos como una inquilina especial. Unos cuantos perros caros jugueteaban en el centro de la plaza, bajo la vigilancia de algunas chicas de servicio dominicanas. Judit se había cruzado con ellas por la mañana, cuando había salido a hacer gestiones para Regina, pero entonces cuidaban bebés sonrosados y rubios. No, no era una niña bien ni una criada, sino la secretaria de Regina Dalmau, su colaboradora. Y pronto sería su mano derecha.

Algún día se conocerían de verdad y entonces Judit podría abrir su corazón.

«Nada es como parece. Y todo es mucho más de lo que parece.» La frase pertenecía a una gran novela de Regina Dalmau, *La viajera sin pasado*. Se podía aplicar a las dos.

4

A los pocos días, Regina tenía la impresión de que la chica siempre había estado allí. La sotana que llevaba por abrigo colgaba a todas horas del perchero modernista. Judit solía aparecer por la casa minutos antes de las ocho de la mañana, y su jornada se prolongaba hasta las nueve de la noche.

El contenido de las cajas de documentos disminuía con rapidez. Durante la jornada, Judit parecía concentrada en lo que estaba haciendo, apenas hablaba o se distraía, y Regina, que por fin se había puesto a corregir las pruebas de su libro, para satisfacción del cada vez más nervioso Amat, la contemplaba a hurtadillas, disfrutando de la sensación de paz que emanaba de la joven. Admiraba la precisión con que sus finas manos, con las habituales uñas pintadas de un rojo sangrante, manipulaban papeles y carpetas, agrupaban talonarios, manejaban archivadores. La veía ir de su mesa a la estantería, empinarse sobre la punta de los pies o ponerse en cuclillas para colocar cada cosa en su sitio con movimientos concisos; ni un gesto de más, ni una mueca que denotara preocupación o ajetreo. Se movía como si ejecutara una tabla de gimnasia sueca o una corecografía geométrica, y su conducta actuaba como un sedante para los nervios siempre algo erizados de Regina.

Lo que menos le gustaba era su aspecto. Flora, que se

había reincorporado a su puesto poco después de que Judit se instalara en el estudio, la había definido con su acostumbrada contundencia:

—Huy, si parece un *adafesio*.

Aquellas trazas sombrías con que la chica intentaba parecer original enternecían a Regina, e incluso pensaba aprovecharlas para el personaje de la novela sobre los jóvenes que, de forma maquinal, empezaba a esbozar más que nada para tranquilizar su conciencia. No obstante, una cosa era la ficción y otra la realidad. No le apetecía lo más mínimo tenerla siempre delante con su uniforme de murciélago, pero no sabía cómo encajaría Judit que le sugiriera un cambio de estilo. La muchacha carecía de recursos, y el sueldo que Regina había propuesto pagarle, aunque justo e incluso generoso, no daba para grandes dispendios en vestuario. Tenía que encontrar la forma de regalarle un fondo de armario completo, y de hacerlo sin ofenderla.

Porque a su competencia profesional, a sus manifestaciones de eficacia, a la forma en que le facilitaba la vida, Judit añadía un ingrediente que conmovía a Regina: un genuino amor hacia ella tan plagado de expectativas que también la desconcertaba.

¿Sería conveniente otorgarle a la protagonista de su novela esa cualidad de desamparo emocional que Judit transmitía a pesar de sus esfuerzos? Entregada superficialmente a la mera corrección gramatical de las pruebas del libro de saldos, Regina interrumpía a menudo su labor para tomar notas sueltas con destino a su próxima obra, esa que Blanca se empeñaba en que escribiera y que habría de prolongar su vigencia como autora. Podría armar una trama. La pregunta era de dónde sacaría el ímpetu necesario para que resultara creíble. ¿Sería lo bastante diestra como para crear una novela alguien que incurría en la debilidad de verse a sí misma como un personaje de ficción? ¿No le había advertido Teresa de que el escritor sólo puede servirse de lo periférico después de que lo ha convertido en sustancia incorporada a su propia experiencia?

Al reintegrarse a su empleo, Flora se mostró poco predispuesta a reconocer los méritos de Judit. Regina se dio cuenta desde el principio de que la asistenta consideraba a la chica una intrusa que lo mangoneaba todo. Se dijo que debería estar atenta, porque su hostilidad podía originar enojosos incidentes domésticos. Cada vez que notaba un cambio introducido por Judit en las costumbres cotidianas, Flora, celosa, agitaba su roja pelambrera y murmuraba una de sus frases de censura favoritas, que le servía por igual para criticar el precio de las naranjas y para asombrarse del estado del tiempo, y que ahora aplicaba, con monótona inquina, a cuanto se relacionaba con la nueva empleada:

—Hay que ver, hay que ver —rezongaba.

En su antipatía hacia Judit se atrevió a ir más lejos, y una mañana, mientras la joven se encontraba en el banco sacando dinero para el mantenimiento de la casa, Flora, que quitaba el polvo de la estantería del estudio, se quedó mirando a Regina, con el plumero en alto y el otro brazo apoyado en la cadera, y sentenció:

—Para mí, que no es trigo limpio.

Estaba picada porque Judit seguía haciéndose cargo de la lista de la compra, que hasta entonces había sido una de las prerrogativas de Flora.

Regina no tenía la menor intención de tolerar que se le solíviantara el servicio. Por otra parte, en la rivalidad entre sus subordinadas veía una oportunidad nada despreciable de que su calidad de vida experimentara una sustanciosa mejora.

—Usted, a lo suyo, Flora —dijo, zanjando la cuestión—. Debería estarle agradecida. La descarga de trabajo, por lo que puede dedicar más tiempo a limpiar los rincones, que últimamente están llenos de mierda, no sé qué le pasa.

Para Regina, la presencia de Judit se había vuelto indispensable. Además de lista, era intuitiva, ordenada y resuelta. No tenía que decirle dos veces lo que quería que hiciera, sabía anticiparse a sus deseos, encontraba soluciones prácticas que a ella ni se le habrían ocurrido, y tenía la habilidad de convertir en nimiedades los problemas cotidianos que solían desbordarla.

Pero su mirada especial, aquella que fortalecía a Regina, Judit la reservaba para el final de la jornada. Sin confesarse que necesitaba ver aparecer en su rostro aquella expresión de reconocimiento ante el ídolo, se acostumbró a pedirle que se quedara a cenar, y entonces Judit, que nunca parecía tener prisa para volver a su casa, compraba comida en una tienda cercana, o improvisaba una cena con las existencias de la nevera. Antes de irse, solía fregar los platos.

—Mételos en el lavavajillas, que para eso lo tenemos —protestaba Regina.

—Es sólo un momento —aducía la otra, atándose un delantal a la cintura.

Y en efecto, se libraba de los cacharros sucios en un santiamén. De nuevo Regina admiraba la precisión de sus movimientos. Ni con el delantal podría pasar por una sirvienta. Parecía una joven actriz teatral que aguardase con impaciencia el golpe de suerte que le permitiría pasar de interpretar doncellas a hacer de primera dama.

Cada día esperaba, inquieta, que llegara el instante en que se veía reflejada en la otra tal como quería ser. Había descubierto que la muchacha era muy diestra con todo tipo de aparatos. Le entusiasmaban su televisor gigantesco y las límpidas imágenes del aparato de DVD que, pocos meses atrás, le había regalado su editor, y que ella no había sabido poner en marcha. Judit lo conectó sin problemas y, todas las noches, después de cenar, Regina se inventaba una excusa para que vieran una película u otra, aunque lo cierto era que, con o sin sesión de cine, la chica nunca rechazaba la oportunidad de quedarse unas horas más en la casa. Judit era mucho más culta, cinematográficamente hablando, que la gente de su edad, aunque tenía lagunas considerables respecto a los clásicos, porque sólo había visto, y no siempre, las películas antiguas que se reponían en televisión. Poseía una intuición natural y se mostraba ávida por acumular conocimientos.

Una noche, viendo *El crepúsculo de los dioses* (tuvieron que usar la copia en vídeo porque la publicación de clásicos en DVD todavía dejaba mucho que desear), Judit pulsó el botón de pausa en el mando a distancia y congeló la imagen al principio de la película.

—Es imposible —dijo, arrogante—. ¡Un muerto que habla!

—No me digas que no lo sabías —replicó Regina, extrañada—. Esta película es todo un clásico. Por primera vez era un muerto quien ponía la voz en *off*, lo que provocó mucha polémica en su momento. Ya verás como en seguida te deja de chirriar.

La otra quería seguir discutiendo.

—Es inadmisible, desde el punto de vista estricto de la narración —continuó, con cierto tonillo pedante—, que un cadáver cuente lo que ha ocurrido antes de su muerte.

Regina sonrió.

—Si te fijas bien, Judit, sólo un muerto puede saber todo cuanto ocurrió, incluso cuando él no estaba presente. Ése es el talento de Billy Wilder, recordarnos una de nuestras más arraigadas e inconscientes creencias: que la gente, cuando se muere, alcanza un grado de conocimiento que ningún ser viviente posee. Y a partir de ahí, te tragas todo lo que viene.

—Sí, pero eso es hacer trampa.

—Cualquier audacia resulta admisible en el arte, si el argumento respeta su propia lógica. Hacer trampa sería, por ejemplo, que al final de la película resultara que el muerto estaba vivo y hubiera estado fingiendo todo el rato.

Judit se quedó pensativa.

—Entonces —reflexionó—, cuando un escritor, en una novela, cuenta la historia como si estuviera dentro de todos los personajes, es como si fuera un muerto.

—No lo podrías haber expresado mejor —Regina volvió a sonreír—. Es lo que llamamos el narrador omnisciente, el narrador-dios. ¿Y quién está más muerto que Dios?

En esas ocasiones, cada vez más frecuentes, en que Judit se quedaba hasta muy tarde, Regina le daba dinero extra para que regresara a su domicilio en taxi. Pensó que, a la larga, quizá le compensaría comprarle un coche de segunda mano, en el caso de que supiera conducir. De todas maneras, la chica pasaba las horas encerrada en el piso y cuando salía a hacer gestiones no se alejaba del vecindario. ¿No sería mucho más práctico que le propusiera que se trasladara a vivir allí? Incluso contando con la inminente llegada de Álex, dispondría de una habitación de más.

Noche tras noche, Regina le sonsacaba información acerca de sus costumbres. Resultaba curioso que, a su edad, Judit careciera, no ya de amigos, sino de simples conocidos con quienes salir, ¿cómo se decía, de marcha?

—Siempre he preferido la compañía de las personas mayores —decía, mirándola con el repertorio completo de su veneración—. Sobre todo, si son inteligentes.

La chica no tenía empacho en hablarle de su familia y de su vida, pero siempre se las ingeniaba para que, al final, fuera Regina quien acabara contándole cosas. A la escritora le resultaba imposible resistirse al encanto de aquella mente ansiosa por acrecentar sus conocimientos sobre ella. Conocimientos halagadores en extremo: Judit recordaba observaciones que ella había hecho, viajes que había realizado, hasta se sabía de memoria los trajes que había lucido para tal o cual ocasión. Los artículos que había escrito, sus intervenciones en televisión. Y sus novelas. Le citaba párrafos enteros de memoria. ¿Era posible que una muchacha que pensaba tanto en ella y para ella, no resultara al mismo tiempo rastrera?

Judit conseguía semejante prodigio. Sabía subirla en un pedestal sin rebajarse. Al hablarle tanto y tan bien a Regina de Regina, con tanto tino, le devolvía su seguridad maltrecha. El efecto duraba sólo unas horas. Pero qué horas. Sólo por eso, pensaba la novelista, valía la pena tener a Judit en casa.

5

Al contrario que Flora, Álex apreció a Judit desde el primer momento. Fue Regina quien, por diferentes motivos, no estuvo a la altura de las circunstancias cuando el muchacho apareció en la casa, pocos días después de que lo hizo Flora.

La novelista disfrutaba de las atenciones de Judit más de lo que había esperado. Era magnífico dejarlo todo en sus manos, le parecía que se le regeneraban las células. Se estaba eternizando en la corrección de las pruebas, pero eso tampoco importaba: nunca se ponía al teléfono cuando quien la llamaba era el pesado de Amat, y el editor tenía que conformarse con las explicaciones que le daba Blanca.

Regina volvía a levantarse a las siete, casi tan pronto como cuando escribía de verdad, y tras una ducha rápida se vestía con informales pero impecables atuendos de mañana. Había empezado a hacerlo para marcar distancias ante su subordinada, y ahora se veía eligiendo, con la mente puesta en Judit, las prendas que le sentaban mejor y que más la rejuvenecían. Y lo hacía para agradarle, no para imponerle su autoridad. Para cuando Judit aparecía, hacia las ocho, cargada con los periódicos del día (otra tarea perdida por Flora), Regina estaba lista para iniciar la jornada. Desayunaban juntas. Se habituó a compartir con Judit la lectura de diarios, a comentar las noticias con ella. En realidad, era Regina quien peroraba mientras la otra asentía; no parecían interesarle gran cosa los conflictos internacionales ni la política nacional, y sólo cuando la escritora se refería a asuntos de índole social, como la violencia doméstica contra la mujer y el trato a los inmigrantes extranjeros, abandonaba su apatía para unirse incondicionalmente a las opiniones de Regina. En cierta ocasión en que la novelista, algo exaltada, bramó contra determinados jueces que rebajaban las sentencias a los hombres que maltrataban o asesinaban mujeres, Judit hizo algo que emocionó a Regina. Sacó de sus profundidades la mirada de arrobo que reservaba para el final de la jornada y, arrastrando su cazallosa voz, le dijo:

—Deberías presentarte a las próximas elecciones. No te lo tomes a coña, eres la única persona en quien confía España entera.

—No seas exagerada —sonrió Regina.

Pero qué diantre, ¿a quién no le gustaba empezar bien la mañana?

Temía que la llegada de Álex alterara el plácido ritmo de los días que pasaba con Judit. Además, los dos tenían casi la misma edad. Sería inevitable que la chica se entendiera con él mejor que con Regina.

El muchacho compareció, sin avisar, a primera hora de la tarde, interrumpiendo la pequeña siesta con que Regina solía regalarse en el sofá del estudio. Su intempestiva llegada la puso de mal humor, pero lo que le sentó peor fue lo poco que quedaba en él, a juzgar por las apariencias, del chico alborotador que había vivido en su casa años atrás. No era tan necia como para pretender que se mantuviera igual, pero lo que menos esperaba era encontrarse con una réplica de Jordi, en joven. Por grande que fuera el afecto que sentía hacia Álex, Regina, al aceptarlo en su casa, no había actuado sólo movida por su generosidad. Lo que en el fondo quería era que el muchacho reconociera la superioridad de su actitud en comparación con la de Jordi, que se lo había quitado de encima para poder moverse a sus anchas por Miami. Álex tenía la misma sonrisa de su antiguo amante, y eso le traía demasiados recuerdos.

La vieja ira volvió a ella, puntual como las recaídas de una enfermedad crónica, dragando las miserias del pasado. Nada podría modificar el hecho de haber sido rechazada.

Iba vestido de marrón oscuro, con pantalones de pernera ancha y recta y una parka con capucha. Llevaba unas Nike amarillas de triple suela, con los cordones desatados. Dejó caer la bolsa de viaje y la mochila en el suelo, sin demasiados miramientos. Había crecido tanto que tuvo que inclinarse para besarla. Regina no sólo no le devolvió el beso, sino que puso en su bienvenida tanta acritud como le fue posible:

—Si quieres quedarte a vivir en esta casa, antes tendrás que contarme con todo detalle, para que lo entienda, por qué has dejado los estudios.

Fue entonces cuando Judit, que había presenciado la escena en silencio, intervino. Tendió su mano, y no sólo físicamente, al recién llegado:

—Hola, soy Judit, encantada. Qué casualidad. Yo tampoco he estudiado gran cosa —explicó alegremente—, y ya ves, Regina me ha dado trabajo. Mujer, si tú misma has escrito que el mundo está lleno de asnos licenciados. Ven, Álex, te acompañaré a tu habitación. Creo que es la que ocupabas antes.

Los vio alejarse por el pasillo, cuchicheando entre risas.

Regresó a su estudio, Judit se reunió con ella poco después:

—A mí me parece muy simpático —comentó.

Regina hizo como que no la oía. Aquella tarde trabajaron en silencio. Poco a poco, recuperó la tranquilidad. Todo estaba bajo control, se dijo. No iba a permitir que, con Álex, la sombra de Jordi se proyectara de nuevo en su vida. Tenía planes. Mientras fingía repasar las galeradas, realizaba anotaciones relacionadas con Judit en una de las pequeñas libretas que descansaban sobre la mesa.

Al final de la tarde, Judit había dado cuenta del contenido de una nueva caja de cartón, colocando cada papel en su archivador correspondiente. Si seguía a aquel ritmo, pronto se le acabaría a Regina la excusa para tenerla cerca. Tenía que combinar esa tarea con algo más, algo que la retuviera en la casa, incluso por las noches.

—Lista, por hoy —dijo Judit, contemplando, satisfecha, la mesa vacía.

Regina se echó hacia atrás, apoyándose en el respaldo anatómico de su silla.

—¿De qué hablabais Álex y tú cuando lo has acompañado a su cuarto?

—De música. ¿Sabías que quiere ser iluminador teatral? Por eso colgó los estudios.

—¿Me estás diciendo que quiere ser electricista?

—No, mujer. Iluminador. Según me ha dicho, eso también es una carrera. Yo no he ido mucho al teatro, pero por lo poco que he visto, los que ponen las luces tienen también mucho arte. Tanto como los pintores. O como los escritores.

—A propósito, Judit —Regina no quería pasarle aquello por alto—. Nunca he escrito esa necedad acerca de asnos licenciados. Si me preguntaran, diría que tener estudios es importante tanto para los asnos como para los sabios.

—Si yo fuera tú —la joven clavó en ella su mirada perspicaz—, no me preocuparía por Álex. Que no lo entiendas no significa que no podáis convivir con armonía.

—Va como un cerdo. —Regina no quería dar su brazo a torcer, aunque se preguntaba si no había sido demasiado severa con él.

—No es verdad. Va como cualquier chico de su edad. Por chocante que te parezca, así es como grita a los demás que él también existe. Todos lo hacemos, cada cual a nuestra manera. Mírame a mí. Puede que, como dice mi madre, me vista de cenizo, pero ella y el resto del mundo no tienen más remedio que aguantarme. Como yo la aguanto a ella, y al resto del mundo.

—Ya que lo dices —comentó—, un poco rarita sí que te ves.

—El día que te atrevas, me enseñas una foto de cuando tenías mi edad y veremos cuál de las dos resulta más estrafalaria —replicó Judit.

Regina soltó su primera carcajada sincera de las últimas semanas.

—Ni loca. Me perderías el respeto.

Pensó que algún día le resultaría divertido enseñarle sus fotos de los setenta, de cuando iba medio vestida de hippy, con el pelo rizado estilo afro y calcomanías de purpurina en los pómulos.

Judit se apartó de la mesa de joyero y caminó hacia la puerta cristalera que comunicaba con el jardín. Solía hacerlo cuando terminaba su trabajo diario.

—El jardín me gusta aún más que el DVD —decía.

Gracias a Judit, Regina recuperaba sensaciones olvidadas. La ilusión por ser rica, que tanto la había colmado en los primeros tiempos, se había desvanecido por completo. Se había acostumbrado, eso era todo. Sí, tenía un hermoso jardín, otro de los privilegios de que disfrutaba. Trató de imaginar qué sentía Judit al verlo. O, mejor dicho, qué sentiría una muchacha salida de la nada y dispuesta a cualquier cosa para realizar sus ambiciones. Es decir, alguien como la protagonista de su proyectada novela.

Judit. Su hallazgo salvador, su mina. Su diamante en bruto. Alguien, algún día, lo tendría que tallar.

Las luces instaladas en la rocalla iluminaban el jardín, transformando con delicadeza los dibujos y volúmenes de las plantas. Judit tenía razón, iluminar también es un arte, como escribir; también consiste en escoger y desechar, en ordenar el caos. Si era eso lo que Álex quería hacer, ¿quién era ella para oponerse?

Llena de optimismo, Regina preguntó:

—¿Crees que a Álex le apetecerá una cena para tres delante de un buen fuego? Todavía no hemos encendido la chimenea, y me apetece hacerlo. Da un poco de faena, pero compensa.

—Déjalo de mi cuenta —replicó la otra, y la escritora supo que se refería tanto a convencer al muchacho como a poner el fuego a punto. Qué alivio, tenerla allí.

Mientras Judit apagaba las luces del estudio, Regina suspiró:

—Espero que, por lo menos, se haya dado una buena ducha.

6

Cuando Regina y Judit entraron en el salón, Álex se hallaba despatarrado en el sofá preferido de la dueña de la casa. Iba vestido con un pijama oscuro que parecía un chándal, o viceversa, y tenía en una mano el mando a distancia del televisor, por cuya pantalla desfilaban imágenes de videoclips musicales. Con la otra mano sujetaba el mando del equipo de sonido, del que surgía una atronadora sarta de decibelios.

—¿Qué es ese ruido? ¿El apocalipsis? —Regina no pudo evitar la ironía, aunque le quedó desvirtuada porque tuvo que gritarla a voz en cuello.

—Hamlet —respondió el chico, bajando el volumen.

—Qué bien. Debe de ser el monólogo.

Judit se apresuró a intervenir:

—Es el nombre de un grupo de *metal* español. Parece que son muy buenos, aunque yo tampoco entiendo gran cosa —añadió.

—Esta canción se llama *Insomnio* —informó el muchacho.

Regina se mordió la lengua para no lanzar otra puya. Hacía demasiado tiempo que había perdido contacto con la música moderna. Lo último que recordaba con agrado era la imagen de Police en la que Sting se quitaba la camiseta por la cabeza y se quedaba con el suculento torso desnudo. Habían pasado más de veinte años. Se dirigió a la cocina, siguiendo las instrucciones de Judit, que la había instado a que fuera organizando las bandejas mientras ellos preparaban la mesa de centro, ya que no valía la pena que se instalaran en el comedor. Colocó quesos, embutidos y yogures en la encimera, y se quedó sin saber qué hacer con todo ello. La chica tardó sólo unos minutos en entrar a ayudarla.

—No es más que un crío —dijo, encogiéndose de hombros—. Y sí, se ha duchado. Lo que pasa es que no le luce.

—Me gustaría saber en nombre de qué extraña promesa que se supone que les hemos hecho y que no hemos cumplido —resopló Regina, presa de furor generacional— los jóvenes de hoy en día se creen con derecho a hacer lo que les pasa por los cojones y a plantar sus patazas en nuestra propiedad privada.

—¿Lo dices por mí? —sonrió Judit, flemática, al tiempo que se hacía cargo de la intendencia—. Te recuerdo que sólo tengo un año más que Álex. Anda, quita, que escribiendo serás un genio, pero en la cocina eres una inútil total.

Nada complacía más a Regina que la mezcla de familiaridad y consideración con que Judit se dirigía a ella.

—Sabes perfectamente por quién lo digo. Y ni siquiera te dan las puñeteras gracias.

Con destreza, Judit distribuyó las viandas en varias bandejas.

—¿Tomamos agua? —preguntó.

Parece que haya nacido aquí, se maravilló Regina, viendo cómo llenaba la jarra de cristal con agua mineral a temperatura ambiente. Se sintió culpable por su estallido.

—Se me ocurre una idea mejor —propuso, conciliadora—. ¿Por qué no abrimos una botella de champán? Así celebramos la llegada de Álex.

Sacó Moët Chandon de la nevera.

—Es francés, espero que te guste.

—Yo también —la sonrisa con que Judit la obsequió era esplendorosa—. No lo he probado nunca.

Al diablo con Álex. Lo único que le importaba era asistir al despertar de la muchacha a los placeres de la buena vida.

Para su sorpresa, cuando salieron con las bandejas, Álex estaba sentado correctamente en uno de los sillones. No sólo había dejado el sofá libre, sino que había bajado la música y apagado el televisor, y había puesto los mandos de los aparatos, uno junto a otro, en la mesita auxiliar, como un tributo a la potestad de Regina sobre el territorio. Esta Judit, qué mano tiene, se dijo.

Sintió que tenía que recompensar a Álex con un gesto de cortesía:

—Si quieres, puedes dejar la tele puesta, siempre que no molestemos a los vecinos. A mí también me gusta, ocasionalmente —mintió—, ver los videoclips de la MTV.

Brindaron por los tres, por su futuro en común.

—Regina, ¿sabías que lo que Álex quiere aprender sólo lo enseñan en Aviñón y en Londres?

Durante toda la cena, Judit se encargó de animar la conversación, y Regina hizo lo que pudo para estar a la altura de las circunstancias. Los jóvenes hablaban de asuntos que parecían conocer pero que a ella se le escapaban, y utilizaban un lenguaje sincopado que a ratos le resultaba ininteligible. Álex comentó que temía que la ciudad hubiera cambiado mucho durante su ausencia, y preguntó dónde se hallaban ahora los sitios de moda. Judit se ofreció a acompañarlo a un par de antros y se interesó por los locales que Álex solía frecuentar en la capital y la vida que llevaba allí.

Lo hace por mí, pensó Regina con orgullo. Había pecado de malpensada al imaginar que Judit y Álex se convertirían en aliados juveniles contra ella. Estiró las orejas cuando oyó a la chica preguntar:

—En eso que tú quieres ser, iluminador, ¿se tarda mucho en ganar dinero? ¿Puedes llegar a ser tan rico como un actor o un escritor?

—Coreógrafo de luces, y con el tiempo, director de escena. Hoy en día, los montajes se hacen en función de la luz —puntualizó Álex—. Y sí, si eres bueno puedes sacarte una pasta. Sobre todo si vas con el título de la Royal Academy of Dramatic Art por delante.

—Estáis muy equivocados —terció Regina—. Sólo los actores o escritores consagrados se ganan bien la vida. El resto hace equilibrios en la cuerda floja.

—¿Qué piensa tu padre de tu vocación? —Judit seguía interrogando a Álex.

El muchacho respondió, mirando a Regina:

—Mi padre… Ya sabes cómo es. Tiene dos ideas sobre mi educación. La primera, que haga lo que quiera mientras no lo moleste. La segunda, que es la que siempre acaba por prevalecer, que la única educación que existe para mí es la que me hace completamente infeliz. Es decir, empresariales.

Así que Álex también sabía la clase de individuo que era su padre. Regina dirigió al muchacho una sonrisa divertida. Sería muy agradable contribuir a que se convirtiera en un profesional competente en el campo que él prefería, proporcionarle los medios para que se emancipara por completo de Jordi. Esta idea la relajó por completo. De repente, pegó un brinco en el sofá. ¿Cómo no se le había ocurrido antes? ¿No eran modelos jóvenes lo que necesitaba para su novela? ¿No reunía Álex todos los requisitos generacionales que, en su opinión, caracterizaban a los chicos de hoy? ¿No potenciaría su presencia en la casa el comportamiento de Judit, y al revés? Había sido muy tonta al no darse cuenta antes de que el hijo de su antiguo amor también contribuiría, sin saberlo, a sacar del pozo a Regina Dalmau.

Experimentaba sentimientos ambivalentes al respecto. Por un lado, estaba de acuerdo con Blanca en que un cambio de registro era lo único que podía sacarla de la crisis. Por otro, su inteligencia le advertía de que, aun en el caso de que lograra escribir la novela, no sería más que un parche para taponar de mala manera la auténtica razón de su inestabilidad: aquella maldita voz de la memoria que trepaba hacia la superficie como los caracoles de su recuerdo infantil.

Aguantó cuanto pudo el vivaz parloteo de los chicos. Y cuando, muerta de sueño, decidió dejarlos solos para que se conocieran mejor, lanzó a Judit esta exigencia:

—Ni se te ocurra irte a dormir a casa a estas horas. Tengo una hermosa habitación de invitados que te está esperando. Al menos, por esta noche.

Antes de acostarse, llegó a la conclusión de que la botella de Moët Chandon le había salido muy barata.

7

—Perdona mi atrevimiento —se disculpó Judit—, pero creo que tenía la obligación de contarte que Regina me tiene muy preocupada.

—Al contrario, te agradezco que me hayas llamado —la tranquilizó Blanca—. Hace tiempo que veo que no está bien, pero ya sabes cómo es, tozuda como una mula. ¿Y dices que duerme mal?

—No es de las que se quejan, ya lo sabes. Lo que pasa es que yo se lo noto.

—Eres muy observadora.

—Sí. Eso sí que lo tengo.

—¿Y dices que hoy ha sido peor que nunca?

—Sí, pero, por favor, no le telefonees ni le insinúes nada. Me moriría si descubriera que hablamos de ella a sus espaldas.

—No te preocupes. La discreción incondicional es uno de los dos principios por los que me rijo. Una agente literaria sabe ser muda como una tumba.

—¿Cuál es el otro?

—¿Cómo?

—El otro principio.

—¡Ah! Algo fundamental: no permitir que ningún autor devuelva jamás un adelanto por un libro que no ha podido escribir.

—¡Qué apasionante profesión, la tuya! Y qué difícil, ¿verdad?

—Pues sí, hija mía. A veces los mandaría a todos al cuerno, editores y autores. Soy el pozo donde echan sus miserias. Regina es especial. Nunca habla de sus problemas personales, salvo cuando ya los ha resuelto. Sólo meses después de la ruptura me contó que el último zángano la había abandonado, cosa que fue lo mejor que pudo pasarle, dicho sea de paso. Regina tiene mucho pudor. Ahora está en crisis con su trabajo, pero reventaría antes de admitirlo, ni siquiera delante de mí. La conozco bien. Por eso me parece ideal que me informes de lo que ocurre en esa casa. Tenemos que protegerla de sí misma y, sobre todo, proteger su carrera.

—No te puedo contar más que lo que veo, porque conmigo no se sincera. Está descentrada, Blanca. Tiene las pruebas a medio corregir, y ni siquiera lo hace a fondo. Les he echado un vistazo, y no se fija ni en la ortografía, aparte de que hay que mejorar la sintaxis. En mi modesta opinión, habría que cambiar párrafos enteros.

—Eso es completamente nuevo. Regina suele ser muy concienzuda.

—Tú la entiendes mejor que nadie. Dime qué tengo que hacer. Le he cogido mucho cariño, ¿sabes? Es una mujer tan extraordinaria.

—Sí, lo es. Por lo que me ha contado, ella también te aprecia. Confía mucho en ti. Dice que eres más inteligente que la gente de tu edad, que tienes las ideas muy claras.

—¿Te puedes imaginar lo que para mí significa trabajar para Regina? A su lado, no dejo de aprender. Me gustaría ayudarla más, aunque no sé cómo.

—¡Ah, ése es el problema! A los escritores hay que tratarlos con guantes de seda. En tantos años de profesión como llevo a cuestas, nunca he tropezado con uno solo, fíjate en lo que te digo, uno solo, que no se ponga de uñas cuando le haces la menor insinuación acerca de su trabajo.

—Yo me volvería loca de gratitud si alguien como tú se convirtiera en mi agente.

—¡No me digas que también escribes! Regina no me ha contado nada.

—Es que no se lo he querido decir. No soy más que una aspirante a escritora, me daría mucha vergüenza que Regina viera mis cosas, y no te digo tú, que estás acostumbrada a tratar con gente de tanto prestigio. De momento, no he escrito más que algunos cuentos cortos…

—Oye, bonita, ahora tengo que colgar porque me espera un hijoputa inglés que quiere montar una agencia aquí, y el muy capullo pretende que lo asesore. ¡Buena está la competencia! En lo que se refiere a Regina, confío en ti tanto como ella. Ayúdala en cuanto puedas, incluso con el libro. Tenemos que estar en la calle la primera semana de diciembre, como mucho. Arréglatelas, y llámame siempre que lo necesites.

—Una última cosa…

—¿Qué?

—Me parece que le resultaría mucho más útil a Regina si me trasladara a vivir aquí. Trabajaría más horas, le haría compañía.

—¿Estarías dispuesta? Te va a sacar las mantecas.

—Haría cualquier cosa por ella. Cualquier cosa.

—Eres una joya, Judit. Cómo me gustaría tenerte aquí, en mi despacho.

—He pensado que, si tú se lo insinuaras…

—Dalo por hecho. Y no te preocupes, que no se va a enterar de nuestro pequeño complot.

Judit apagó el móvil y se levantó de la cama. Alisó la colcha para borrar las huellas de su cuerpo. Antes de salir, echó una última ojeada a la habitación. No resistía la comparación con el dormitorio de Regina, pero era bastante amplia, contaba con todo tipo de comodidades y estaba decorada en tonos asalmonados y verdes.

Pronto la ocuparía. Había tenido que improvisar un nuevo guión para empujar el desarrollo de los acontecimientos, pero el resultado de su encuentro con Regina sería el que había previsto desde el principio.

8

—Si queréis sacar el libro, será mejor que me mandéis el proyecto de márketing y todo lo relativo a la campaña promocional hoy mismo. Y enviadle una copia a Blanca, quiero que lo vea antes de que tomemos la menor decisión.

Regina hablaba por teléfono con Amat, su editor, mientras se rascaba la cabeza con un bolígrafo, reclinada en el asiento contra la pared del estudio y con los pies sobre el escritorio. Odiaba que Álex profanara con sus zapatones la tapicería del sofá, pero tenía que reconocer que aquélla era una de sus posturas preferidas, y que, además, le complacía la admiración con que Judit parecía reaccionar ante su demostración de carácter. La joven se había detenido en plena labor y concentraba toda su atención en ella, dedicándole una de sus miradas especiales.

—Comprendo que no os toméis el mismo interés con este libro que el que pondríais en una novela inédita —reflejado su poderío en la expresión embelesada de Judit, Regina se crecía por momentos—, pero un poco más de entusiasmo sí que os lo agradecería. Di a tus niñas que despeguen el maldito culo de la silla.

Tapó el auricular con la mano, puso los ojos en blanco y murmuró, sacudiendo la cabeza:

—¡Editores!

Judit la premió con una sonrisa de complicidad.

—No, ni hablar. No pienso mandaros las pruebas corregidas mientras no tenga todo lo demás delante de mis narices. Y nada de reproches por el retraso, guapo, ya querrías que todos tus autores te cumplieran como yo. Quiero también los carteles y los expositores para las mesas de las librerías. Y la maqueta de la portada definitiva, desde luego. No, de ninguna manera, me niego. El texto de solapa lo escribiré yo, al fin y al cabo siempre tengo que reescribirlo porque no se os ocurren más que disparates. Os lo mandaré junto con las pruebas, cuando las tenga. Diles a los de la imprenta que se vayan preparando unas tilas, porque voy a hacer muchas modificaciones en los textos. Haber corrido más, qué quieres que te diga.

Colgó dando un golpe seco, pero no estaba de mal humor; al contrario, se sentía eufórica.

Apenas habían transcurrido dos semanas desde su primer encuentro en el ateneo, y la joven ya se había trasladado al cuarto de invitados. Hizo la mudanza la tarde anterior.

—Es una tontería que, saliendo tan tarde todas las noches, no te instales aquí —le había dicho Regina—. Tengo nuevas tareas que encomendarte. Mi editorial se está poniendo pesada, no paran de llamarme, y queda un montón de trabajo por hacer. Me agobio, y creo que puedes ayudarme mucho. Tómalo como algo provisional; si te gusta, bien, y si no, puedes volver a dormir a tu casa en cuanto quieras. Si lo consideras necesario, puedo hablar con tu madre. Supongo que necesitará que la tranquilice.

—No te preocupes por eso. En casa siempre he hecho lo que he querido —respondió Judit, radiante—. Mi madre tiene mucha confianza en mí.

—Pues esta misma tarde te tomas un par de horas y te traes tus cosas. Que te acompañe Álex, si te hace falta. No estará mal que arrime un poco el hombro, que le va a entrar artritis en los dedos de tanto darle al mando a distancia.

—No creo que sea necesario —dijo Judit—. Para lo que tengo que transportar...

—Ni se te ocurra decorarme la casa con esos pingos negros que tanto te gustan. —Era una ocasión inmejorable para que Regina impusiera condiciones—. No llegaré al extremo de decirte que pareces un cenizo, como hace tu madre, pero ha llegado el momento de que cambies tu línea de vestuario. Y no te preocupes por el dinero, que la casa invita.

Judit la miró con tal calidez y gratitud que Regina estuvo a punto de acariciarle el pelo. Se detuvo a tiempo: también tendría que acompañarla a la peluquería. Su fiel Kimo sabría qué hacer con aquella melenilla sometida al fijador.

Aunque la iniciativa de que Judit se instalara en el cuarto de invitados surgió de Regina, que llevaba dándole vueltas desde el principio, había sido Blanca quien le había dado el empujón definitivo, en el transcurso de una de sus habituales conversaciones nocturnas.

—Una cosa es ir con retraso —había dicho—, y otra, no llegar. Por lista que seas, no podrás tú sola con todo. Y menos, teniendo que atender al hijo del zángano. Esa chica que te ayuda parece de confianza. ¿Por qué no la metes en tu casa y la usas a tiempo completo? A esa edad, no necesitan dormir mucho, y podrás obtener de ella mayor rendimiento.

Una vez más, su agente tenía razón. El problema era que, después de corregir las pruebas de los textos que formaban su próximo libro, Regina no estaba satisfecha con el resultado.

—Si no lo tuviera comprometido, me negaría a publicarlo —le confesó a Blanca—. No tiene ni pies ni cabeza.

—Fuiste tú quien se empeñó en asaltar cada año las listas de éxitos, con un libro u otro —le recordó la agente—. ¿Por qué no le pides a Judit que le eche un vistazo? Según parece, tiene mucho criterio.

Llevaba semanas cantándole a Blanca las excelencias de Judit y, aunque seguía sin confiarle que la tenía bajo observación literaria, sus alabanzas giraban siempre en torno a su frescura juvenil, su juvenil vitalidad y su insólita y juvenil sensatez. Era inevitable que la otra, al aconsejarle que sometiera las galeradas a su juicio, remachara:

—No te iría mal que alguien de su edad pusiera tus textos al día.

De modo que, la víspera, después de que Judit colocara en su cuarto las cuatro cosas que había traído consigo en una bolsa de viaje que hasta a Regina le pareció excesivamente pequeña (como si la joven pensara instalarse sólo un fin de semana... o quisiera dejar atrás cuanto le recordaba a su vida anterior), la escritora se sentó en el sofá del estudio y, tal como había hecho durante el día de Todos los Santos, invitó a Judit a sentarse a su lado.

—Primero guardaré todo eso, es un estorbo —Judit señaló las cajas que habían servido para guardar los documentos.

—Déjalo, Flora las meterá mañana en el trastero.

—Puedo hacerlo yo. Con la manía que me tiene, sólo falta que le dé trabajo extra. ¿Dónde está la llave del trastero?

—¿Qué llave? —preguntó Regina, intrigada.

—La de ese cuarto que siempre está cerrado. Supongo que ahí es donde metéis lo que no tiene utilidad a medio plazo. Y estas cajas —sonrió con picardía—, no las vas a necesitar mientras yo siga aquí.

—Te equivocas —Regina esgrimió una sonrisa similar—. En ese cuarto guardo libros, papeles inservibles que me resisto a tirar, y está cerrado porque perdí la llave. El trastero ya lo conoces, se encuentra en la parte de la cocina, pasado el *office*.

Judit hizo el gesto de coger las cajas.

—Déjalo de una vez, no seas tozuda. Ven y siéntate.

La chica obedeció.

—Puede que te extrañe lo que voy a pedirte —dijo—, pero necesito que leas las galeradas de mi libro y que apuntes en los márgenes todo lo que no te parezca bien. Gramaticalmente, ya las he corregido yo, así que eso no debe preocuparte. Lo que quiero es que leas cada texto como si no me conocieras, desde tu punto de vista. Algunos artículos fueron publicados hace mucho tiempo y puede que hayan quedado algo anticuados. Yo estoy tan metida dentro, que ni me entero. Me interesa que me señales cuanto te huela, cómo te lo diría, a viejo, a carca.

Había esperado una ardiente protesta por parte de Judit («Tú no serías carca ni aunque te lo propusieras, y lo que escribes nunca pasará de moda», por ejemplo), pero la chica se limitó a tomar entre los brazos el mazacote de pruebas y a apretarlo contra el pecho, con el mismo gesto emocionado con que, aquella primera mañana, abrazaba la carpeta llena de recortes suyos.

—Te juro que lo haré tan bien como sepa —se limitó a decir.

Era evidente que, entre el traslado y el encargo, había entrado en éxtasis, aunque Regina, que era muy suspicaz cuando se trataba de su obra, se preguntó si tanta beatitud no respondería al deseo de hincar sus colmillos en el libro. No seas absurda, se amonestó, es lógico que la pobre esté emocionada ante la idea de que va a leer el libro antes que nadie.

Judit no podía saber hasta qué punto Regina se sentía indefensa, desnuda, en aquellas galeradas que contenían algunas de sus mejores virtudes literarias pero también sus peores defectos. Si ella, al leerse, dudaba acerca del valor real de su talento, ¿qué no podría llegar a pensar una extraña? Porque, pese a sus ataques de aguda autocrítica, Regina también era condescendiente. Inexorable con la gramática, indulgente con el sentido. De otra forma, ¿cómo podría seguir viviendo?

¿No había sido indulgente, también, con el sentido que había otorgado a su existencia, si es que le había dado alguno? ¿Acaso no creía detectar, en el origen de su reciente período de esterilidad creativa, el resultado de una larguísima sucesión de erróneas decisiones personales? Y, sin embargo, no había hecho nada para retroceder en el tiempo y analizarse. Todo lo que esperaba era sumergirse en la redacción de una nueva novela para seguir adelante sin hacerse preguntas.

«Una novela es como una pasión —recordó, repitiendo la lección que había recibido de Teresa—. Si después de escribirla, de vivirla, no hay nada en ti que haya sido alterado, si puedes explicar a los extraños qué te ocurrió durante el proceso y el cómo y el porqué de cuanto hiciste, es que nada surgió verdaderamente de ti y nada te puso a prueba. Porque el proceso de creación de una novela que compromete tu alma no se puede describir.»

Qué insensato, recordar estas palabras, después de tanto camino recorrido. Era preferible no mirar atrás.

—Espera —recuperó las galeradas, tirando de ellas—. Hoy, no. Te voy a llevar a la peluquería. Y mañana nos tomaremos las dos el día libre. Iremos de compras, comeremos fuera, nos divertiremos. Si no hago un descanso, me pondré histérica.

La idea de que Judit se pusiera a leer su libro allí mismo se le hacía, de repente, insoportable.

9

Uno de los secretos mejor guardados de Regina Dalmau era que no tenía amigas y que nunca las había tenido. Tuvo una maestra, Teresa, en una etapa anterior de su vida, cuando no era nadie. Luego tuvo compañeras de juergas, muchas de las cuales habían acabado fatal: colgadas del esoterismo o convertidas en orondas amas de casa cuya pista no tenía el menor interés en seguir. Más adelante, durante los primeros años de ebullición de su fama, la rodearon no pocas discípulas. Con la maestra pasó lo que pasó y, aunque la cuenta todavía estaba abierta, pendiente, no era su intención recordar; no ahora.

En cuanto a las discípulas, acabó cansándose de dar más de lo que recibía, de que se le pidieran esfuerzos que no quería realizar, y detestaba la molesta costumbre de la época, consistente en que todas las mujeres se amaran las unas a las otras sin el menor resquicio para la crítica, cuestión ésta que a menudo la dejaba a merced de un hatajo de cretinas. Regina descubrió muy pronto que demasiadas mujeres egoístas, insolidarias y poco concienciadas observan hacia el feminismo la misma actitud que los fascistas mantienen en democracia: aprovecharse de sus ventajas para conseguir sus propios fines. Se había hartado de servir de paño de lágrimas a lagartonas que achacaban las infidelidades de sus maridos a la intrínseca maldad machista, pero que cuando eran ellas quienes les ponían cuernos lo consideraban una muestra de emancipación. Sólo con el tiempo se dio cuenta de que sus libros y el personaje público que había asumido eran responsables, en gran parte, de que se le acercaran las más garrapatas del género. Por supuesto, había mujeres valiosas, honestas, fuertes, sencillas: pero ésas no perdían el tiempo zascandileando a su alrededor.

Judit era otra cosa.

Sentada en el saloncito privado de una exclusiva *boutique* del Turó Park, rodeada de ninfas anoréxicas que se desvivían por servirle café y refrescos mientras Judit permanecía en el probador, pensó que no le importaría nada salir corriendo. No podía. Quién sabe cuántas de aquellas muchachas compraban sus libros por Sant Jordi.

Cómo le habría gustado pertenecer al grupo de escritoras de la posguerra, aquellas cuyo prestigio no se basaba en la solidaridad de género ni en las exigencias del mercado. Sufrieron más, qué duda cabe, pero también gozaron más de sus triunfos. No los debían a nadie.

No seas hipócrita. Si fueras una escritora minoritaria, ¿te darías el gusto de ir de tiendas con tu secretaria para convertirla en una ciudadana presentable? Hablando de disfrutar (y de contradicciones), ¿por qué le producía una punzada en el corazón ver lo bien que le sentaban a Judit las diferentes prendas que iba probándose a lo largo de la mañana? Porque vas a cumplir cincuenta años y no soportas salir de la subasta, se dijo. Porque en la tienda donde habéis comprado ropa interior la has visto cambiarse de bragas y sostenes y has sentido el deseo de llorar por tus oportunidades perdidas. Porque ninguno de tus éxitos puede devolverte la ilusión de tus veinte años, que se pareció tanto a la que hoy brilla en sus ojos, ni el rosado fulgor de tus pezones, ni la confianza que dormía entre tus piernas en los tiempos en que creías que todas las pollas y todos los libros se hallaban a tu alcance.

—¿Qué te parece? ¿No me hace demasiado mayor?

Judit salió radiante del probador, ceñido el busto por un corpiño color caldera del que surgía el vuelo de seda de la falda combinada en rosa y anaranjado. Se dio la vuelta. Era un modelo atrevido, que le dejaba la espalda al descubierto. La muchacha elegía siguiendo los consejos de Regina.

—Olvídate de vestidos minimalistas y colores siniestros —le había advertido la escritora al salir de casa—. Voy a llevarte a sitios en donde te vestirán de mujer, no de monja.

—A mí me gusta mucho Pertegaz —replicó Judit, para su sorpresa.

—Nena, me caes bien, pero no tanto como para llevarte al *atelier* de Manolo —observó la escritora, más divertida que alarmada por su audacia.

La transformación había empezado a última hora de la tarde anterior, en su peluquería, en donde Regina se había limitado a señalarle su pelo a Kimo, con cierto aire entre condescendiente y exasperado:

—Ya ves. Tú sabrás cómo lo arreglas.

—Llevas un corte fatal —dijo el estilista.

—Me lo hago yo misma.

Kimo, encantador:

—A tu edad, cualquier cosa os sienta bien. Pero una vez que te corte yo el pelo no podrás regresar a las malas costumbres. Tienes la cabeza pequeña, necesitas algo de volumen.

—Ten cuidado —advirtió Regina—. No quiero pasar del hijo menor de los Adams a la novia de Frankenstein.

—¿La maquillo también?

Regina titubeó un momento. Al final se decidió:

—No, eso quiero hacerlo yo. Limítate a una exfoliación, cremas… Con que le prepares el cutis, tengo suficiente. Y haz lo posible por quitarle esos barrillos de la nariz. ¿Es que nunca te has limpiado la cara a fondo?

—¡Eres la mejor! ¡Regina, eres la más! —aplaudió Kimo.

Esa noche, ante el regocijo de Álex, que se preparaba para salir porque había localizado a un antiguo amigo, las dos mujeres se encerraron en el baño de Regina, después de que el chico hubo transportado allí la silla anatómica del estudio, que serviría para que Judit estuviera cómoda durante la larga sesión que tenían por delante.

—Parece que estáis jugando a las muñecas —se burló Álex.

—Las mujeres nunca dejamos de hacerlo —le cortó Regina—. Y tú, no me hagas hablar. No sé en qué consiste tu idea de arreglarse para salir. ¿Te has pulverizado camembert en los zapatones?

Puso el *Violin concerto in G* de Mozart en la minicadena del baño. Aquella energía juvenil era el mejor acompañamiento musical para lo que se disponía a hacer.

—Esto es… esto es… —por una vez, Judit no encontraba palabras—. Emocionante.

—¿Te gusta Mozart? —preguntó Regina, mientras le disponía una toalla en torno al cuello.

Se miraron en el espejo. El rostro de Judit también era un espejo en donde Regina renacía.

—Me gusta la música clásica, en general. Lo que pasa es que no entiendo mucho.

—Ni falta que hace. Fíjate bien en mi técnica, porque no pienso volverte a maquillar nunca más. Te voy a poner primero este aceite mágico… Si no tuviéramos tanto trabajo, te llevaría al Auditori. Es una lástima que todavía no hayan acabado de reconstruir el Liceu. Seguro que me invitan a la inauguración, espero que sea el año que viene. Si te portas bien, me acompañarás.

Trabajó en silencio, concentrada, dejando que la música se adueñara del espacio. Eligió una gama de tonos suaves, la que ella solía emplear por las mañanas. Libre de fijador, el pelo de Judit se había revelado más castaño que negro. Le iban bien los anaranjados poco estridentes.

Cuando terminó, las notas del concierto para violín y orquesta en sol mayor hacía tiempo que se habían extinguido, a pesar de que lo habían puesto dos veces.

—Estás preciosa —exclamó Regina, apoyando las manos en los hombros de la muchacha.

Su obra la adoró desde el espejo.

—Qué pena que tenga que desmaquillarme para irme a la cama, Regina —dijo—. Me has corregido el labio superior, que es demasiado delgado. Gracias a eso, mi boca parece igual que la tuya.

Eso había ocurrido la noche anterior. Ahora, sentada en la *boutique*, Regina se preguntaba si se había vuelto senil. ¿Proyectaba planes a largo plazo para compartirlos con Judit? ¿Había dicho que el año próximo irían juntas al Liceu? Y no eran sólo los labios lo que le había retocado para que la chica se asemejara a ella. También las cejas, los párpados. Se había esforzado en acercar los rasgos de Judit a los suyos.

Esa misma mañana, en una tienda de la Diagonal, ¿no habían tomado a Judit por su hija?

—Qué gozo que hace usted —había dicho la dependienta, en un castellano catalanizado—, quién lo diría, con una hija tan mayor.

No era eso. Sus sentimientos hacia Judit no eran la válvula de escape de un reprimido instinto maternal. Regina, que había abortado en Londres en su juventud sin sufrir traumas posteriores, nunca había sufrido las embestidas ciegas de la maternidad no realizada. En eso sí se parecía a las protagonistas de sus novelas. No quería reproducirse.

No era ser madre lo que quería, sino ser hija. Al tratar a Judit como si lo fuera, reconocía la fuerza de la cadena que une a las mujeres de diferentes generaciones, la cadena de la vida que recoge la herencia y prepara el relevo. Hija de madre, eso es lo que necesitaba ser. Porque hay un atavismo en la hembra de la especie, quizá más irrazonable y arrollador que el de la reproducción, y es la necesidad de certidumbre que, en las revueltas descendentes de una existencia plagada de incógnitas y de inconfesables soledades, la obliga a retroceder en busca del calor de la fogata primigenia, y también del descanso que proporciona saberse a cubierto de responsabilidad y de culpa porque los brazos que la acunan la protegen del mundo y de ella misma.

Hija de madre. Sí, pero ¿de cuál? De la mujer que la había parido, María, no conservaba Regina más recuerdo que la distante y vaga conmiseración que su monstruosidad le producía. En cuanto a la otra, la maestra de su adolescencia y primera juventud, podía recuperarla cuando quisiera. Estaba esperándola, intacta, en el cuarto cerrado, junto con el dolor de la memoria y la pena por lo no vivido.

Se concentró en Judit, en sus vestidos, en la gracia con que se movía entre espejos. Por alguna extraña razón veía en la muchacha a la hija que hoy necesitaba ser, y su afán de protegerla y tutelarla no era sino una manifestación de su duelo por los errores cometidos. Quería ser para Judit lo que Teresa había sido para ella. Y quizá deseaba que Judit le correspondiera mejor.

Sí, juego a las muñecas, reconoció. Las mujeres nunca dejamos de buscarnos y ocultarnos en nuestros disfraces, es una costumbre a la que sólo renunciamos en nuestro lecho de muerte, y a veces ni siquiera, pues algunas dejan instrucciones precisas acerca de cómo quieren aparecer en su última exhibición pública.

Condujo hasta el Port Olímpic. A su lado, una Judit vestida con pantalón y chaqueta beige sonreía al pensar en las compras que se acumulaban en el maletero del coche.

Almorzaron en la terraza cubierta del hotel Arts, junto al mar pero al resguardo del frío. Judit, exuberante, hacía planes. Regina le contestaba con monosílabos.

Teresa. No dejaba de pensar en Teresa.

10

Cuando Regina tenía doce años, Albert Dalmau le dijo que si levantaran los adoquines de la calle donde vivía Teresa encontrarían el mar bajo sus pies. A esa edad hizo que lo acompañara por primera vez al piso de quien Regina, por lo mucho que él le hablaba de ella, creía la más fiel clienta de su padre, aunque pronto se percató de que, si bien Albert entregaba esporádicamente a la mujer alguna alhaja envuelta en papel de seda (un pendiente cuya piedra se había desprendido y él la había engarzado de nuevo, un collar al que había cambiado el broche), lo más habitual era que la transacción se realizara en sentido contrario. Más tarde, Regina comprendió que Teresa estaba vendiendo, pieza a pieza, las joyas familiares que, junto con el piso, eran cuanto le quedaba del patrimonio heredado de su abuela materna, porque la literatura infantil que publicaba no le daba lo bastante para vivir. Dalmau actuaba como intermediario.

Aquellos libros de tapas rígidas y coloridas llegaron a Regina antes de conocerla, de manos de su padre, que ponía mucho empeño en que los leyera. A ella le gustaban. Sus protagonistas eran siempre los mismos, una reducida pandilla de chiquillos de barrio que vivían extraordinarias aventuras sin salir del solar en donde se desarrollaban sus juegos. En el grupo de amigos era una niña, Marta, la más inteligente y osada, quien tomaba la iniciativa en cada historia. Regina se quedó muy sorprendida cuando descubrió que Teresa no tenía hijos y que vivía sola en aquel piso antiguo al que se accedía subiendo una decena de peldaños. Formaba parte de un vetusto palacete de tres plantas, con un zaguán para carruajes, que había sido reconvertido en oficina de atención al público de una empresa de transportes que ocupaba la planta baja y el sótano. Al pie de la escalinata de mármol deteriorado que conservaba cierto porte señorial, se encontraba la garita del portero, en desuso.

El piso era más oscuro que el suyo, pero a Regina nunca se lo pareció, entre otras cosas porque disponía de un amplio patio posterior con una gran mesa redonda y sillas de hierro, maceteros llenos de plantas y una fuente semicircular adosada a la pared de cerámica del fondo y culminada por un amorcillo de bronce, de cuyos labios burlones brotaba un chorro de agua. El piso olía a sábanas limpias y a mar, y gran parte de las paredes estaban forradas de estanterías donde los libros se comprimían y amontonaban en un desorden fantástico, como si estuvieran vivos y se ganaran su sitio empujándose unos a otros. Era un piso más añejo que el de los Dalmau pero, al contrario que sus padres, Teresa no lo había abandonado a la desidia. En casa de Regina nada de lo que se desgastaba era reemplazado, de modo que la niña, a medida que creció, fue testigo de cómo huía de entre aquellas paredes cualquier resto de vigor, y de cómo la relación de sus padres parecía pender de una cuerda como la que Santeta usaba para asegurar los grifos rotos. Visitando a la mujer, con Albert o sola, aprendió que el proceso opuesto, el de mantener el aliento de aquello que se ama, ayuda a resistir ante las derrotas. «Las casas también tienen su dignidad, Judit —decía—. Nos guardan y defienden, cargan con nuestro mal humor, reciben nuestras alegrías. Tenemos el deber de protegerlas de la desidia, de embellecer su vejez.» Así era la mujer que en algún momento de su relación, sin que Regina se diera cuenta, empezó a hacerle de madre y depositó en su interior las nociones de una ética tan diáfana como sus ojos, un sentido moral que ahora se volvía contra ella.

La calle de Teresa era angosta y el sol nunca se quedaba demasiado rato en ella. Nacía en una plaza y desembocaba en otra más grande, que a su vez daba al paseo, con sus palmeras, sus edificios oficiales y establecimientos de aduanas. El mar estaba al otro lado, oculto tras los tinglados del muelle. Desde la casa no se veía; sin embargo, el mar era un inquilino más, con su sosegado mugido de sirenas colándose por los balcones y su aroma a salitre y alquitrán que lo impregnaba todo.

Durante años, al abrir cualquiera de los libros del cuarto secreto, Regina sentía que el olor a mar se desgajaba de entre sus páginas como un mensaje distante.

Padre e hija visitaban a Teresa todos los sábados por la tarde. Regina se acostumbró a hablar con ella del colegio, de los deberes, de qué quería ser el día de mañana. «Esa educación que te dan las monjas no me parece la más conveniente —comentaba—. Cuanto menos te la creas, mejor. Tienes que leer, leer mucho. No entiendo que tu padre, con lo inteligente que es, sea tan religioso y confíe en esa gente. —Le dejaba explorar las distintas habitaciones, y le prestaba libros—. No te canses nunca de leer.» Cuando llegaba el fin de curso, Albert y Regina comparecían, orgullosos de las notas, y se las entregaban a Teresa como una ofrenda. «Esta niña tiene madera de escritora —le decía la mujer a Albert, complacida—. Más te vale que el bachillerato lo haga en un colegio decente.» Como los Dalmau no veraneaban y ni siquiera iban a bañarse a la Barceloneta para no afrentar a la madre entregándose a placeres de los que María no podía disfrutar, Teresa ofreció su patio para que, en vacaciones, Regina tomara el sol y el aire. Fue el inicio de una costumbre que aún unió más a la adulta y la niña.

Había dos mujeres en Teresa: la que recibía a Regina y Albert y conversaba con ellos en la sala de estar que daba al patio, la única habitación dotada de luz natural, y la que compartía el verano con Regina. Las dos tenían en común un fondo de tristeza. La primera parecía caminar sobre arenas movedizas y pasaba de la locuacidad a un malhumorado silencio, de la risa a la melancolía; pero a Regina le daba la impresión de que estaba realmente allí, avanzando con ellos hacia el inevitable final de la tarde. La otra Teresa, en cambio, la que se quedaba a solas con Regina, no experimentaba altibajos y cuidaba de ella con serena atención, pero se comportaba como si estuviera ausente. Algunas monjas de su colegio actuaban así, ejecutaban sus tareas sin desmayo mientras pensaban en otra cosa, en Dios, decían, nosotras pensamos en Dios a todas horas. Regina no sabía explicarse qué clase de Dios podía absorber la mente de Teresa, que no era creyente y a menudo discutía sobre religión con su padre. Para ella, no había otro paraíso ni otro infierno que los que encontramos en este mundo.

«Los días de dicha que nos son concedidos, cuando los rechazamos, se vuelven contra nosotros convertidos en años de tormento, porque así es como se venga la felicidad cuando se ve defraudada», dijo en cierta ocasión, y pasarían varios años antes de que Regina comprendiera que lo que entonces tomó por una cita de un libro, por un comentario que abarcaba al género humano, no fue más que una advertencia, no demasiado críptica, que dirigió a Albert Dalmau mirándolo a los ojos. Regina también habría de interpretar más adelante la respuesta de su padre, que entonces le sonó a galimatías: «Piénsalo bien, Teresa, piénsalo muy bien.» Aquélla fue la última vez que el hombre puso los pies en la casa, y Regina lo atribuyó a que quizá a Teresa ya no le quedaban joyas por vender.

Aunque no volvió, Albert siguió animando a su hija para que visitara a la mujer. «En esta casa todo se pudre, y no quiero que también tú te marchites —decía—. Anda, ve a estudiar con Teresa, y dale saludos de mi parte.» Teresa se hizo cargo de su educación, fomentó en ella su deseo de ir a la universidad para estudiar Filosofía y Letras, y la alentó muy pronto para que se emancipara y alquilara un piso con otras compañeras de estudios. «Una mujer tiene que valerse por sí misma», le decía.

«Si quieres escribir, primero debes conquistar tu soledad, que es el lugar sin límites en donde el escritor trabaja. Si quieres escribir... —el mismo comienzo para cada recomendación, cada consejo—. Si quieres escribir, no pierdas el tiempo tonteando, prepárate para afrontar las dificultades. Si quieres escribir, busca en el fondo de ti misma. Si quieres escribir, tienes que anteponer ese deseo a cualquier otro interés. Si quieres escribir, rompe y vuelve a romper lo escrito hasta que te hagas sangre. Si quieres escribir, huye del éxito fácil, no confíes en los halagos de la gente sin criterio, sé humilde, sé paciente, sé perseverante.»

A Regina le desgarraba el corazón recordar el tiempo que Teresa hurtó a su propia vida para educarla a ella. ¿Qué escribía mientras dejaba caer en su dócil pupila la semilla de su integridad? Seguía publicando libros infantiles, con la misma discreta acogida por parte del mercado. De vez en cuando recibía la visita de un especialista que apreciaba su trabajo, o le pedían que diera una conferencia en una ciudad de provincias. Eso era todo.

Una vez la oyó comentar, como para sí misma: «No soy una autora, soy una costumbre.» Pero había algo más, montañas de folios mecanografiados que guardaba en carpetas y que nunca le permitió leer. «Son pruebas, ideas, capítulos sueltos, cosas que en estos tiempos no se podrían publicar —decía—. Nada definitivo, no vale la pena que te entretengas leyéndome a mí. —Y rápidamente cambiaba de tema—: ¿Has terminado ya *Pepita Jiménez*? ¿Qué te ha parecido? Nadie habla ya de Juan Valera, pero tiene un castellano magnífico, te conviene leerlo en voz alta.» *La regenta*, *La colmena*... Otros muchos libros de la biblioteca de Teresa estaban en inglés y francés, idiomas que Regina estudiaba por recomendación suya, sirviéndose de su diccionario y de sus volúmenes de consulta. Entretanto, le hacía leer traducciones de Stendhal, de Flaubert. También poseía ediciones sudamericanas que le mandaba a casa un librero que las importaba clandestinamente.

Teresa no hablaba mucho de su pasado. Dejaba caer hoy una frase, mañana otra, y así fue como Regina se enteró de que era viuda. Más adelante supo que se había casado a los diecisiete años con un muchacho algo mayor que ella, Mateu, hijo del chófer de su padre; que había sido repudiada por los suyos y que había huido de España al final de la guerra civil, con su marido republicano y el resto de los derrotados que buscaron refugio en Francia. Estuvieron dos años en el sur, en campos de concentración, y por fin consiguieron llegar a París, en donde un amigo de la familia de Mateu les dio cobijo. Mateu fue uno de los muchos españoles que se enrolaron en la Resistencia cuando Alemania ocupó París. Fue detenido, torturado y enviado a un nuevo campo de concentración. Cuando la guerra terminó y los rusos liberaron el campo, el hombre que volvió junto a Teresa ya no tenía alma.

«Tampoco yo era la misma. Las guerras hacen fuertes a

las mujeres. Los hombres se marchan al frente, pero sobre ellas recae la tarea de mantener en pie lo poco que pueda salvarse. Yo era muy joven cuando la nuestra, y la viví de una manera romántica, emocional, fui más una carga que una ayuda. Además, estaba enamorada. Lo de Francia fue otra cosa. Qué pocas esperanzas me quedaban, Regina. Trabajé, esperé. Sobreviví. Ésa fue mi forma de resistencia, sobrevivir esperando el regreso de alguien a quien el horror convirtió en un desconocido. Y, lo que son las cosas, a los dos años lo mató un tranvía. Pero yo siempre pienso que murió mucho antes.»

Fue la vez que Teresa habló más de sí misma, y ocurrió porque Regina le había dicho que quería saber más de la guerra española. Por entonces, la chica tenía dieciséis años y Franco acababa de confirmarse en el poder mediante un plebiscito. Hacía un año que Albert no había vuelto por la casa.

Como respuesta a su petición, Teresa se puso las gafas que usaba para ver de cerca, fue a una estantería y, subiéndose a la pequeña escalera que usaba para alcanzar los anaqueles donde tenía los volúmenes que apenas consultaba, eligió dos libros escritos en castellano y publicados por una editorial francesa y se los alargó a la chica. Luego se sentó frente a ella, con la mesa del comedor de por medio, y encendió un cigarrillo. «Ahí encontrarás —dijo, señalando los libros— lo indispensable que tienes que saber. El día de mañana ya buscarás por tu cuenta.»

Fumaba Celtas cortos, recordó Regina, asombrándose de ver con tanta precisión el modo en que Teresa, con un rápido movimiento del dedo anular de la mano derecha, de cuya muñeca colgaba un fino nomeolvides, limpiaba sus labios de restos de tabaco.

«Este país no tiene pies ni cabeza. Sobre todo, no tiene cabeza. Las dictaduras piensan por nosotros. En su primera fase matan a la gente por sus ideas; en la segunda ya no tienen que asesinar a nadie, y se limitan a asegurarse de que no surjan ideas. Nos llevará décadas recuperar el saber que nos arrebataron, si es que alguna vez podemos.»

Cómo le debió de costar a aquella mujer avanzada, libre, adaptarse al país pacato al que regresó para no enfermar de añoranza. «El exilio se te come por dentro, pero no era sólo eso: mi lengua es mi única patria. Un día comprendí que, si seguía en París, tenía que elegir entre el francés y el castellano. Y no tuve dudas», decía Teresa.

A medida que acumulamos experiencias para el recuerdo, ¿construimos también la forma en que se manifestará la memoria?, se preguntó Regina. Quizá la memoria trabaja como un novelista escondido en nuestro inconsciente, un artífice dotado de inteligencia propia, sabio como la eternidad, que no crea la vida sino que la modela eligiendo materiales, recuerdos que va entregándonos según le conviene para condicionar nuestra conducta. En esto consistiría la predestinación, pues lo único que nadie puede controlar es la memoria del individuo. Un déspota puede aplastar la memoria colectiva. Una sociedad sobrealimentada y complaciente puede asentar las posaderas en su historia como si fuera la taza del váter. Pero la memoria personal es un partisano incansable que, un día u otro, se queda a solas con cada uno de nosotros y nos arrincona.

Nunca más podría encerrarse en el cuarto secreto con la impunidad con que lo había hecho en otro tiempo.

Si Regina fuera una calle, al levantar su empedrado no encontrarían el mar, sino a Teresa.

11

Faltaban pocos días para que Regina se montara en el tiovivo de la campaña de difusión de su libro, pero no sentía nada al respecto. Sólo flojera. Los cabos sin atar del pasado ocupaban su mente por completo. Como un patinador que merodea en torno a un lago helado, postergando el momento en que deberá adentrarse y exponerse al riesgo de que el hielo ceda bajo sus pies en su punto más vulnerable, así Regina daba vueltas en torno a la determinación que debía tomar. Hacía días que se había calzado los patines, pero aún no había reunido el valor necesario para emplearse a fondo. Retirar desechos nunca había sido su ocupación favorita. Sabía que éste era el procedimiento de trabajo de muchos autores, ponerse a escribir como quien se introduce en un almacén repleto de objetos inútiles, consciente de que en algún rincón, entre los escombros, lo aguarda el gran descubrimiento, la clave que lo guiará, ya sin estorbos, sin adherencias innecesarias, hasta la culminación de su obra; era un método que ella odiaba. Regina no podía iniciar la redacción de una novela si antes no se rodeaba de artefactos protectores: un sólido esquema, gráficos, genealogías de los personajes; fichas y más fichas con las que se protegía de la angustia de escribir. Aplicaba el mismo sistema a su vida. Era evidente que se había equivocado.

Date un respiro, se exhortó, es domingo. Hasta el clima

predisponía a la pereza. El frío había retrocedido y la ciudad, tan poco proclive a cualquier tipo de exceso, había recuperado la comedida gentileza de la estación preferida de Regina, el otoño. Álex y Judit, aprovechando la tibieza del sol de mediodía, se habían instalado en el jardín con refrescos y revistas.

Regina estaba sentada ante su escritorio, estudiando el plan de entrevistas, tachando los programas de televisión decididamente horteras a los que siempre se negaba a acudir y que el departamento de promoción siempre trataba de colarle. De vez en cuando levantaba la vista y sonreía, mirando a los jóvenes.

Dos días antes, la muchacha le había entregado las pruebas corregidas, ahora sí. Judit había hecho un gran trabajo. No se había limitado a señalarle lo que le parecía obsoleto o incongruente, sino que había aportado soluciones concretas, recuadrando con lápiz rojo los párrafos que debían desaparecer y escribiendo en folios aparte, a mano, aquellos que podían sustituirlos, en caso de que Regina diera su aprobación.

—Me he atrevido a ofrecerte un par de ideas muy simples, sólo por si te sirven para estimular las tuyas —le había dicho la joven, al entregarle las galeradas revisadas en un tiempo récord.

Ni eran simples ni se trataba de sólo un par. Regina había examinado con detenimiento las aportaciones de Judit. Aquella chica tenía talento.

—Yo no lo hubiera hecho mejor. Ignoraba que escribieras tan bien.

—Por Dios, Regina, eso no es escribir, sino redactar. Lo sabes mejor que nadie. Me he limitado a desarrollar temas dispersos que están en el libro y de cuya importancia ni te has dado cuenta.

Regina había pensado entonces que Judit se tenía en

muy poca estima, y eso que desde que disponía de un vestuario renovado se paseaba por la casa como la ratita presumida. Pobre chica, qué mala suerte ha tenido, privada de alguien capaz de estimar su valía, de infundirle seguridad, de darle consejos acertados.

—Vamos a hacer una cosa. Ahí dentro hay un ordenador portátil —había decidido, señalando la parte inferior de la librería—. ¿Te ves con ánimos para encargarte de pasar las correcciones a limpio? Lo que has escrito está muy bien. Ten más confianza. Yo no podría mejorarlo.

En pocas horas, Judit tuvo el libro listo para mandarlo al editor.

A través de la cristalera entreabierta le llegaban retazos de la conversación que los jóvenes mantenían en el jardín.

—Ya sabes, el clásico soplapollas que te mira por encima del hombro y te trata como si fueras basura sólo porque tú estás empezando y él tiene pedazo de cargo y se levanta un montón de pasta por el morro, sin clavarla —estaba diciendo Álex.

Regina había conseguido acomodar a Álex en una empresa que se dedicaba a producir espectáculos. Más adelante, según respirara Jordi y si al propio chico le seguía interesando, lo mandaría a Londres a estudiar. Entretanto, aquel empleo lo mantendría ocupado y le facilitaría nuevos contactos.

—Le pegarías un buen corte, ¿no? —aventuró Judit.

—¿Y darle una excusa para que me ponga en la calle? Ése va de *boss*, se la suda Regina Dalmau, ¿vale? Me tiene manía desde que entré.

Desde su observatorio, la escritora asintió con aprobación. No estaba nada mal que Álex empezara a enterarse de cómo funcionaba el mundo real.

Se levantó y salió al jardín, desperezándose.

—¿Qué? ¿A vegetar como nosotros? —sonrió Judit.

—Imposible. Eso que me espera ahí —movió la cabeza para señalar el estudio— no puede hacerlo nadie más que yo. Álex, ¿has hablado con tu padre?

—Sí, me llamó al móvil desde la piscina de su hotel. Creo que el muy cabrón removía expresamente el agua con la mano para que me enterara de lo bien que vive.

—La próxima vez, dile que me telefonee. O me lo pasas, si te pilla aquí.

—Dice que Miami es ideal. Tienen hasta centros de budismo para meditar.

—No me cabe la menor duda.

—Álex y yo vamos a ver la última de Bruce Willis. ¿Te vienes?

—¡Antes muerta! —rió Regina—. ¿Vais a comer aquí?

—No, éste tiene un plan total. Primero hamburguesas y luego cine y palomitas.

Nunca hubiera dicho que Judit, tan madura para su edad, podría divertirse con tonterías semejantes. Qué muchacha tan sorprendente había resultado. Ignoraba cómo, pero se había ganado a Flora, y había conseguido que aceptara que Regina le comprara un diminuto aparato para la sordera; la mujer parecía más feliz y había dejado de llamarla los domingos para contarle sus cuitas. Judit hacía todo eso por ella. Y también cuidaba de Álex: para que la dejara en paz. Al chico, Judit le gustaba mucho, eso se notaba. Apartó los papeles y se quedó mirándolos. Álex le decía algo al oído a la muchacha, y ella reía con ganas. Qué guapos y jóvenes le parecían. La angustia le oprimió el corazón. No estaban a salvo. Nadie lo está. Habría dado cualquier cosa por evitarles las penas que les quedaban por vivir.

Le resultaba imposible concentrarse en el plan de promoción. Abrió el cajón en donde tenía sus blocs de anotaciones para la novela que Blanca quería: los personajes que había inventado; el esbozo de la trama; los posibles títulos, *Prisa por vivir, Jóvenes al límite...* ¿De verdad había tenido alguna vez la menor intención de escribir ese libro?

Cuando los chicos se marcharon, se sintió más sola que nunca.

Pasó por delante del cuarto cerrado, vaciló, apoyó la mano en el pomo de la puerta. Pensó en ir a por la llave, que guardaba en uno de los cajones del vestidor, escondida bajo la lencería. Flora tenía prohibido meter las manos allí. Se limitaba a dejarle la ropa interior ordenada encima de la cama, y Regina, personalmente, la colocaba en sus compartimentos. De pequeña, odiaba ver los calzones y sostenes de su madre, sus horribles fajas ortopédicas, toda aquella parafernalia enfermiza, desperdigada sin ningún pudor por el piso. Santeta y la chica de turno que cuidaba de la enferma hacían bromas al respecto: el ajuar de la ballena, lo llamaban.

Recordaba el pudor con que Teresa recogía sus prendas íntimas del tendedero instalado en un rincón del patio. Pudor era la palabra que la definía, y en eso se parecía a su padre, en la digna mesura con que ambos evitaban aludir a sus apuros económicos e incluso a las crueles facturas que les pasaba el destino. El decoro era su defensa y había acabado por recluirlos en un círculo del que no podían moverse y cuyo trazo invisible sólo ellos conocían. La maldita decencia, unida a la falta de agallas para ponerse al mundo por montera en una época y un país nauseabundos. Al menos, Teresa sabía que las oportunidades pasan, que hay que agarrarse a la dicha fugaz que raramente nos bendice.

No, ahora no, se dijo, apartándose de la puerta. Lo

único que deseaba era tumbarse en el sofá y dejar pasar el tiempo. Ni siquiera tenía hambre. Encendió la televisión. Pensó en poner un vídeo, ya que no sabía manejar el DVD, eso lo hacían siempre los chicos, pero ya estaba medio amodorrada y tenía demasiada galbana para levantarse. Buscaría en Canal Satélite una buena película y se quedaría dormida como una reina. Al coger el mando a distancia se dio cuenta de que Álex o Judit habían olvidado su móvil encima de la mesa. Regina era incapaz de distinguir un teléfono portátil de otro. Está conectado, gastando batería, se dijo. Ya se las arreglará quien sea cuando vuelva, decidió.

En Cineclassics pasaban *El puente de Waterloo*. La había visto un montón de veces y seguía llorando con el final. Qué bien. Agarró la manta ligera que tenía a los pies del sofá y se cubrió a medias. Se quedó dormida cuando Robert Taylor le proponía matrimonio a Vivien Leigh.

Soñó que Albert Dalmau, vestido con uniforme de alto oficial del ejército británico, la llevaba a un salón de té en donde una orquesta tocaba canciones antiguas y varias parejas bailaban. «Tenemos que hablar», le decía. La música cambió de pronto a una cantinela estúpida. Abrió los ojos. En la pantalla, vio a Paul Newman jugando al billar, y la musiquilla no procedía de la película, sino del móvil que estaba sobre la mesa. ¿Por qué no se conformarán con ponerles un timbre normal? En aquel instante, el molesto soniquete se detuvo. Daba igual. Poco después, chirrió en sus oídos un aviso de mensaje. Si el teléfono pertenecía a Álex, podía ser su padre, que lo llamaba desde Miami. Mejor, que se gaste un dinero inútilmente, pensó. Parece que no lo conozcas, rectificó. Seguro que llamaba a cargo de la empresa.

Su reloj de pulsera marcaba las nueve. Tenía hambre. En la nevera había rosbif. Cortó un par de rodajas y las dispuso en un plato, con unos pepinillos y una rebanada de pan integral. Se sirvió un vaso de agua. Quería irse pronto a la cama. Seguía soñolienta, y sabía muy bien por qué. Dormir era una forma de aplazar lo inevitable. Mañana me despertaré muy temprano y acabaré de revisar el plan de promoción, se prometió. Luego lo discutiría con Blanca. Hacía varios días que su agente no le telefoneaba, y ella tampoco lo había hecho. Desde que tenía a Judit en casa, se comunicaban menos. Al fin y al cabo, la chica resultaba tan buena consejera como su agente.

Desde la cocina, oyó el ruido de la puerta al cerrarse, seguido de las voces y risas de Álex y Judit.

—Menos mal que no has venido —dijo Judit, a modo de saludo—, menudo coñazo de película. ¿Estás cenando?

—Hemos traído una pizza —anunció Álex, innecesariamente, porque llevaba el paquete en brazos.

—Uno de vosotros ha olvidado el teléfono en el salón.

Judit salió precipitadamente de la cocina, gritando que era el suyo.

—Pensé que era el tuyo, y que te llamaba tu padre —comentó Regina, mirando al muchacho.

Judit regresó cinco o seis minutos después.

—¿Algo importante? —preguntó Regina.

—No. Deja que te ayude a cortar la pizza, que eres un manazas —Judit bromeó con Álex. Sin mirar a Regina, añadió—: Era el pesado de mi hermano, no tengo ganas de hablar con él.

—Como tardabas... —La escritora vio que se había puesto colorada.

—He ido al baño —cortó Judit, impaciente.

—Vale, vale.

Después de la cena, Regina se fue a su cuarto, se durmió y volvió a soñar, pero no con su padre. En su sueño, los homosexuales cuyo amor, años atrás, en la Feria del Libro de Valencia, la había conmovido hasta las lágrimas, se hallaban en su estudio, sentados en el sofá. El mayor de los dos, que había perdido la memoria por un accidente, permanecía muy erguido, con los ojos entornados y las manos cruzadas sobre el pecho. El otro tenía una mirada maligna y sujetaba una máquina de fotografiar. «Voy a retratarte con él y, cuando recupere la memoria, creerá que eres su amiga. Le fabrico recuerdos para que no se entere de que le he robado todos los suyos.» A continuación, torciendo la boca, tarareó una melodía que parecía el timbre de un teléfono móvil.

Esta vez, el soniquete estaba en su sueño, se dijo, al despertar, aliviada. Tenía que terminar de una vez por todas con aquel estado de ansiedad. Eran casi las dos de la madrugada. Permaneció un buen rato con el oído atento. Ningún ruido. Álex y Judit ya estaban durmiendo en sus respectivos cuartos.

Cogió la llave de la habitación secreta y salió sigilosamente.

12

Es inexplicable la facilidad con que nos desprendemos de personas y afectos cuya influencia impidió que nos convirtiéramos en parias. Basta con creer que nos estorban, y eso ocurre cuando confundimos la fuerza que poseemos gracias al amor de los demás con una conquista personal que realizamos por nuestros propios méritos. La soberbia cercena vínculos con mayor crueldad que el odio, porque éste, para existir, necesita nutrirse del contacto con su objeto. El soberbio no precisa de nadie.

Por soberbia, Regina abandonó a Teresa, y esa soberbia, mezclada con emociones más complejas, le había impedido acercarse al lecho de la enferma y a su recuerdo.

En agosto de 1976, cuando murió, Teresa tenía cincuenta y cinco años, y hacía seis que las dos mujeres habían dejado de verse. No hubo entre ellas una ruptura tajante, ni discusión previa alguna que hiciera suponer que con el tiempo perderían todo contacto. Regina conoció a otra gente, se enamoró, encontró nuevos intereses. Al principio, espació sus visitas. Cuando iba a verla, tenía la cabeza en otra parte. Era joven, necesitaba desfogarse. Su amiga y maestra lo comprendía y no le dirigió un solo reproche. Luego dejó de ir, con una excusa u otra. Si la llamaba por teléfono, cosa que hacía raramente, hablaban de los viajes de Regina, comentaban de forma superficial sus impresiones.

Una vez, Teresa le dijo:

—Diviértete lo que quieras, pero no te pierdas.

Regina no supo cómo interpretar la frase. «No te pierdas» sonaba moralista, lo que no era propio de Teresa. ¿Quería significar que no se perdiera para ella, que no se le escapara?

Demasiado tarde. Por entonces, Regina ya no la necesitaba. Y en su alejamiento de Teresa hubo algo más. Antes de que cambiara de vida, de que dejara de desgastar la mesa con los codos para colmar los sueños literarios de su tutora y de que saliera al mundo en busca de su propia senda, Regina hizo un descubrimiento que la predispuso a la frialdad posterior. Por entonces vivía con tres compañeras de curso en un apartamento soleado, cercano al parque de la Ciutadella. Podía ir a casa de Teresa andando. Y así lo hacía siempre que necesitaba estudiar, porque le resultaba difícil concentrarse teniendo a las otras chicas a su alrededor. Podía usar la biblioteca de la universidad, pero con Teresa se sentía más a gusto. Regina no sólo disponía allí de sus libros, sino de los conocimientos de la mujer, de su cariño. Le prestaba la Underwood, le preparaba la merienda. Una vez al mes, Regina acompañaba a Teresa a las sesiones del Instituto Francés. Veían películas clásicas: *La bête humaine, Quai des brumes, La grande illusion...* La mujer tenía algunos amigos que frecuentaban el instituto, personas maduras que, como ella, habían pasado por el exilio y que, cuando se apagaban las luces, veían en la pantalla algo más que cine: la Europa convulsa pero por fin libre a la que hubieran querido que su país perteneciera.

La tarde que precedió a una de aquellas sesiones, Teresa salió a comprar productos de limpieza.

—¿Quieres que te acompañe? —se ofreció Regina.

—No, quédate y estudia. Esa asignatura de Lógica Moderna te está dando mucha guerra. Aprovecha el tiempo.

A solas en el cuarto de estar, Regina pensó que se le darían mejor los apuntes si utilizaba la estilográfica de Teresa. Era una Parker de trazo muy suave, que la mujer le permitía usar cuando ella no la necesitaba. No estaba a la vista, y la joven recordó que, de noche, Teresa solía dejarla en el cajón de la mesilla de su dormitorio, junto con un cuaderno, por si se le ocurrían ideas. Se le habría olvidado sacarla.

Encontró la Parker, pero fue otro objeto el que llamó su atención: una fotografía enmarcada que yacía boca abajo. Pensó que sería del marido muerto. Típico de Teresa, toda la vida enamorada de él, y sin decir palabra, protegiendo su retrato de ojos extraños para mirarlo por las noches, acompañada por quién sabe qué tristes reflexiones. Se moría de curiosidad por conocer su aspecto, pero cuando dio la vuelta al retrato fue el rostro sonriente de su padre lo que vio, aquellas delicadas facciones morenas que tan bien conocía, nimbadas por el blanco prematuro de su cabello. «Para Teresa, el amor de mi vida, de Albert.»

Colocó la foto tal como la había encontrado, sin tocar la pluma, cerró el cajón y regresó a la sala. Esa noche, en el instituto, vieron *Madame de...*, pero Regina no se enteró de la película. Se pasó toda la proyección haciendo cálculos. Teresa y Albert, liados. Enamorados. No se escribe una dedicatoria así por un simple devaneo. ¿Cuándo ocurrió? ¿Cuánto tiempo duró? Tuvo que ser durante los tres primeros años de sus visitas a Teresa, cuando su padre le hacía que lo acompañara. Sí, fue mientras ella pasaba de la niñez a la adolescencia, de sus doce a sus quince años. La habían usado de tapadera.

Se habían amado a escondidas, eso podía entenderlo, pero ¿por qué a escondidas de ella? ¿No sabían que lo habría comprendido, quién mejor, que les habría dado su bendición? ¿Por qué no se lo habían dicho? Antes de que terminara la proyección, la peor sospecha le oprimía el estómago. Había sido la tapadera. Tantas muestras de amor, tanto interés por sus estudios, por su futuro, no constituyeron sino la cortina de humo tendida sobre su relación. Lo veía con toda claridad. Durante tres años fue utilizada, manipulada, engañada. Porque habían roto, de eso estaba segura. No había más que verlos, cada uno por su lado, envejeciendo sin savia.

«Piénsalo bien, Teresa, piénsalo muy bien.» Le pareció oír de nuevo la voz de su padre. La ruptura se produjo aquel día. ¿Por qué entonces y no antes o después? Y, sobre todo, ¿por qué Teresa había seguido cultivando la farsa de que se preocupaba por ella, por qué la trataba como a una hija? La respuesta era fácil: aquella mujer estaba sola, y Regina era lo único que le quedaba de quien fue su gran amor, aquel cuyo retrato aún contemplaba cuando la joven no podía verla.

—¿Qué te ha parecido? —le había preguntado la mujer, cuando acabó la proyección de *Madame de...*

—Aburrida —respondió, secamente.

Teresa también se lo parecía, con su ramito de violetas en la solapa y aquel aire pulido, doctoral, con que envolvía sus miserias.

El suyo era un pasado de puertas selladas, pensó Regina al entrar en el cuarto de madrugada, como había hecho a menudo durante aquellos años en que se encerraba allí regularmente para estudiar la única parte del legado de Teresa que hasta entonces había sido objeto de su interés: escritos interrumpidos, borradores de novelas que nunca terminó, relatos que no le publicaron, esbozos de personajes, páginas y páginas llenas de reflexiones sobre la creación literaria y numerosos libros, aquellos selectos volúmenes que Regina aprendió a valorar en el piso del palacete cercano al puerto, y que constituían, según Teresa, «el intangible instrumental de este oficio, las palabras que otros escribieron para ayudarnos a desbrozar el camino hacia la perfección». Un bagaje que le había servido más de lo que deseaba reconocer.

Había otra parte de la herencia en la que Regina había preferido no hurgar durante todos aquellos años: cartas firmadas por su padre, cada una en su sobre color sepia, un buen fajo sujeto por una cinta de raso blanco, ajada por los años. Hasta hoy, habían permanecido encerradas en una caja, junto con las fotografías que tampoco había querido mirar, y un estuche de terciopelo que contenía el fino nomeolvides de oro que Teresa siempre llevaba puesto.

Al principio, el legado permaneció durante un año criando moho en un guardamuebles, hasta que Regina invirtió los beneficios de su primera novela en aquel piso, al que había añadido mejoras a medida que sumaba éxitos. Desde el primer momento destinó aquella habitación a las pertenencias que le había dejado Teresa. Forró de estanterías las paredes y colocó una mesa con un flexo en el centro de la habitación. Era allí donde Regina se encerraba muchas noches para estudiar los escritos inconclusos de Teresa y seguir disfrutando de la teoría del oficio que la mujer no había sabido traducir a la práctica, y que a ella le había seguido sirviendo hasta hacía dos años.

Nunca, antes, había sentido la necesidad de inspeccionar la parte de la herencia. Ni la carta que Teresa le escribió, mientras agonizaba, y que también guardaba en la caja.

Fue su padre quien se la entregó, el día del entierro. El viejo Dalmau (no tan viejo, tenía sólo cuatro años más que su antigua amante, pero la falta de amor y el exceso de esposa le habían desgastado más que el tiempo) había vuelto a Teresa cuando ésta enfermó, y la había acompañado hasta el final. En eso, al menos, se había portado bien.

—Me la dio para ti. Te esperaba.

—¿Te lo dijo ella?

—No. Ya sabes cómo era.

Lo sabía. ¿Qué quería? ¿Verla correr a sus pies para pedirle perdón por su deserción? ¿Una confesión final que la dejara en paz consigo misma antes de morir? A los 26 años, a punto de estrenarse como novelista, Regina no sentía el menor interés por volver a recordar. Ya no era la de antes. Tampoco soportaba la idea de ver a Teresa enferma y vencida. ¿Cómo presentarse ante ella, después de tantos años, brindándole el obsceno espectáculo de su saludable juventud, de su optimismo? Sin duda le habría preguntado qué estaba haciendo. ¿Cómo contarle que acababa de entregar a una editorial su primera novela, escrita en tres meses, y que se la habían aceptado sin hacerle una sola corrección?

Se había limitado a seguir el desarrollo de la enfermedad a distancia, distraídamente. Sabía que el cáncer de huesos avanzaba, imparable, que le había devorado a Teresa parte del fémur, que sufría.

La enterraron en la falda de Montjuïc. Al menos, seguía teniendo el mar cerca.

Años más tarde, viendo en televisión una vieja película, *Los diez mandamientos*, Regina sintió un escalofrío al escuchar la voz pomposa del narrador: «Y Jehová endureció el corazón del faraón.» Era lo que le había ocurrido a ella. Como quien observa un fenómeno químico desconocido, se había quedado quieta contemplando cómo su corazón se endurecía, pero no había sido por culpa de Jehová, sino de su arrogancia.

Vas a cumplir cincuenta años, se dijo. Dentro de muy

pocos, que pasarán en un suspiro, tendrás la edad a la que Teresa se despidió de la vida. Sus crisis últimas, su proceso de esterilidad, habían conducido a Regina hasta el cuarto cerrado, pero ahora no se limitaría a rebañar los nutrientes contenidos en la herencia.

Ahora quería, tenía que saber.

Teresa había vuelto a ella como voz, como conciencia. Por eso se sorprendió al recuperar su imagen. Sentada ante el viejo escritorio, en el centro de la habitación, rodeada por los secretos que compartía con los muertos, bajo la luz del flexo, Regina extrajo las fotografías de la caja. Si el custodio de mi memoria ha decidido arrojarme a la cara los recuerdos, pensó, mientras quitaba los restos de polvo con un *kleenex*, seré yo quien decida en qué orden.

Algunos retratos conservaban su marco, tal como Regina los había visto en el piso de Teresa. En uno de ellos, la mujer parecía mirarla. No hay nada más insoportable que una mirada a la que ya no se puede responder. Los ojos de Teresa: límpidos, fluviales, temibles ojos capaces de detectar la deshonestidad. Su rostro ovalado, de facciones pequeñas, nariz recta y barbilla algo puntiaguda, no parecía cumplir otra función que la de apuntalar el carácter perspicaz de aquellos ojos. Debía de tener, en la foto, unos cuarenta años, más o menos la edad a la que Regina la conoció, cuando quedó deslumbrada por su elegante manera de cruzar las piernas, de sostener el cigarrillo a la altura de los pómulos mientras hablaba; el humo y sus palabras se fundían, formando una única sustancia. Saltándose otras fotografías, dejando para después aquellas en que aparecía su padre (aunque echando un vistazo al retrato enmarcado que lo mostraba sonriente, feliz, el retrato de la dedicatoria que había descubierto en la mesilla cuando tenía veinte años), buscó una imagen a la que Teresa se asomara en su juventud, para encontrarse con la muchacha que fue antes de que la experiencia la envolviera con aquel manto de serena madurez que a Regina acabó por resultarle irritante.

Quería comprobar que Teresa había sido como ella: alocada, irreflexiva, propensa a cometer errores. Falsa esperanza. La chica sonriente que aparecía vestida con pantalones y blusa en una foto pequeña, amarillenta, sólo se diferenciaba por el pelo, largo y rizado, de la adulta que llegaría a ser; sentada en la trasera de un camión, con los pies colgando en el aire, miraba a quien la retrataba como más tarde miraría a Regina, como hoy lo hacía desde la eternidad, con la tranquila esperanza de no verse defraudada. Lo mismo podía decir de la jovencita que, con una flor blanca prendida en el moño, apoyaba su mejilla en el hombro de un muchacho moreno, de aire campesino, sin duda aquel Mateu a quien iba a seguir hasta que la historia volviera a alcanzarles en una página que se escribiría en Francia. Era una imagen de boda típica de la época: una aureola más clara nimbaba ambas cabezas, anticipándoles el destino de felicidad que se supone a los enamorados. La boda se celebró en el 38, en plena guerra civil, por lo que Regina sabía. Visto ahora, el halo artificial creado por la pericia del fotógrafo parecía un mal presagio.

Otra foto, ésta de Teresa en su treintena y con el pelo corto y en ondas. Está sentada ante la mesa del jardín, trabajando en su Underwood, el fotógrafo (¿Albert?) la llama y ella interrumpe su escritura para dirigirle una risa abierta. Se ve la fuente al fondo. En el dorso de la cartulina hay una fecha: setiembre de 1955. Llevada por un impulso, Regina abrió el estuche y sostuvo entre sus dedos el delicado nomeolvides que siempre vio oscilar en la muñeca derecha de Teresa, sin que le interesara comprobar si tenía o no una inscripción en su parte interior. Se precipitó a descifrarla. Dos iniciales, A. T., y otra fecha: 23 de abril de 1955.

Buscó febrilmente en la caja. Arrancó la cinta que ataba el fajo de cartas que su padre había enviado a Teresa a lo largo de los años. Estaban ordenadas por antigüedad. Como profesional que aprecia la graduación con que un escritor suministra al lector sus revelaciones, Regina respetó la convención. Abrió la primera. Había sido escrita dos semanas después de la fecha que constaba en el nomeolvides. Leyó el encabezamiento con una violenta sensación de vergüenza ajena: «Mi joya más preciada.» ¿Era su cursilería lo que la hizo enrojecer? ¿O la comprobación del hecho irrefutable de que la relación de la pareja había empezado mucho antes de que Regina conociera a Teresa? No tenía ni cinco años, pues, cuando el hombre que la apretaba contra su pecho al volver a casa lo hacía todavía envuelto en el abrazo de aquella mujer.

En contra de lo que creyó a raíz del descubrimiento del retrato de su padre en el dormitorio de Teresa, Regina no había sido testigo del nacimiento de su relación. Se habían amado mucho más, y mucho antes. No con ella, sino pese a ella. Y, en algún momento, habían decidido usarla.

Volvió a la carta.

Mi joya más preciada:
Me dijiste que soy triste. No que estoy triste, sino que lo soy. Hace poco que nos conocemos, pero ya sabes de mí más que nadie. A ti no te puedo engañar. Soy de esas personas que lo único que hacen bien es llevar la cruz que les ha tocado en la vida. No tengo derecho a pedirte que sacrifiques tu orgullo y aceptes las migajas de un amor clandestino. Vales demasiado, y ya has sufrido bastante. Ah, Teresa, dime qué puedo hacer. Eres más inteligente que yo y mucho más buena. Cuando estamos juntos no me atrevo a hablarte así. Pensé que por carta me sería más fácil. Abrazado a ti me

siento incapaz de pensar. Eres tú quien piensa por los dos, quien habla y razona. Dijiste que no basta con amar, que hay que saber hacerlo a tiempo. Creí entender que deberíamos habernos conocido antes, pero ¿cuándo? Quizá entonces no nos habríamos encontrado, tú no hubieras tenido alhajas que vender ni a mí me habría venido el camarero de Los Caracoles a decirme que una señora del barrio le había preguntado por los joyeros que suelen reunirse en una mesa del rincón.

Los Caracoles... Un tufo a pollo asado, el calor sofocante al cruzar la esquina de Escudellers, ella sentada en las rodillas de su padre, que hablaba con otros hombres, el dueño del local, enorme desde su perspectiva, con un puro tan apestoso como el pollo siempre entre los dedos. ¿Qué tenía, cuatro, cinco años? Albert sólo la había llevado una vez a aquel restaurante, y Regina lo había olvidado por completo, hasta el punto de que cuando empezó a visitar a Teresa, con su padre, nunca asoció el local con ella, con su casa, a la que accedían desde el extremo opuesto, desde la plaza cercana al puerto. Más adelante, cuando Albert ya no la acompañaba, Regina pasaba a menudo por delante de Los Caracoles, de las mesas dispuestas en la estrecha acera, a las que algunas noches se sentaban artistas de cine, sobre todo italianos. Una vez reconoció a Walter Chiari, que fue novio de Lucia Bosé, pero no el lugar. Memoria, vieja puta, ¿dónde estabas? El día en que Albert pidió pollo con patatas para ella y lo troceó pequeñito para que no se le atragantara, ¿pensaba ya en Teresa, con su hija en las rodillas? ¿Por qué no fue capaz de retener el recuerdo infantil, que la habría puesto en guardia cuando los amantes consideraron oportuna su entrada en escena?

«Dios sabe que de la soledad en la que estoy sumido, sólo me rescata la miel de tus labios.» ¿De dónde había sacado Albert Dalmau aquel estilo literario adolescente, pueril? ¿Qué debían parecerle sus frases de novela romántica a la estricta paladina de las letras? ¿Es que el amor ofuscaba el sentido crítico de Teresa? Pasó a otra carta.

Escribirte todos los días me consuela de no poder verte tan a menudo como lo necesito. No entiendo que ames a alguien tan acabado como yo. Antes de conocerte sólo sobrevivía. Ahora sé que podría estar vivo todos los días si tuviera el coraje necesario. Cuento las horas que faltan para verte, mientras permanezco encadenado a esta casa como un preso en su mazmorra.

Regina se mordió los labios. *El conde de Montecristo* era la novela preferida de su padre. Teresa debió de apreciar la referencia. Se mordió los labios. No le proporcionaba placer ser tan amarga.

Si no tuviera que velar por mi hija y me faltara la fe, hace tiempo que me habría tirado por el balcón. Me siento responsable. Fue el nacimiento de Regina lo que cambió a María hasta convertirla en la desgraciada que es hoy. Ella no quería tener hijos, después de tantos años de matrimonio, y puede que sus depresiones y dolores de cabeza no hubieran desembocado en esta horrible enfermedad si, entre todos, no nos hubiéramos empeñado en curarla mediante el embarazo. Una mujer sin hijos es como una maceta sin plantas, dijo el médico que la trataba, y yo pensaba lo mismo. No sabía que hay mujeres que nacen sin instinto maternal y que es un sacrilegio imponérselo. Todo se desplomó en la casa cuando nació Regina. María se desentendió de la niña y no volvió a salir de su habitación. Quiso que el mal entrara en su cuerpo para impedir que entrara yo. Se volvió déspota y vanidosa, presumía de su enfermedad, por así decirlo. A mí me da mucha pena verla, con el vientre y los tobillos hinchados, la cara verde y esa sonrisa retorcida que me dirige cuando le hablo. A veces, pienso que se ha vuelto loca, y eso hace que me sienta más culpable y más atado a ella.

Y no sólo es eso. Es Regina quien se lleva la peor parte. La inocente no merece crecer en una casa como ésta.

Interrumpió la lectura. Necesitaba beber algo fuerte. Salió de la habitación, dejando la puerta medio entornada, y se dirigió al salón. Al pasar por delante del dormitorio de Álex le pareció oír un jadeo. Pensó en el chico masturbándose y sonrió. La muerte y la vida, tabique por tabique. En el cuarto de Judit, por el contrario, reinaba un silencio completo. Regina sacó un vaso del mueble-bar y se sirvió una buena ración de whisky, que bebió allí mismo. Cogió también la botella y volvió sobre sus pasos. Sin duda, Álex había terminado su trabajo, porque ahora el silencio era completo.

Sentada ante la mesa, llenó medio vaso y bebió un largo trago. Ardía, pero reconfortaba. En aquel momento, hasta le habría gustado fumar. ¿A qué sabían los Celtas de Teresa?

Volvió al montón de fotos. Albert y Teresa, junto a la puerta de la Casa de la Risa, en las atracciones del Tibidabo. Él se había quitado la chaqueta y la sujetaba con un dedo por encima del hombro. Con el otro brazo ceñía la cintura de la mujer. En otra foto, muy posterior, aparecían Teresa y ella, sentadas en el jardín. Regina debía de tener entonces unos quince años. Otra foto, pequeña, de estudio, de una niña morena y regordeta, que miraba ceñuda al objetivo, de pie, con los pies trabados como si estuviera a punto de caerse. Leyó, en el dorso: «Regina, 1953, por su tercer cumpleaños.» Si daba por buena la primavera de 1955 como la época en que la pareja se conoció, y tanto las cartas como el nomeolvides daban pruebas de ello, ¿qué hacía allí una foto suya anterior?

Leyó oblicuamente media docena de misivas (tanto amor, Señor, tanta impotencia: por momentos, la figura de su padre se le iba haciendo más patética), hasta dar en un párrafo con la respuesta.

La conversación de ayer resultó tan desgarradora para mí como para ti. Es muy duro pensar que nunca podremos tener hijos, que el tiempo de la felicidad, para nosotros, es una ilusión que puede estallar en cualquier instante. Habrías sido tan buena madre. Estás tan dotada para enseñar. Tienes tanta paciencia. Yo mismo siento que aprendo a tu lado, aunque haya cosas en las que no te puedo seguir, no porque no te entienda, sino porque eres más fuerte. Cuando me hablas de tu marido, y de cómo desafiaste a tu familia para irte con él, siendo casi una niña, cuando hablas de eso me siento al mismo tiempo orgulloso y humillado. Orgulloso de ti. Humillado por mí, y sabes muy bien de qué estoy hablando. Eres una mujer superior, obligada a vivir en un mundo que no te comprende. Me duele ver cómo te desprendes, una a una, de las alhajas que te regaló tu abuela.

He estado buscando más fotos de Regina, pero mucho me temo que acerté cuando te dije que no tengo ninguna más. Sólo la que te di ayer. Le hice una después del bautizo, pero su madre no sabe dónde está. Gracias a ti, he vuelto a sacar la cámara de donde la guardé por aburrimiento, le haré una foto tal como es hoy, te encantará. Tiene mucho carácter para su edad, si vieras qué berrinches coge, persiguiendo a la criada por el pasillo. También te haré fotos a ti, y tú a mí. Es importante que, el día de mañana, nos queden las fotografías.

Cuando Albert escribió aquella carta, habían pasado seis meses desde la fecha del nomeolvides. A Regina se le removió la hiel al pensar que mientras ella, desorientada, vagaba por la casa, agarrada al delantal de Santeta, Teresa ya preguntaba por ella. ¿Con qué intenciones?

El primer cuento que su padre le regaló fue *Marta y los piratas*. Tenía una dedicatoria: «Nunca dejes de soñar, tu amiga Teresa.» De qué sutil manera, pensó, empezó Albert a unirlas.

—Es una señora que inventa historias para hacer felices a las niñas como tú —le dijo—. La conozco de arreglarle joyas. Algún día, también la conocerás.

En otra ocasión:

—La señora Teresa a veces me pregunta cosas de ti, para ponerlas en sus libros.

Recordaba otra dedicatoria: «Para que seas tan valiente como Marta, con un abrazo de Teresa.» El libro se llamaba *Marta y el monstruo*. En ese cuento, la protagonista conseguía escapar de un monstruo que habitaba en el armario de su dormitorio. Su madre había sido útil para algo, después de todo.

María. La recordaba comiendo en la cama un gran plato de alcachofas fritas bañadas en aceite. La grasa le resbalaba por la comisura de los labios, mientras la chica de turno le sostenía el plato bajo la barbilla. En realidad, no estaba impedida: había decidido impedirse, cercenar sus movimientos, y encontraba placer en ello. La atareada Santeta no había sido una buena madre suplente. Hacía por Regina cuanto podía: bañarla, vestirla, acompañarla al colegio —mientras no tuvo edad de ir por sí misma—, responder como podía a sus preguntas. Pero Santeta tenía su vida, sus amigas de jueves y domingo por la tarde, y Regina percibía que su cariño no pasaba del que podía haberle profesado a cualquier otra hija de patrono, a cambio del jornal, la comida y la cama; un plus de su trabajo.

Ni María, ni Santeta, ni las monjas llenaron su ansia de madre. Sólo Teresa.

Nunca supo si su padre era o no un buen joyero, aunque Regina, que acostumbraba a medir la calidad por el éxito, tenía que haber respondido con un no rotundo a esa pregunta que tampoco quiso hacerse. Sí podía decir, contemplando algunas de sus fotografías, que era un retratista sensible. Una imagen la impresionaba más que ninguna otra.

Era un plano corto de sí misma de espaldas, adolescente, estival, el cabello oscuro recogido en lo alto de la cabeza con una coleta sujeta por una goma adornada con florecillas de tela. Su esbelta nuca morena surgía del inocente escote posterior del vestido. En segundo término, desenfocado, se veía el carro de la Underwood y, al fondo, muy desdibujada, se adivinaba la fuente con su amorcillo. La mano derecha de la chica, alzada, parecía disponerse a teclear. Entre Regina y el objetivo, como un fragmento de nube, se interponía el contorno superior de un brazo de mujer, apoyado con gesto protector sobre su hombro.

Aquella imagen era más elocuente que todas las novelas de Regina que hablaban de cómo se ayudan las mujeres, cuando se ayudan. Y lo que más valor le daba era que había sido tomada, según constaba al dorso, a principios de setiembre de 1965. Pocos días antes de que Albert Dalmau dejara de frecuentar a Teresa en su casa.

Tenía que haber una carta que explicara por qué Regina era la tapadera, y por lógica, debía de ser la última. Saltándose el resto del montón que le quedaba por leer (aburridas desde el punto de vista literario: repetitivas y cada vez más empapadas de blandenguería católica), cogió la misiva que yacía debajo del montón. Antes de abrirla, vertió más whisky en el vaso. Estoy borracha, pensó. Mejor.

Teresa:

Nada de cuanto pueda decirte te hará cambiar de opinión, pero me resisto a acabar con nuestro mutuo entendimiento sin escribirte esta carta, la última, para pedirte, una vez más, que reflexiones. Sé que estos últimos tres años han sido difíciles para ti, porque no has vivido nuestro sacrificio como yo lo he hecho, como el precio que había que pagar por la caída anterior. Tú nunca has llamado pecado a lo que ocurrió entre nosotros. Tampoco yo: pero sí debilidad. Por mi parte, sólo por la mía. Yo, que presumo de encontrar fuerzas en mi fe, perdí las riendas y te arrastré conmigo. Tenía que haber sido más fuerte, para librarte a ti del dolor y a mí de los remordimientos. Reaccioné tarde, y ni siquiera entonces corté por lo sano, como tú has hecho ahora. Me equivoqué al pensar que tu alma rebelde se adaptaría a nuestra nueva situación. No puedes más, y te entiendo. Me queda por decirte que si algún día necesitas de mi amistad, no tendrás más que pedírmela.

En cuanto a la nena, poco puedo añadir a lo que hemos hablado. Como siempre, tú tienes razón.

Tuyo para siempre,

ALBERT

La carta final de Albert había sido escrita días u horas después de aquella despedida que, al menos en parte, se desarrolló delante de Regina. No aclaraba nada. Sus misivas sólo complicaban más la historia, aumentaban el número de preguntas.

Si hubiera dispuesto de las cartas de Teresa dirigidas a su padre, habría tenido el cuadro completo. Seguro que ella era mucho más explícita, aparte de más interesante de leer. Sin embargo, a la muerte de Albert, que se produjo diez años más tarde que la de su antigua amante, cuando Regina registró a fondo el piso del Eixample antes de ingresar a su madre en una institución y de poner la vivienda

167

en venta, no encontró el menor rastro de Teresa. Entraba en el carácter de su padre que se hubiera deshecho de cartas y pruebas, para borrar las huellas de su adulterio.

Cuanto quedaba de Teresa estaba en ese cuarto y en la carta que la mujer le había escrito mientras aguardaba la muerte.

Había llegado el momento.

13

16 de junio de 1976
Nunca quise a tu padre como te quiero a ti. Te lo dice una mujer
que tiene cáncer y que va a morir, una mujer que no se miente.

Regina cerró los ojos, como para calibrar la gravedad
de la herida. Sentía el roce de las páginas bajo las manos, el
conocido y áspero contacto de los folios que Teresa usaba
para escribir a mano.

Nunca quise a tu padre como te quiero a ti —volvió a leer—.
Te lo dice una mujer que tiene cáncer y que va a morir, una mujer
que no se miente.
Perdóname este brusco comienzo, pero te conozco y sé lo difícil
que te resulta perseverar en la lectura de algo que te aburre. Yo
misma te enseñé la importancia de un buen arranque. Debo lograr
que te quedes conmigo hasta la última línea. Eres la única lecto-
ra que me importa. No quiero que te deshagas de estas páginas. To-
davía ignoro si entrarás por esa puerta en cualquier momento, en
el caso de que conserves la llave que un día te di. En tal caso, estas
líneas no tendrían razón de ser, porque te diría de viva voz, de ago-
nizante voz, todo cuanto me propongo explicarte.
Muchas veces he querido llamarte, pero la única vez que he es-
tado a punto de hacerlo ha sido en noviembre, cuando Franco mu-
rió. Por entonces aún no estaba enferma. Aún no sabía que estaba

enferma, rectifico. Telefoneé a tu padre, después de tanto tiempo. Me parecía imposible que algo tan importante como la muerte del dictador ocurriera sin que lo pudiéramos compartir. Cuando los aliados liberaron París tampoco tuve a mi marido para festejarlo por las calles, pero eso no importaba mucho porque la multitud te zarandeaba y abundaban los besos.

No llamé a tu padre sólo para celebrarlo con él. Lo hice, sobre todo, para averiguar dónde podía localizarte. Pensé que, al fin y al cabo, tenía una buena excusa para acercarme a ti, una excusa histórica. Albert sólo sabía que estabas… en París. Cuán notables, las burlas del destino. Cómo me habría gustado enseñarte el París que conocí.

Le dolía la espalda y tenía el cuello anquilosado, el esófago le ardía por efecto del whisky y sentía la lengua áspera. Quizá debería irse a la cama y dejar el resto de la lectura para mañana. No seas absurda, pensó Regina. Sabía que no podría dormir, pese a lo borracha que estaba, porque Teresa había logrado su propósito de engancharla con la primera frase. Recordó que en cierta ocasión le dijo que un escritor se mide durante todo un libro con el desafío que se ha señalado al elegir las palabras con que empieza, y el ejemplo que la mujer le había puesto, sentada frente a ella en el patio y leyéndole, traduciendo del inglés y con las gafas caladas, lo que Teresa consideraba el mejor arranque posible de una de sus obras preferidas: «Era el mejor de los tiempos, era el peor de los tiempos, era la edad del deseo, era la edad de la locura…» ¿Cómo seguía? Hacía tantos años que Regina no había vuelto a leer *Historia de dos ciudades.*

«Era la primavera de la esperanza, era el invierno de la desesperación», murmuró. Teresa no merecía que siguiera leyéndola en aquel cuarto, bajo la fría luz del flexo. Tenía que sacarla de allí, se dijo, en la incoherencia de su melopea, llevarla a su dormitorio, abrazarla, mecerla. Un nudo de lágrimas le trababa la garganta.

Se levantó, apartándose de la mesa con brusquedad y casi tiró la silla. Sólo faltaría que despertara a éstos, se dijo, pensando en Álex y Judit durmiendo en sus respectivas habitaciones, en sus irrepetibles primaveras. Cogió las páginas, se puso bajo un brazo la botella, para entonces terciada, y se metió el vaso en uno de los bolsillos de la bata. Cerró la puerta como pudo, de golpe. Ni siquiera sabía dónde había dejado la llave.

25 de junio

Seis sesiones de quimioterapia. No sirven para nada y me dejan hundida. Tu padre acaba de irse. Viene a verme todos los días, y no se marcha hasta que lo convenzo de que podré valerme por mí misma. Ha vuelto. ¿No te parece típico de él? Atender a los enfermos y presos, dar posada al peregrino... El adulterio no formaba parte de su código, pobre hombre.

He de darme prisa, porque no sé cuánto tiempo me queda. Mi médico, el buen doctor Pons, dice que unos meses, pero no me asegura en qué condiciones. Temo lo peor. El cáncer está extendido y me tritura los huesos. Ha prometido darme morfina, así que no puedo entretenerme. La morfina embota el cerebro y no estoy segura de que alivie el dolor. Salvo que te den una dosis mortal.

Lo más difícil es despedirse de lo que se ama. Amé a tu padre, pero ni siquiera en los mejores momentos, al principio, cuando aún no te conocía, alimenté demasiadas esperanzas respecto a nuestro futuro. Albert siempre fue sincero conmigo y, aunque no lo hubiera sido, es tan diáfano. Yo tenía experiencia; él, no. Me refiero a la experiencia que surge de la reflexión sobre lo que se ha vivido y que induce a actuar. Cuanto le ha ocurrido a tu padre, su tragedia, es una pieza inane, un drama tan de museo como esas joyas suyas que abrillanta y pule, y vuelve a pulir y a abrillantar, y que llega un momento en que no hay forma de conseguir que mejoren. Tu padre nunca ha sabido convertir la experiencia en acción, del mismo modo que un rubí no se transforma en esmeralda por mucho que lo froten.

Por el contrario, cuando lo conocí, yo estaba sedienta de felicidad. Tenía derecho. Tenía la edad de amar, de dar y recibir. No te cuento esto para que me disculpes. Sé que no eres timorata y que, cualesquiera que sean los reproches que puedas hacerme, no guardan relación con las buenas costumbres. Ése es, Regina, el regalo que te hace tu padre, sin darse cuenta. El ejemplo de su conformismo estimula tu rebeldía. Nunca serás como él, estáte tranquila. Tampoco quisiera que lo despreciaras. Su integridad es buena en sí misma, pero no puede aplicarla. Hay algo morboso en su dedicación al pago eterno de quién sabe qué culpa.

No me malinterpretes, le quise como es. Y fui feliz durante los primeros años, porque, a falta de un proyecto en común, la pasión nos ayudó a convivir con sus remordimientos tanto como con la idea de que no existía para nosotros la menor posibilidad de futuro. Tú aún no lo sabes, porque eres muy joven, pero cuando la pasión termina, y termina siempre, las rutinas del adulterio no son lo bastante fuertes para sustentar el afecto que queda. En eso, el matrimonio siempre llevará ventaja. Un amante es como un francotirador que, asomado a una ventana, espera con infinita paciencia a que el blanco se ponga en su punto de mira, y que si no aparece se convierte en una figura ridícula, inútil, en un espectador de su propia impotencia. Un casado pertenece al ejército regular. Por mal que le vaya, siempre puede contar con un plan superior, con una estrategia diseñada para él. Si el casado es, además, profundamente cristiano, cuenta con doble protección. Pueden decir lo que quieran, pero no he conocido a nadie más egoísta que un buen cristiano. Nunca enfangan su alma. No le robé a Albert a tu madre. María no lo tenía, y tampoco yo lo tuve. Un eremita, subido a la torre de sus principios, ése es tu padre.

Estuve a punto de romper con él en tres ocasiones, pero sólo fui capaz de hacerlo más adelante, cuando ya te había ganado a ti. Porque tú, Regina, lo cambiaste todo.

Lo peor no es morir. Lo peor es el silencio. Saber que, al irte, nada tuyo queda. Estos días pienso mucho en cuanto me rodea. Mis queridos libros. Mi casa, que con el tiempo se ha vuelto como yo. Mis sentimientos, Regina. Me horroriza morir sin que los conozcas. Durante un tiempo, creí que adivinabas, llegué a pensar que, entre nosotras, no hacían falta palabras. No fue así, te marchaste. Te perdí, me perdiste. He de intentar

La letra de los últimos párrafos había ido deformándose hasta interrumpirse a media frase. Imaginó los dedos de Teresa, agarrotados en torno a la Parker, forzándose a escribir. La frase inconclusa vibraba en sus oídos como una flecha recién hendida en su almohada. No continuaba en la anotación siguiente, escrita casi diez días después. Era como si Teresa hubiera renunciado a cualquier clase de fingimiento formal, para demostrarle la honestidad de sus palabras.

6 de julio

Han transcurrido siglos desde la última vez que te escribí. Tuve una recaída, y me llevaron al hospital para hacerme unas pruebas. Parece imposible, pero el doctor Pons dice que, dentro de que me voy a morir como está previsto, he mejorado. Debe de ser verdad, porque él no me miente. Hablamos del cáncer como del tiempo, sin dramas. El resto de la gente me trata como si en vez de estar enferma me hubiera vuelto senil. Menos tu padre. Albert vuelve a representar el papel de fiel amigo que tú le viste adoptar en esta casa, todo naturalidad y ternura. Eso ocurrió —me refiero a su comportamiento durante los tres años en que te acompañó a verme, y del que fuiste testigo— porque ya no había sexo entre nosotros.

Nos conocimos aquí, en casa, a través de un vecino mío que concertó la cita. Yo quería desprenderme de una pulsera que formaba parte de las joyas que mi abuela Dolores me dejó a su muerte, y este vecino me dijo que conocía a un hombre que podía ayudarme. Dolores fue el único miembro de mi familia que me dirigió la palabra cuando regresé de Francia. Para el resto, incluidos padre y madre, fue como si me hubiera muerto, y la verdad es que no me importó. Yo no quería su perdón, ni que me exhibieran como el ejemplar vencido de la familia, uncida a su rueda de franquistas satisfechos. Lo único que deseaba era recomponerme y escribir. Creía entonces que podría llegar a más de lo que llegué. Y ya ves. Empecé con los cuentos infantiles creyendo que era un primer paso, y me quedé ahí.

La abuela Dolores, a quien me parecía, me dio las joyas a escondidas, antes de morir. «Las necesitarás más que yo», me dijo, y era verdad. Duraron mucho, porque las vendía una a una, a veces piedra a piedra, y no sin pena. Algunas eran muy hermosas, joyas con historia. De la abuela era también este piso, que heredé a su muerte y que no podré dejarte, como querría, porque cuando se me acabó el tesoro tuve que hacer un trato con el banco. Están comprando el edificio, supongo que para derribarlo y construir quién sabe qué.

Tu padre era muy guapo. Aún lo es. Alto y delgado, con el pelo ya casi blanco y esa timidez suya que a mí me resultó atractiva. Cuando se ha visto el lado peor de lo masculino, la bravata, como lo vi yo en las guerras de mi juventud, es imposible no sentirse atraída por un hombre tan prudente y delicado como Albert. Aquel día se sentó en la sala y no abrió la boca. No se atrevía a preguntarme qué era lo que yo quería vender, y a mí me daba apuro verlo pasar vergüenza por mí. Se llevó la pulsera, después de haberla sobado mucho y de examinarla con la lupa que llevaba en el bolsillo, y prometió que me buscaría un buen cliente. Más adelante me confesó que se había enamorado de mí desde el primer momento. La cuestión es que estuvo viniendo a casa varios días seguidos, con la excusa de hablarme cada vez de un nuevo comprador. Nuestras charlas se hicieron más y más personales. Le conté mi vida y él me contó la suya. No me engañó.

La primera vez que hicimos el amor, después, se echó a llorar. No he visto llorar a nadie con tanta congoja, como si hubiera pasado años conteniendo el llanto. Sollozaba como deben de hacerlo los niños salvajes, esos que han crecido a solas en un bosque, cuando pierden el miedo a dejarse abrazar. Me conmovió. Tu padre ni siquiera sabía que había tanto amor dentro de él.

Como ves, hoy estoy escribiendo mucho. Me encuentro bastante bien. Si pudiera continuar así hasta el final. Pero entonces no sabría marcharme con dignidad. Creyéndome con fuerzas, me enzarzaría en una batalla inútil.

Esta mañana, Albert me ha sacado al patio, a tomar el aire. Quería ponerme entre sol y sombra, pero le he pedido que me colocara cerca de la fuente, que me dejara achicharrar. Le he dicho que debo aprovechar el sol de mi último verano, y se ha dado la vuelta para que no lo viera emocionarse. Qué tarde llega todo, si es que llega.

Te escribo desde la mesa del comedor. ¿Te acuerdas? Nos instalábamos aquí, tú con tus deberes y yo con mi querida Underwood, que todavía funciona. Me habría gustado dejártela junto con mis libros y papeles, pero se la voy a regalar al doctor Pons, que siempre que viene a verme a casa se queda mirándola, fascinado. Es uno de esos raros médicos que no se acostumbran al dolor ajeno. Con él hablo mucho de la muerte. Al principio tuve otro oncólogo, un hombre mayor, competente pero con un semblante liso e impersonal, la máscara de la profesión, supongo. A Pons lo conocí al final de mi primer internamiento. Tu padre había venido a verme y me había traído una cajetilla de Celtas para que fumara de vez en cuando, a escondidas. Solía dar dos caladas a un cigarrillo, y lo tiraba. Era suficiente para infundirme un poco de ánimo.

Ese día salí del cuarto que ocupaba con otros enfermos. Ayudándome con las muletas —no las uso, ya te he dicho que estoy me-

jor, pero las tengo siempre a mano, por si acaso—, me dirigí a uno de esos recovecos que hay en los hospitales, cerca de una escalera de emergencia, adonde los fumadores solemos acudir para que no nos vean las enfermeras.

El doctor Pons estaba allí, un hombre de unos cuarenta años y ojos inocentes, fumando con el rostro desencajado. Se le acababa de morir un paciente, un niño, de leucemia, y no lo podía soportar. Hablamos. Cuando se serenó, me dijo que leería mi historial clínico. Creí que se olvidaría, pero no lo hizo, y además me tomó a su cargo. A punto de morir, gané un amigo. Qué absurda es la vida.

Nunca te escribo delante de Albert. Sabe que lo hago, se lo he dicho, y me ha prometido entregarte los papeles, en el caso de que no aparezcas antes del final. Escribirte es un acto privado que no puede admitir más testigos que tú y yo. No quiero que espíe mis emociones. Siempre lo hace, me observa como si quisiera descubrir en mi semblante, en mis gestos, los días que me quedan por vivir. Me dice que no ha dejado de quererme. Extraña forma de amar la suya. «Desde el renunciamiento», insiste. Sufre mucho por mí. Supongo que, en el fondo, le gusta. Espero que no se atreva a confiarme que también reza por el bien de mi alma. No sé si tendría paciencia para tolerárselo.

Voy a parar. Me duele la espalda. Cuando no es una cosa, es otra.

A Regina también le dolía la espalda. Había pasado varias horas en el cuarto, doblada ante el escritorio, y al tumbarse no se había relajado. Notaba la columna arqueada sobre el colchón, vértebra a vértebra, y cómo éstas se encaballaban en la región occipital. Qué gran novelista habría sido Teresa, pensó, si en lugar de mostrarse tan puntillosa con la teoría hubiera dado alas a su imaginación. Con pocas pinceladas había trazado un diestro retrato de su padre, cargado de lucidez y compasión. Era en la construcción de la trama en donde se atascaba, Regina se había dado cuenta al estudiar los esbozos que le llegaron con la herencia. Dejaba ideas a medio desarrollar, saltaba a otras, un poco a la manera en que había escrito aquellas páginas postreras. «He de intentar», había escrito el 25 de junio de 1976, tres meses antes de morir, al borde de una de sus crisis. No había retomado la frase. ¿Qué era lo que tenía que intentar?

7 de julio

¿Recuerdas a Marta, la protagonista de mis cuentos? Esas narraciones son lo único bueno que he escrito, por dos razones. La primera es que imaginé el personaje en París, mientras Mateu estaba en el campo de concentración y yo sobrevivía fregando casas de colaboracionistas. Marta nació de mi deseo de compañía, tomó forma mientras recorría la ciudad en bicicleta. Toleraba el mal humor de aquellas mujeres vanidosas, me tragaba mi orgullo y, entretanto, convertía a Marta en una niña que no se sometería a nadie, que saldría adelante por sus propios medios, por difícil que fuera la situación con la que tuviera que lidiar. Cuando, muerto Mateu, volví a Barcelona, escribí la primera narración y, para mi sorpresa, me la publicaron. Marta era un personaje adelantado. En la época en que la lancé a luchar tenía demasiados enemigos: gazmoñería, beatería, miseria moral.

Lo que quiero decirte es que Marta eras tú, antes de conocerte, y que lo fue con mayor exactitud desde que tu padre empezó a hablarme de ti.

Cuando lo conocí, siete años antes de que te trajera a casa, Albert se encontraba tan desconcertado por la paternidad como ante el resto de sus circunstancias. Es el típico hombre de su tiempo, educado para asumir determinadas responsabilidades, y no más. Hoy ha encontrado en cierto misticismo de andar por casa la panacea a sus problemas, pero entonces andaba extraviado. El hundimiento de tu madre —qué gran personaje, Regina, para cuando escribas una novela— lo paralizó, no supo asumir el doble papel al que se vio abocado por la desidia de María. Estaba resentido. Sabe luchar para ganar el sustento de su familia, pero no puede ir más allá. Conmigo, se explayó. Lo atormentaba el pensamiento de que su hija vivía en un ambiente insano, sin más cariño de mujer que el de la sirvienta. En aquel entonces no había guarderías como las de ahora, y a los tres años te metió en el colegio de monjas. Al menos, no te mandó a un internado, no se desentendió de ti, lo que habla en su favor.

Fuiste una niña preciosa, Regina, llena de carácter. Las tardes que Albert pasaba conmigo metido en la cama, le pedía que me hablara de ti. Le dije la verdad, que mi curiosidad tenía relación con Marta, la protagonista de mis libros, pero se la conté al revés. No le confesé que aquel personaje que inventé en París porque necesitaba creer en un futuro mejor para nosotras, las mujeres, era el modelo en el que me habría gustado convertir a una niña de verdad, la mía.

En la cama, conversando acerca de ti con tu padre, que me pedía consejo para cuanto tenía relación contigo y me contaba lo que hacías, tus travesuras, tus desobediencias, comencé a quererte como si fueras hija mía. No la hija que pude haber concebido en la inconsciencia de la juventud y que hubiera nacido marcada por el mundo atroz en el que me tocó vivir, sino la hija de mi madurez, aquella que podría contribuir a cambiarlo y que ya no aceptaría ser la sombra del varón ni uncirse a su destino.

Entre los papeles que pienso darte para que los utilices como mejor quieras hay varios ensayos que escribí sobre los cambios experimentados por la mujer europea a raíz de la segunda guerra mundial, así como ciertas visiones que tengo del porvenir y una crónica, que empecé a redactar pero que no he acabado, como siempre me pasa, sobre el comportamiento de las mujeres en el bando republicano durante nuestra guerra civil. Pienso que pueden serte de ayuda, pero si no estás de acuerdo puedes quemarlos, tirarlos o hacer con ellos lo que se te antoje. Tu padre, que finge ante mí que tiene más noticias tuyas de las que realmente recibe, me ha con-

tado, a su manera, lo que haces. Le parece que te dejas arrastrar por el descontrol. Yo lo llamo libertad. Me deslumbra lo libres que sois los jóvenes de ahora, lo arraigados que están en vosotros el concepto de paz y la práctica del hedonismo, vuestra insolencia con los mayores. Aplaudo, más que nada, que hayáis eliminado fronteras entre vosotros. Construiréis un mundo más noble que el que os dejamos.

Tal vez era mejor que Teresa hubiera muerto en el 76, con Franco recién salido de escena y la esperanza intacta por delante, sin presenciar los errores que se cometerían y el diligente tránsito hacia el conformismo que había realizado aquella generación que admiraba. Regina le dio otro tiento a la botella, pensando que al día siguiente, hoy, su cabeza le pasaría factura, pero no tenía el ánimo como para rechazar la eficaz complicidad del licor. Teresa se había ahorrado, entre otras cosas más importantes, aunque quizá no para ella, ver a Regina convertida en la antítesis de aquello para lo que la educó.

Empecé a comunicarme contigo a través de los cuentos que le di a tu padre para que te los entregara. Pensaba que leyendo a Marta te convertirías en Marta. Es una pena que ya no me queden ejemplares. Cuando me dijeron que tenía cáncer hice un paquete con todos y los mandé a una escuela para huérfanos del Besós. Me arrepiento, debería haber conservado al menos un ejemplar de cada título, porque no estoy segura de que tú guardes los que te regalé. Con esa agitación, lo más probable es que se hayan perdido en un traslado. Pero si aún los tienes y los relees, no te costará verte reflejada en ellos.

Qué feliz me hace escribir tan seguido. Pero no puedo disfrutar de este relativo buen estado de salud durante muchos días. No debo. No quiero acostumbrarme a sentirme bien, ni hacerme ilusiones acerca de que duraré lo suficiente como para volver a verte.

¿Qué pasó entre nosotras? No fue sólo que necesitabas marcharte, respirar, integrarte con los tuyos, los de tu edad, asomar la cabeza, crecer. Hubo algo más, ¿verdad? Si pienso en la peor de las posibilidades, que no aparezcas más por esta casa, en la que voy a morir en relativa paz gracias a mi doctor Pons, que me ha jurado no dejarme en el hospital cuando empeore; si no vuelves, Regina, al menos tengo que morirme con la seguridad de que, un día u otro, conocerás la verdad acerca de mis sentimientos hacia ti. He de intentar que mi cariño por ti me sobreviva y te llegue. Porque mi cariño, en algún momento, puede resultarte necesario.

Allí estaba. La conclusión de la frase incompleta. «He de intentar que mi cariño por ti me sobreviva y te llegue.» En su cama, Regina pensó en aquella otra cama del pasado desde donde su padre y Teresa manejaron su pequeña existencia, como si la engendraran de nuevo.

Cuando Albert te trajo a casa por primera vez, nuestra relación había cambiado. Nos queríamos, pero ya no hacíamos el amor. Ésa fue una parte del pacto, la que impuso él. Desgastado el ímpetu de la pasión, tu padre sentía más que nunca el peso de los remordimientos. Supongo que yo contribuí bastante, con mi manía de que habláramos de ti incluso en la cama. Debió de resultarle insoportable conciliar su agobiante sentido de la responsabilidad con la cruda verdad de la carne satisfecha. Un día me dijo que teníamos que cortar todo contacto físico y sustituirlo por una gran amistad. Amor platónico, lo llamó él. Si he de decirte la verdad, y esto que quede entre tú y yo, pobre hombre, no ha sido un amante excepcional. En París tuve mis aventuras, e incluso aquí, en Barcelona, conocí a hombres mucho más mañosos que él. Si, a tu edad, has tenido ya la dicha de acceder al sexo en toda su gloria, sabrás a qué me refiero cuando te digo que, al perderlo como amante, no me quedó ese vacío demoledor que te produce la pérdida del otro que colma todas tus exigencias. Lo que me humilló fue su egoísmo, la naturalidad con que, en nombre de su sacrosanta rectitud, me impuso sus normas.

Te parecerá raro que piense en el sexo, pero ésta es mi acta de recapitulación y, aunque te sorprenda, el sexo ha sido importante para mí. Recuerda que, aunque me educaron como a tu padre, rompí con mi familia y corrí hacia la libertad que entonces me esperaba en las calles. Tuve la suerte de abrirme al amor en una España en donde la mujer recibía más consideración como ciudadana que la que le reconocería el país al que regresé y en el que tú naciste. No fue Mateu quien me rescató. Le amé a él, precisamente, porque ya había decidido ser libre. Un paso así es para siempre, borra de una cualquier atisbo de mansedumbre. Es muy importante, Regina, no ser sumisa ni siquiera en el sexo. No hay esclavitud peor que la que produce el amante perfecto cuando no está dispuesto a colmar tu medida, y siempre llega el día en que eso sucede. Los amantes que se saben indispensables nunca se entregan a fondo. Te lo digo por si te sirve de algo, aunque en esto, como en todo, sólo te será útil tu propia experiencia. No te hablo de tácticas de camuflaje como las que practican las mujeres tradicionales, sino de la propia estima.

No protesté cuando tu padre me dijo que no podía continuar con su doble vida. Yo también tenía un plan. Para ti. No me había atrevido aún a ponerlo en práctica, pero cuando Albert se retiró de mi intimidad para adoptar el único papel que le satisfacía, el de amigo fiel, jugué mis cartas y las jugué bien.

Mañana seguiré. Las medicinas me provocan somnolencia. Odio la confianza con que escribo una palabra que no me pertenece: mañana.

Al servirse más whisky con mano temblorosa, un poco de licor se derramó sobre la página y convirtió en un borrón la palabra que no habían compartido. Mañana. No hubo un mañana en común para Teresa y Regina, pensó, al menos no lo hubo a su debido tiempo. ¿Habría sido distinto de haberse apresurado a acompañarla durante sus semanas de agonía? La joven petulante que era entonces, ¿habría sabido colmar las expectativas de su maestra o habría contribuido, por el contrario, a amargarle aún más los días que le quedaban por delante? He aquí una duda que me acompañará siempre, se dijo Regina. O quizá no. Quizá empezaba a comprender, por fin, y sin otra razón que la cobardía que la indujo a aplazar la lectura de aquella carta, el alcance de las palabras de Teresa. ¿Estuvo ella dotada, a sus veintiséis años, del discernimiento imprescindible para interpretar la clave de las circunstancias ajenas a su voluntad que marcaron su vida? Se dio cuenta de que estaba llorando, sin compulsión ni pena. Lloraba de gratitud porque el cariño que Teresa le tuvo y del que había llegado a dudar, aquel amor al que aún no se atrevía a otorgar el adjetivo apropiado, acudía a ella para fortalecerla cuando más lo necesitaba. Tal como aquella mujer había previsto.

8 de julio

Te pedí a cambio, Regina. Tú fuiste el precio. La segunda parte del pacto, aquella que me compensó. Ya te he dicho que lo había planificado desde mucho antes de que a Albert le entrara el arrebato místico que lo condujo a recuperar su castidad. Tenía intención de insinuarle a tu padre que deseaba conocerte en persona, incluso pensaba insistir en que necesitaba utilizarte como modelo para mi personaje de Marta; él nunca se dio cuenta del todo de que ya lo eras. No creo que llegara a leer mis libros, antes de dártelos de mi parte; creía en ellos como creía en mí, y eso le bastaba.

Pensé que debía convencerlo poco a poco de que no te haría daño mi amistad, pese a ser, por hablar en sus términos, no ya una mujer adúltera sino una víctima, como él, de la fatalidad que nos había empujado al adulterio.

El anuncio de que teníamos la obligación de romper como

amantes para no seguir haciendo daño —¿a quién?— me abrió
la puerta para llegar a ti. Le dije que estaba de acuerdo, se lo dije
a la primera, sin parpadear, guardándome las ganas de abofe-
tearlo por quererme someter al dictado de sus creencias. «A cambio
—añadí— de que me dejes cuidar de Regina.»

Para entonces, lo sabía todo de ti y temía que el adiestramiento
que te impartían las monjas, añadido a la pobreza intelectual y
emocional que reinaba en tu casa, acabara por destruir tu inte-
ligencia y sofocara tu vivacidad. No quería que dejaras de ser
Marta para convertirte en una más, entre la multitud de niñas
colonizadas por el clero para perpetuar en ellas y a través de ellas
el modelo de una sociedad gregaria y obediente. Había tantas cosas
que debías aprender, tantos conocimientos que podía poner a tu
alcance. Soñaba con modelarte y estabas en la edad de la siembra.
A lo largo de mis conversaciones, me había dado cuenta de que los
años de colegio te habían vuelto más reservada, menos inquieta.

He escrito que lo sabía todo de ti, pero no era verdad. Trataba
de adivinarlo escuchando cómo te definía tu padre, y de sus pala-
bras sólo podía deducir que no te mostrabas con facilidad, que te
guardabas. Eso, en el mejor de los casos. Porque también habría
podido ocurrir que te hubieran domesticado, que te hubieras con-
vertido en lo que querían que fueses.

Regina interrumpió la lectura, tratando de recordar
cómo era a la edad en que conoció a Teresa. Ni piadosa ni
obediente en su corazón, aunque pasara como tal ante los
demás, incluso ante su padre. Albert Dalmau nunca indagó
en los sentimientos de su hija, se conformaba con aceptar
su comportamiento. Y ella se guardó bien de no darle motivos para que se interesara por lo que había debajo: su ansia de amor perdida en el tedio cotidiano, navegando a la
deriva entre rezos y labores, clases interminables sobre lo
que una señorita debe saber y sobre lo que no debe hacer,
aquellas soporíferas lecciones que convertían la historia en

un laberinto de fechas y nombres, la geografía en un paisaje inconcreto que sólo invitaba a la huida, la aritmética en un jeroglífico y la literatura en un erial plagado de personajes con barbas o miriñaque. La ignorancia, en suma, frente a sus ganas de saber. Su indiferencia, como escudo contra la acometida exterior. Teresa llegó en el instante exacto.

Hecha mi petición, esperé la reacción de Albert. Tenía mis dudas, Regina. De alguien tan esclavo de su sentido del deber se puede esperar cualquier ofuscación. No había vacilado en sacrificarme a mí, ¿por qué tenía que ser más generoso contigo? Por una razón, pensé entonces. Porque —y esto te lo digo para que lo quieras y respetes mientras viva— te quería más que a mí, más que a sí mismo y más que a sus creencias. Accedió sin dudarlo. Aunque se sentía incapaz de salir del pozo, quería para su hija lo que él no pudo tener. Sólo puso una condición. Te acercaría a mí lo bastante como para asegurarte una educación complementaria, pero, entretanto, seguirías con las monjas. Cuando llegara el día, la decisión sería tuya.

Porque elegiste tú. Yo te escogí para que fueras Marta pero, desde que atravesaste el umbral de mi casa aquella primera tarde, no dejaste de tomar tus propias decisiones, de hacer preguntas, de formarte contra todo condicionamiento. Incluso contra mí, ¿me equivoco? Te hiciste mujer sin renunciar a la reserva adquirida en soledad, pero aprendiste, aprendiste sin descanso cuanto pude enseñarte. Tu inteligencia me llenó de satisfacción, tu curiosidad sin límites me suministró las más luminosas compensaciones que pude imaginar. Eras, eres, tan capaz. Y habías nacido para escribir, lo vi desde el principio, tenías el don. Mis escritos eran el fruto de mi esfuerzo, de mi voluntad. Tú escribías como respirabas. Todo lo que yo tenía que hacer era poner a tu alcance los conocimientos y un cierto rigor que te impidiera dispersarte o caer en la facilidad. Estoy orgullosa de ti, Regina, más de lo que podría estarlo de una

hija propia. Y de lo que más contenta me siento es de haber intro-
ducido en ti el anhelo de volar con tus propias alas. Que seas ca-
paz de crecer por tu cuenta, que hayas seguido creciendo sin mi tu-
tela, es el mejor regalo que he recibido a cambio de los años que te
dediqué.

No quiero ser hipócrita. Habría preferido verte más a menudo.
Pero tu decisión de no regresar no ha tenido nada que ver con lo
que aprendiste de mí. ¿Me equivoco? Me arrepiento de no haberte
contado lo que hubo entre tu padre y yo. No podía hacerlo, Regina.
Cuando accedió a traerte a casa, me hizo jurar que nunca te diría
la verdad sobre nuestra relación. Fue su pudor, no el mío, lo que
motivó mi silencio. Lo averiguaste años después, estoy segura,
aunque no sé cómo. Algo que dije o algo que viste. Da igual, ¿no te
parece? Me hubiera gustado ser sincera contigo, pero no era fácil.
Cuando llegaste, eras demasiado joven para entenderlo. ¿Qué po-
día decirte? ¿Que había sido la amante de tu padre durante los úl-
timos siete años y que pretendía convertirme en una segunda ma-
dre para ti, una madre más real y efectiva que aquella a quien los
dos, en palabras de Albert, habíamos traicionado? Imposible. Por
otra parte, ya no había nada que ocultar. Tu padre te traía a casa,
se quedaba con nosotras, asistía con envidia y cierto desánimo a
nuestras complicidades. Y poco más. Cuando no estabas presente,
Albert hablaba de los viejos tiempos, volvía una y otra vez a lo ocu-
rrido entre nosotros, a ponderar la amistad sin dependencias pa-
sionales que manteníamos. Un día me harté. Le dije que no vol-
viera por casa, que no soportaba a la gente que no sabe tomar
decisiones para preservar la felicidad con que ha sido privilegiada.
Se quedó perplejo: a él le iba muy bien, después de todo. A mí, en
cambio, su presencia me estorbaba. Me dijo que lo pensara bien.
Una vez más, no me entendía. Yo te tenía a ti. Él se había conver-
tido en una reliquia.

Ahora lo tengo a él y me faltas tú. Está visto que siempre he de
sentirme incompleta. Afirma que, desde que me conoció, no ha de-
jado de quererme ni un solo día de su vida, y debe de ser verdad.

Desaparecido el aspecto carnal de nuestra historia, me convertí en parte de su religión, un culto tan privado que no se extinguirá ni con mi muerte. Al contrario, cuanto menos me tenga más me querrá, porque ésa es la naturaleza de Albert Dalmau, un hombre destinado a tener lo que no ama y amar lo que no tiene.

Durante los años en que nos quisimos, no pasamos ni una noche juntos. Fue incapaz de inventar una sola mentira que nos permitiera esa intimidad de la que los matrimonios disfrutan hasta el hartazgo. Voy a morirme y no sé cómo es Albert cuando despierta, qué gestos hace, si está de buen humor o no, qué desayuna, si canta bajo la ducha, esas tonterías que siempre envidié en las parejas normales. Lo odié por eso. Ahora no le gusta que me quede sola por las noches, y dice que está dispuesto a hacerme compañía en cuanto se lo permita. Soy una enferma, no una tentación. En mi competición con tu madre, por fin la venzo, porque estoy casi muerta.

Después de la muerte de Teresa, Albert Dalmau se consagró por completo a su memoria. Llevaba flores a su tumba una vez a la semana, encargaba misas. Desatendió por completo su trabajo de joyero, del que ya no tenía que vivir, gracias a que Regina, que se iba enriqueciendo con cada nueva novela, velaba, al menos, por el bienestar material de sus padres. Se veían con poca asiduidad, porque Regina no soportaba la afición de Albert por revivir el pasado, por hacer de Teresa el único tema de conversación.

Ni siquiera entonces, no obstante, le confesó la verdad: que se habían querido. Se limitaba a repetir que fue una mujer única, su mejor amiga, su amiga del alma. Estaba obsesionado por sus papeles, por la herencia que Regina había recibido sin que Teresa le dejara a él un solo documento, ni una carta. «¿Qué piensas hacer? ¿Se publicarán?», preguntaba, como si la mujer hubiera legado manuscritos inéditos que merecían pasar a la posteridad.

Albert se deterioró a ojos vista en aquellos diez años. Ya no se preocupaba por su esposa, y era Regina quien debía atender, aunque fuera por personas interpuestas (su abogado se preocupaba de eso), a las necesidades de la vieja María, adormilada en su cuarto como un odre. Cuando el padre apareció muerto de un ataque al corazón (fue la fiel Santeta quien lo encontró y quien llamó al abogado para que la avisara), Regina tuvo que volar a Barcelona desde Bilbao, en donde se encontraba dando una conferencia. Con Albert de cuerpo presente, amortajado con su mejor traje, la escritora registró el piso de arriba abajo, en busca de señales del paso de Teresa por aquella desgraciada vida. No encontró nada.

De vuelta del entierro en el nicho familiar, Regina había entrado en el dormitorio de María y se había sentado en la cama, tratando de descubrir en aquel ser del que había nacido alguna prueba de su parentesco, pero su cuerpo embutido en el camisón era como una pared que, al arrojarle la palabra madre, sólo le devolvía un nombre: Teresa. La mujer le había dirigido una mirada astuta.

—¿Me has quitado mi bastón? —preguntó, con desconfianza.

—Está aquí, como siempre —se lo alargó.

María lo empuñó y golpeó el suelo, como una niña enrabietada, al tiempo que gritaba:

—¡Albert, ven aquí! ¡Te estoy esperando, no te escondas, hijo de puta!

La había besado en el cabello, disimulando su repugnancia, antes de abandonar para siempre el piso del Eixample. María pasó los años que le quedaban en una residencia de lujo. Su hija no la volvió a ver viva. A su muerte, hizo que la enterraran con su padre. Se preguntaba si eso había sido justo.

Yo te quiero, Regina, y deseo creer que te tengo, que viviré en tu memoria como tú vives en la mía.

Han pasado muchos días desde que te escribí la última vez. El doctor Pons me ha dicho que debo prepararme. Tuve una recaída peor que la anterior. He estado en el hospital, sin poder moverme y sin que me aliviaran el dolor. Pons dice que le será más fácil administrarme la morfina en casa. Yo quiero esperar un poco antes de que me aturda. Necesito decirte algo más.

Quiero hablarte del dolor. No del dolor físico, que sólo embrutece, sino del sufrimiento que la vida te deparará y del que no debes escapar aunque tampoco me gustaría que te complacieras en él. Pero no, esto último no me da miedo, no va con tu carácter. Lo que necesito que entiendas, porque si no lo haces me consideraría fracasada, es que, por grande que sea el dolor que encuentres en tu camino, posees la cualidad de convertirlo en literatura, es decir, en felicidad para los demás. Yo no tuve esa suerte, pero sí el infinito consuelo de enseñarte a ti. Tú eres mi obra, y saberlo hace que me vaya tranquila. Perdóname si te exigí demasiado y no permitas que la severidad contigo misma te paralice. Busca la armonía, incluso en el caos. No puedo seguir.

De nuevo, la letra retorcida, los borrones. La última anotación de Teresa estaba fechada diez días antes de su muerte y era un garabato confuso que tuvo que leer varias veces para descifrar: «Te querré siempre, hagas lo que hagas. Piensa en mí.»

Regina agrupó las páginas y las mantuvo apretadas contra su regazo. «Busca la armonía, incluso en el caos.» Aparte de las revelaciones acerca de la relación de Teresa con Albert, la carta era una declaración de amor maternal y de perdón sin condiciones que había resistido la prueba del tiempo y que el azar, o su propio empecinamiento, habían postergado para que su gracia la tocara en la etapa más alterada de su existencia.

Teresa, avanzada a su momento histórico en tantas otras facetas, había prefigurado también, tal vez sin intuirlo, la peculiar variante de maternidad a que se verían abocadas las mujeres como ellas, las mujeres solas de este fin de siglo que no podían dejar de transmitir su herencia. Mujeres que escogían a mujeres para mantener intacta la cadena, y que creaban vínculos de amor y perdón tan fuertes como el mandato de la sangre.

No podía ser casual que Judit hubiera entrado en su vida coincidiendo con la vuelta de Teresa.

JUDIT

1

Escucharon sus pasos al otro lado de la puerta.

—Regina —susurró Judit.

A horcajadas sobre Álex, alargó el brazo derecho y le cubrió la boca con la mano. Dejó de moverse, pero mantuvo su otra mano en la nalga del muchacho, apretándola como si navegara impulsando con suavidad el timón, mientras permanecía atenta a los sonidos del pasillo. Las chancletas se alejaron, camino del salón.

Si los sorprendía, Judit habría dado un paso en falso. El tercero en menos de veinticuatro horas. Intuía que Regina, cuya vida amorosa no atravesaba la mejor de las épocas, no se iba a alegrar al enterarse de que follaban bajo su techo. Y aun le dolería más que le hubiera mentido. No podía permitirse perder su confianza, cuando todo estaba saliendo tan bien. Para las dos.

Hacía dos semanas que Álex y Judit se juntaban a escondidas, en el dormitorio del primero. Esa noche llevaban horas jodiendo, desde antes de que Regina se metiera en el cuarto cerrado. Practicar el amor con Álex era infinitamente mejor que hacerlo con Viader. El muchacho nunca tenía bastante y Judit experimentaba con él como si tuviera dentro un pedazo de mármol por esculpir. No sabía que el sexo podía ser creativo, ni que le iba a gustar tanto hacerse con el mando. Asumir la iniciativa era lo que más le excitaba, porque en la entrega de Álex a cada avance suyo reconocía un tributo a su destreza. Dirigir las operaciones la hacía sentirse poderosa y agradecida a la vez. Cada cual a su modo, ambos asistían a la maduración de su sexualidad, y el hecho de que no implicara ningún sentimiento añadido aumentaba el valor de aquellas horas que pasaban juntos, convertidas en la prolongación natural de su camaradería cotidiana.

No se había propuesto seducirle. Ocurrió. Fue una experiencia placentera desde el primer polvo. Y algo más. Como echar raíces. Álex era parte de Regina. Casi un hijo. Había dormido en aquella misma cama cuando Judit apenas empezaba a soñar con lo que ahora le estaba sucediendo. Su relación con Álex, aunque secreta, era como usar la ropa que Regina le había regalado, formaba parte de los signos de identificación que la acreditaban como usuaria con pleno derecho de su nueva identidad.

—Sigue —suplicó Álex, clavándole los dedos en la cintura y encajándola contra su pelvis.

—Espera.

El sonido de las chancletas volvió a acercarse, pero esta vez se detuvo ante la puerta. Se acabó, pensó Judit. Entrará y nos hará una escena. Podría afrontar que la encontrara follando con Álex, pero le sería difícil persuadirla de que no había querido engañarla. Judit, que tenía oído de tísica, creyó percibir un ligero entrechocar de cristales. Luego, el plas-plas de las zapatillas alejándose en dirección contraria y, por último, el chasquido de una puerta al cerrarse. Regina se hallaba de nuevo en el cuarto secreto.

—Joder —masculló Álex.

Era una imprecación y un imperativo. Tranquilizada, Judit procedió a aplicarle uno de sus trucos más recientes. Hizo rotar la pelvis con parsimonia, al tiempo que elevaba y bajaba el culo con lentitud y le masajeaba la polla mediante contracciones de sus músculos vaginales. Álex cerró los ojos, dejándose hacer, esperando el siguiente movimiento.

Lo que más le gustaba era observarlo cuando se corría, y preguntarse si aquel padre suyo, Jordi, había puesto una expresión similar las veces que se vino, haciendo el amor con Regina. ¿Cómo era Regina, en la cama?

¿Qué podía estar haciendo en el cuarto secreto, durante tanto rato? Judit se había enterado, por Flora, de que Regina nunca le confiaba la llave. «En la habitación de Rebeca no entra ni Dios, aparte de la señora», había dicho la criada.

Eso estaba por ver.

Mucho más tarde, la oyeron salir del cuarto y alejarse, en dirección a su dormitorio. Judit le pasó a Álex la colilla del último cigarrillo, para que la anegara en una lata con restos de coca-cola.

—Dices que, cuando tú y tu padre vivíais aquí, el cuarto ya estaba cerrado con llave.

—Sí, pesada. ¿Por qué te interesa? Seguro que no es más que un almacén o algo parecido.

—¿Y qué hace ella tanto rato dentro?

—¡Yo qué sé! A lo mejor necesita un poco de aislamiento. No disfruta de mucho, con nosotros siempre alrededor.

—¿Se encerraba también entonces?

—Supongo. Yo iba a mi bola, no me fijaba en esas cosas. Sólo sé que mi padre una vez le propuso que tiraran un tabique y convirtieran las dos habitaciones, el cuarto cerrado y la que tú ocupas, en un despacho para él.

—¿Qué dijo Regina?

—Te lo puedes imaginar. El cuarto sigue ahí. ¿Tú crees…?

—¿Qué?

—No, me preguntaba si se huele lo nuestro.

—En absoluto. Regina es muy poco perspicaz. ¿Sabes? Anda tan preocupada con sus incógnitas que no ve qué hace la gente que tiene delante de sus narices. Nunca supuse que una escritora de su importancia fuese tan poco observadora.

Días atrás había tenido lugar un incidente que dejó a Judit pensativa. La vecina del piso contiguo, una mujer de edad mediana que siempre llevaba gafas oscuras y un pañuelo atado a la cabeza, con la que a veces la joven se cruzaba en el ascensor, fue sacada inconsciente por unos camilleros y conducida en ambulancia al Clínico, en donde la salvaron in extremis. Según Vicente, el portero, había ingerido barbitúricos. «Lo hizo porque se acerca Navidad —le informó el hombre—. Siempre dice que no soporta la comida con su familia. La semana de Navidad va el doble de veces al sicoanalista.» Cuando se lo contó a Regina, ésta se limitó a encogerse de hombros: «Ah, ¿sí?», y siguió con lo que estaba haciendo. En opinión de Vicente, que con frecuencia mantenía con Judit instructivas conversaciones sobre lo que ocurría en el vecindario, «la señora Dalmau sale muy poco, y ya no da fiestas como antes».

Se lo comentó a Álex.

—¿Crees que es posible que la gente haya dejado de interesarle? Porque hasta como personaje para una novela, esa loca de vecina tendría que llamar su atención. En cambio, cuando tú te tomaste las píldoras corrió a tu lado, ¿no?

—Uf, no me hables de eso, que me da vergüenza, fue una chiquillada. —Después, pensativo, el chico añadió—: Regina ha cambiado mucho...

—¿Qué quieres decir?

—Antes estaba mucho más segura de sí misma, era más despreocupada. Disfrutaba con cualquier cosa.

—A lo mejor es por la edad. Va a cumplir cincuenta tacos.

—Sí, es la hostia.

Judit acarició el pecho lampiño de Álex.

—Medio siglo. Regina ha publicado dieciséis novelas. Cuando yo tenga su edad, por lo menos habré escrito veinte.

—¿No te parece demasiado? —el chico se echó a reír.

—Lo dices porque a ti te va más la imagen. Yo tengo muchos proyectos, y voy a empezar muy pronto. ¿Sabes? Cuando entré en esta casa albergaba la ilusión de que Regina me echaría una mano. Nunca he tenido con quién hablar de literatura, sé escribir pero nadie me ha dicho vas bien o vas mal, ¿entiendes lo que quiero decirte? Cuanto he aprendido ha sido leyéndola a ella, escuchándola en radios o televisiones, estudiando sus entrevistas. Pensé que, a su lado, sus enseñanzas se multiplicarían, que se volcaría en mí al descubrir mi vocación. Y ni siquiera me ha preguntado qué quiero hacer en la vida. Hice montones de correcciones a su libro, añadí cosas mías, y se lo tomó como lo más natural del mundo. No piensa más que en ella misma.

—¿Por qué no se lo dices así, tal como me lo cuentas? Regina es buena persona.

—No, creo que es mejor que me calle. No podría soportar que, después de confesarle mis aspiraciones más profundas, me dedicara una de sus sonrisitas maternales y cambiara de tema. Me moriría de humillación.

Le molestaba seguir con el asunto, y no quería contarle a Álex que tenía proyectos concretos.

—Así que te irás a Londres en primavera. ¿No es muy pronto?

—Quiero perfeccionar mi inglés, ambientarme. Que cuando empiece el curso no me presente en clase hecho un pardillo.

—Tu padre, ¿lo sabe ya?

—Le presentaré el hecho consumado. Como hizo él cuando me arrancó de esta casa.

—El hecho consumado —comentó Judit, pensativa—. Sí, me parece que es lo mejor.

Salió sigilosamente, sin encender luces. No le resultaba difícil volver a su dormitorio. Era la primera puerta a la izquierda, justo antes del cuarto cerrado. Iba descalza. A esa hora, el parquet estaba frío, aunque no tanto como el objeto que se le incrustó en la planta del pie izquierdo. Se inclinó para cogerlo. Era una llave. Supuso que se le había caído inadvertidamente a Regina.

Apretó el puño. No podía permitirse más fallos. Había cometido demasiados en las últimas horas. El primero, acompañar a Álex a ver la última película de Bruce Willis a los multicines del centro comercial más popular del momento. Tenía que haber previsto lo que podía suceder. Su hermano era un forofo de Willis, que corría al cine en cuanto se estrenaba algo suyo. En efecto, cuando se encendieron las luces y se levantaron de la butaca, Judit casi se desvaneció al ver a Paco e Inés, sentados cinco o seis filas atrás y, para su suerte, absortos en su mutua contemplación. Ante la mirada burlona de Álex, aprovechó para agacharse y recoger las palomitas que se les habían desparramado durante la proyección. «No te imaginaba tan cuidadosa», comentó el chico. Demoró la salida del cine tanto como pudo y se negó a dar una vuelta por el centro comercial, tal como tenían planeado. Seguro que su hermano y su futura cuñada aprovecharían para mirar escaparates. La única ilusión de sus vidas consistía en elucubrar sobre cómo sería su lista de bodas.

Tomaron el primer autobús, y Judit respiró hondo cuando se vio en el paseo de Gràcia. Qué tonta había sido.

Su familia la creía en Lleida. No sabían que trabajaba para Regina Dalmau, ni que se había trasladado a su casa. Les telefoneaba regularmente, para tenerlos contentos. No deseaba interferencias. Su nueva vida no valdría nada si la compartía con su familia. Había marcado una línea divisoria, y nadie la podía cruzar. Tampoco ella podía retroceder.

Mientras ascendía con Álex por el paseo pensó, no sin regocijo, en cuál hubiera sido la reacción de su hermano si la hubiera visto tan cambiada, envuelta en el abrigo de lana gris que le había comprado Regina. Qué poco podía imaginar su familia el lujo de que gozaba, y lo cerca que se encontraba de alcanzar su meta. Pensó en la ropa que colgaba de su armario, tan distinta de las miserables prendas que solía utilizar antes de convertirse en la mano derecha de la escritora más famosa de España, su colaboradora imprescindible. Eso, de momento.

—No sé qué habríamos hecho sin ti —le había dicho Blanca, después de leer la copia definitiva del libro—. Regina se ha saltado todos los plazos, no habríamos salido ni por Navidad. Nunca la había visto tan pasota. Parece que nada le importe.

Su relación con la agente había ido estrechándose a medida que pasaban los días y menudeaban sus conversaciones acerca de la escritora. Se habían convertido en aliadas, por el bien de Regina y a sus espaldas, y Blanca había cumplido su promesa de influir para que la muchacha se trasladara a su casa.

Esa tarde, al olvidar su móvil en el salón, y nada menos que conectado, había podido fastidiarlo todo. ¿Qué habría ocurrido si Regina hubiera llegado a ver el número de Blanca en la pantalla? Porque era la agente quien la había llamado para contarle que el editor estaba muy satisfecho con los cambios que ella, Judit, la insignificante, la secretaria, había introducido en el libro que la gran escritora iba a presentar en unos días.

—Esos párrafos son excelentes, imitas muy bien el estilo de Regina —le había dicho Blanca, entusiasmada—. ¿Tienes cosas tuyas? Me gustaría leerlas.

—Algunos cuentos, pero no estoy muy satisfecha. Y, además, los escribí a mano.

—Mándamelos cuando los pases a ordenador, que no estoy para quedarme ciega.

Palpó la llave. No se le volvería a presentar una oportunidad igual. El dormitorio de Regina, en el extremo del pasillo cercano al estudio y opuesto a la cocina, parecía silencioso como un sepulcro.

2

Como de costumbre, Judit estudió cuidadosamente los pros y contras de lo que iba a hacer, pero no dedicó ni un segundo a reflexionar sobre el sentido de su acción. La acción era el sentido, y éste había sido determinado por ella tiempo atrás, a la temprana edad en que las decepciones parecen hecatombes y la esperanza puede ser suplantada por una obsesión. Las semanas transcurridas junto a Regina le habían enseñado que tendría que abrirse camino por su cuenta, exprimiendo las oportunidades que se le presentaran, con o sin el permiso de la escritora.

Había crecido en una época en la que el éxito y la notoriedad parecían ofrecerse a los jóvenes a cambio de muy poco esfuerzo, pero la realidad se burlaba a diario de semejante pretensión. Maquinar era su forma de amansar el sufrimiento que sus deficiencias le causaban.

Dicen que la información mueve el mundo, pensó Judit, sopesando la llave. Regina Dalmau era una figura pública. Judit era su más fiel seguidora, la quería. Tenía derecho a conocer sus secretos. Su situación en la casa le permitía acceder a compartimentos oscuros cuya existencia ni los periodistas ni la televisión, ni siquiera Blanca, podían presentir. Y nadie, excepto Judit, la quería lo suficiente como para aventurarse a perderla. Que era a lo que se arriesgaba, si la otra la sorprendía internándose en los pasadizos de su intimidad.

Cuántas tardes, mientras la escritora dormía la siesta en el sofá del estudio, se había deslizado hacia su dormitorio con idéntica cautela a la que ahora utilizaba; cuántas veces, dejando abierta la puerta para escuchar el menor ruido que pudiera alertarla, había entrado en su vestidor o en su cuarto de baño. Y siempre con la misma finalidad: averiguar qué había detrás de la Regina que se le mostraba, dar con el dispositivo que le permitiría examinarla bajo la cruda luz de la verdad, aprehenderla en su totalidad e interpretar los signos dispersos de la fragilidad que intuía.

Con la impudicia de un detective especializado en casos de adulterio y la temeridad de un espía de novela, con los sentidos despiertos y la garganta seca por el miedo, había explorado cada rincón del santuario, en busca de respuestas. Abrió los armarios y revisó la ropa, se abrazó a los vestidos y aspiró su perfume. Sintiendo que, al hacerlo, recuperaba algo que siempre había sido suyo, revolvió en los cajones donde se amontonaba la ropa interior de Regina y dejó que la leve caricia de los tejidos le marcara la piel. Ajena al escrutinio a que Judit la sometía, indefensa, la mujer seguía durmiendo en el estudio. Una tarde, hurgando entre la ropa interior en la que intentaba leer como un ciego, sus dedos habían tropezado con el objeto que, esta madrugada, la casualidad había puesto de nuevo a su alcance.

Inmóvil en la oscuridad, Judit comprendió que era la llave que abría el cuarto secreto.

¿Se desharía Regina de Judit, en el caso de que la encontrara registrando la habitación secreta? La mujer le había tomado cariño, estaba convencida. El tono de superioridad con que la trató durante los primeros días había dejado paso a un afán protector, muy maternal, que a Judit, por un lado, le llenaba de calidez, y por otro, le hacía sentirse disminuida, no humillada pero sí empequeñecida, y eso era lo último que deseaba. Si me sorprende en el cuarto, pensó, le diré que he entrado porque estoy preocupada por ella.

Lo cual no era cierto, reconoció. Buscaba sus debilidades, su punto flaco. Giró la llave con un chasquido apenas perceptible, y abrió la puerta con el ímpetu de quien se dispone a saltar de una azotea a otra; lo que vio la turbó, y a punto estuvo de dar la vuelta y cerrar de nuevo, de renunciar.

Gracias a la experiencia adquirida mientras había trabajado en la inmobiliaria, Judit podía descifrar de un vistazo el carácter de una habitación. Del piso de Regina, hasta entonces, no había acertado a reunir más que mensajes de forzado equilibrio y plácida rutina, percepciones que con frecuencia delatan la férrea voluntad que oponemos a la confusión. Era tan distinta la casa, al natural, siendo idéntica a la que apareció en la revista de decoración en donde la vio años atrás. Y era diferente, creía Judit, por resultar idéntica: perfecta, confortable, ordenada; simétrica como la carrera literaria de Regina, elegante como su forma de vestir y de peinarse, comedida como sus gestos y sus pasos. Resistente al desgaste. Una casa que, como su dueña, estaba a la defensiva.

Había tomado notas al respecto, utilizando *post-it* que guardaba para cuando llegara el momento de escribir su primera novela, cuyo argumento ya barruntaba. Notas y más notas, producto de su aguda observación, la misma que le había hecho descubrir, a fuerza de registrar y fisgar en los asuntos de Regina, que en la compacta figura pública de la escritora había una grieta oculta.

Lo que vio al entrar en el cuarto, rescatado en parte de la oscuridad por el haz selectivo del flexo que Regina había olvidado apagar, hizo que vacilara en el umbral y que, al mismo tiempo, deseara ponerse de inmediato a describirlo en un papel: sintiendo esa mezcla de pudor y curiosidad que a una mente despierta le provoca el espectáculo de un alma al desnudo.

La mesa sobre la que se apoyaba la lámpara no guardaba similitud con la decoración del resto del piso. Era fea, vulgar, una sencilla mesa de formica blanca en cuya superficie brillaban, superpuestos, círculos borrosos de un líquido color ocre. Parecían manchas de whisky. La habitación olía a licor reciente y a papeles viejos. Las paredes estaban forradas de estanterías de distintos aspectos y procedencias. Entre cuerpos metálicos, baratos y herrumbrosos como desechos recogidos en una acera, aparecían, encajadas, pequeñas librerías desparejas de madera noble pero deteriorada. Sin embargo, lo que menos importaba era el mobiliario, pensó Judit, manipulando la pantalla de la lámpara con cuidado para enfocar el resto del cuarto sin quemarse. Había algo superior, omnipresente, asfixiante, un vaho añejo que, no obstante su falta de experiencia, Judit asoció por instinto a sótanos o desvanes donde almacenamos las piezas sueltas de un pasado por resolver, y que ante su atónita mirada cobró valor de misterio literario. Pues en aquella habitación, según pudo comprobar proyectando la luz sobre los anaqueles, no había dos dedos de pared que se libraran de la desaliñada presencia de la literatura en su faceta más temible. Dante y Homero junto a Shakespeare y Pushkin, Salinger junto a Proust, Flaubert al lado de Lampedusa: es decir, la literatura que sólo unos cuantos elegidos son dignos de crear, a cambio de renunciar a la seguridad de las realidades posibles.

Era una sensación sofocante, que Judit no había experimentado hasta entonces y que le obligaba a recordar, con dolor, los libros que aún tenía que leer y el laberinto de autores muertos en el que no se había atrevido a deambular, asustada por el caudal de una obra desmedida que había empezado en siglos anteriores y que se prolongaría cuando ella misma y sus fulgurantes ambiciones se hubieran convertido en cenizas.

Se creía calificada para medirse con Regina, para emularla, pero ¿no era aquella habitación la prueba evidente de que ni siquiera Regina Dalmau se atrevía a desafiar a los mejores? ¿Por qué, si no, había optado por encerrar allí tal cúmulo de libros respetables, alejándolos de su cercanía como si se tratara de un rival ominoso?

Hasta la mesa, con sus redondeles de whisky medio seco, sobres rasgados y cartas, muchas cartas, algunas de las cuales también tenían manchas de licor; y la caja abierta y las fotografías desperdigadas; hasta aquel retazo de vida que Regina había dejado tras de sí, después de quién sabe qué especie de ceremonia, le parecía a Judit un bodegón arrancado de las páginas de un libro, la ilustración de un momento, más que el momento mismo. Señales que no puedo interpretar, reconoció. Leyó el inicio de algunas cartas, pero lo dejó porque eran anticuadas y sosas misivas de amor. Estaban firmadas por un hombre, Albert. Examinó las fotografías con detenimiento pero ni el hombre ni la mujer desconocidos que aparecían en algunas ni la joven Regina que distinguió en otras le proporcionaron la explicación que buscaba. Aquel Albert que escribió las cartas y aquella destinataria, Teresa, ¿eran los padres de Regina?

Había más que libros en las estanterías: viejos archivadores de cartón con ornamentos de metal y lomos despellejados por la humedad y el tiempo, en cada uno de los cuales figuraba una etiqueta enmohecida en la que aún podía leerse un nombre, el mismo que figuraba en todos los sobres: Teresa Sostres. En cada etiqueta había una relación del contenido del archivador pertinente: «Milicianas, principio guerra civil», «Milicianas, expulsadas del frente»,

«Contribución de la mujer en la retaguardia», «Papel de la mujer en los campos de concentración del sur de Francia». Junto a estos mamotretos comidos por el polvo, se veía un archivador mucho más moderno y reluciente que carecía de etiqueta. Judit lo sacó de la estantería y lo colocó en la mesa, encima de los papeles que Regina había dejado de cualquier manera. Ocupó el asiento que aún conservaba la tibia huella de su cuerpo, abrió la voluminosa carpeta y leyó la página que, a modo de índice, Regina había redactado a mano, bajo un enunciado que le pareció deliberadamente protocolario e impersonal: «Documentos de Teresa Sostres susceptibles de aprovechamiento, con las pertinentes modificaciones.»

Pasó a examinar el temario, que se dividía en dos partes, tituladas «Apuntes sobre feminismo y feminidad», y «De la creación literaria».

El primero constaba de los siguientes apartados: «Reflexiones sobre la condición femenina», «Poner puertas al campo: mujer y trabajo», «Mujeres y memoria, un camino por recorrer», «Mujeres frente a hombres, ¿igualdad o superioridad?», «La mujer libre y la soledad del ser», «Dos mil años de educación patriarcal», «Las ventajas de ser una menor eterna», «Reproducción y placer sexual».

En el segundo apartado, Judit leyó: «Mujer y literatura, un trabajo mal retribuido», «La creación artística en la mujer, ¿adorno o contribución social?», «El desafío de la inteligencia en la mujer», «¿Feminizar la literatura o viceversa?», «La esperanza del futuro».

La persona que había desarrollado los temas enumerados por Regina lo había hecho mucho tiempo atrás, en amarillentos folios escritos a máquina, a un espacio, en una tipografía tan antigua que se parecía a esos titulares de diseño que algunos periódicos incluyen en sus suplementos literarios. Había páginas mecanografiadas en tinta muy oscura, de cinta recién estrenada, y otras en que el trazo se debilitaba hasta casi desaparecer, pero las ideas vertidas eran siempre francas, tajantes, inteligentes.

¿Quién era Teresa Sostres? ¿Alguien tan importante para Regina como ésta lo era para Judit? ¿También la Dalmau había tenido una maestra? ¿Por qué la mantenía oculta bajo llave? ¿Se avergonzaba de ella? ¿O era que debía a aquellas reliquias más de lo que quería confesar?

En cualquier caso, había dado con la debilidad de Regina Dalmau. Ya llegaría la oportunidad de utilizarla.

Eran más de las ocho cuando Judit se apresuró a salir de la habitación, no sin antes haber devuelto el mamotreto a su sitio. Echó una última ojeada antes de salir: la luz encendida, las cartas desperdigadas, las fotografías. Cerró la puerta y colocó la llave en el suelo. Todo quedaba tal como lo había encontrado.

Mientras se duchaba, se sintió ligera como si hubiera dormido.

3

—Hay que ver, hay que ver. Hoy todo va manga por hombro.

Eran más de las once y ni Álex ni Regina se habían despertado. Lo del chico era normal, porque su trabajo lo mismo le ocupaba veinte horas seguidas que le dejaba una mañana libre, pero la dueña de la casa tenía amaneceres fijos, y Flora, que era la clase de asistenta que se aferraba a las rutinas, solía arreglar su zona de dormir antes de dedicarse a otras tareas.

Judit se sirvió una nueva taza de café y esperó, simulando que leía un periódico. Cuando Flora quería decir algo había que darle tiempo para que lo soltara, después de resoplar como una plancha de vapor. Se había acostumbrado a llevar el sonotone que Regina le había comprado, y ya no hablaba a gritos. Las relaciones entre la asistenta y Judit habían mejorado desde que la joven, en un momento de inspiración y harta de que nunca le vaciara su papelera, le dejó una mañana, encima de la mesa de la cocina, un aparatoso paquete de regalo que contenía un caballo encabritado con las crines al viento, una figura de loza imitación Lladró.

Flora se había echado a llorar al verlo, y desde entonces le hacía frecuentes confidencias acerca de su marido y hasta sobre su propio estado de salud, del que no le gustaba hablar, porque le habían descubierto cataratas en un ojo; tenía hora en el Seguro para que la operaran la primavera siguiente, y su mayor temor era quedarse ciega, incapaz de ganarse la vida y de cuidar de Fidel. Le había pedido a Judit que no le dijera nada a Regina de su dolencia y la joven había cumplido, obteniendo a cambio implacables monólogos, que la otra le soltaba cuando la pillaba a solas, y alguna que otra información valiosa.

Judit dejó *El País* aparte y se dispuso a abrir *La Vanguardia*. De pie en la encimera de la cocina, Flora limpiaba los cristales de la ventana. Sus fuertes patorras, enfundadas en medias de lycra, quedaban a la altura de los ojos de Judit.

—Deje eso, mujer, tómese una taza de café conmigo —la animó la muchacha—. Seguro que la señora aún tardará, habrá pasado una de sus noches de insomnio.

Flora descendió de su atalaya, llenó un tazón con café, le añadió leche y se sentó pesadamente delante de Judit, sin dejar de fruncir el ceño.

—No sé qué hacer —dijo, por fin.

—Pero se va a operar, ¿no? —comentó Judit, sin levantar la vista del periódico.

—Si no es eso. Es esto.

Flora metió la mano en uno de los bolsillos de su bata y sacó lo que Judit había estado esperando.

—La llave. He encontrado la llave del jodido cuarto de Rebeca. Se le tiene que haber caído en el pasillo sin darse cuenta, menuda es ella.

—¿Qué llave? ¡Ah, el cuarto cerrado! ¿Está segura de que es de ahí? —La cogió y la contempló con curiosidad, como si la viera por primera vez.

—Sí, la he probado, y abre. No le diga nada, que se pondría como una fiera.

—¿Dónde está el problema? Si se le ha caído a ella…

—No, que no sé si tengo que limpiar o qué. He asomado la nariz, y huele a ni se sabe, con tantos libros y tantos papeles sin recoger. No he tocado nada, pero he tenido que apagar la luz, mira que dejársela encendida…

Judit se encogió de hombros.

—Pregúnteselo. O no le diga nada. Vuelva a ponerla donde estaba.

—No, que me reñirá, dirá que no barro bien.

—¿Por qué no la deja aquí, al lado del frutero? Cuando venga a desayunar la verá, y en paz. Si se le ha caído a ella, no sé de qué puede acusarla a usted.

Cuando Regina preguntase por la llave, sería Flora quien le daría explicaciones, y ella se limitaría a poner cara de pánfila. Ahora que ya tenía atado el cabo que había quedado suelto, Judit se aburría de la charla. Cerró el diario y lo apiló con los otros. A Regina le gustaba encontrarlos ordenados.

—Yo que usted, no me preocuparía —dijo.

Regina seguía durmiendo. Judit conectó el ordenador portátil a la impresora láser, introdujo un disquete y pulsó una tecla. Tras una especie de estertor, la máquina se puso en marcha y escupió media docena de folios, que la muchacha recogió rápidamente y guardó en un sobre. Desconectó el aparato y volvió a dejarlo encima de su mesa, aquel banco de joyero que no era ni la mitad de cómodo para trabajar que el escritorio de Regina.

Con el sobre en la mano, se dirigió a su dormitorio, y lo metió en la bolsa de viaje del juego de maletas que Regina le había comprado para que pudiera acompañarla durante su gira para promocionar el nuevo libro. Cuando regresaba al estudio, tropezó con la escritora, que salía bostezando.

—¡Qué mala cara tienes! —exclamó Judit, al ver sus ojos hinchados.

—Un insomnio de caballo, hija, qué le voy a hacer. ¿Has repasado la lista?

—Te esperaba. Tenemos que mirarla juntas, porque yo no conozco a nadie.

—De acuerdo —sonrió Regina—. Déjame tomar café y darme una ducha rápida, y en seguida nos ponemos a ello. De todas formas, las invitaciones ya están mandadas, es sólo por si se les ha olvidado alguien importante, que es lo que suele suceder, y hay que invitarlo a última hora, y por teléfono.

—¿Tú crees? Si va a ir hasta la ministra.

—Calla, que me va a presentar. Es una idea absurda de Amat, pero con lo mal que lo he tratado, no me queda otro remedio que darle ese gusto.

Cuando la oyó encerrarse en el cuarto de baño, Judit se acercó a la cocina, en donde Flora estaba lavando las tazas.

—¿Qué tal ha ido? —le preguntó, adoptando su tono más animoso.

—No hay quien la entienda. Ahora resulta que puedo meterme en el cuarto a limpiar cuando quiera, siempre que no le tire ningún papel, por arrugado o pringoso que me parezca. Hemos entrado juntas y yo, disimulando, como si no hubiera estado allí esta misma mañana. Ha metido lo que había en la mesa dentro de una caja y me ha dicho que el resto es cosa mía. Voy a necesitar toda la mañana para dejar la habitación un poco decente.

—¿Y la llave? —Judit estaba tan perpleja como la otra.

—Dice que la ponga donde quiera, porque a partir de ahora la puerta quedará abierta. Hay que ver, hay que ver.

—Deberías hablar con Hildaridad para que te cuente cómo piensan organizarse, si van a ir a buscarnos al aeropuerto los de la editorial o nos recogerá Blanca. Mejor dicho —rectificó Regina—, pásame con Blanca y lo hablo directamente. Prefiero que se encargue ella, tiene más sentido común que todos los demás juntos.

Judit marcó el número. Comunicaba.

—Siempre está hablando por teléfono —sonrió Regina, acariciando una fina cadenita de oro, con una placa, que pendía de su muñeca derecha.

Necesito escaparme veinte minutos, pensó la joven. Tenía que encontrar una excusa.

—¿Blanca? —dijo, por fin, Judit—. No, nada. Todo bien. Regina quiere hablar contigo.

—Venga, pásamela —la escritora alargó la mano y le quitó el inalámbrico—. ¿Qué tal, golfa? ¿Puede saberse por qué tienes tan descuidada a tu autora predilecta? Estoy en buenas manos, las mejores. ¡Si vieras cómo me cuida Judit! Supongo que tienes a Hilda en lo mío. No, no me importa que la fiesta sea en el Ritz, aunque en invierno pierde mucho, sin los jardines. Ya sabes que, para dormir, sigo fiel al Palace. Por otra parte, he estado pensando y, no te enfades, pero no creo que éste sea un libro tan importante como para someterme a la gira que la editorial tiene prevista. Arréglatelas como quieras, pero no me apetece lo más mínimo dar la vuelta a España. Y tú y yo tenemos que hablar muy en serio. No, de otras cosas. Perdona un momento, Blanca, que Judit quiere decirme algo.

—¿Puedo ir a Correos? —preguntó la interesada—. Tengo que mandarle a Hilda los últimos justificantes de gastos.

Regina hizo un gesto de asentimiento. Judit recogió su cartera y salió del estudio. Cerró la puerta y entró en su dormitorio. Sacó el sobre que esa misma mañana había guardado en la bolsa de viaje y lo metió en la cartera. A la entrada del edificio, saludó a Vicente, el conserje, que estaba lustrando los metales del portal. Intercambiaron un comentario acerca del tiempo, cargado de humedad. «Está indeciso —dijo el hombre—. Hoy me tocaba regar, pero lo he dejado, pensando que iba a llover, pero ni llueve ni aclara.»

Ella sí se había decidido, pensó, mientras caminaba por el lateral de la plaza en dirección a la calle Muntaner; en la cartera llevaba el fruto de su resolución, las páginas escritas de noche en el ordenador portátil, en su dormitorio, con la casa en silencio, casi siempre después de haber hecho el amor con Álex, esos polvos que acrecentaban su seguridad tanto como la confianza que Regina y Blanca, cada una a su manera, depositaban en ella. No quería eternizarse en su papel de colaboradora eficaz de la novelista. El tiempo pasaba rápido, y quién sabe cuándo volvería a disfrutar de una oportunidad semejante. En cuanto Regina acabara con la promoción del libro, y por lo que le había oído decir momentos antes parecía querer acortarla drásticamente, se entregaría a la redacción de su nueva novela, y entonces Judit se vería relegada a la condición de secretaria que se ocupa de mantener a la dueña de su tiempo alejada de las molestias que podrían distraerla de la sagrada escritura.

Su descubrimiento de la noche anterior la había ayudado a decidirse. Si Regina se había aprovechado, y lo seguía haciendo, de lo escrito por otra mujer, la para ella desconocida Teresa Sostres, sus propias páginas creadas a escondidas merecían un destino mejor que permanecer en un disquete a la espera de salir a la luz cuando su patrona ya no la necesitara. Regina se había acostumbrado a la vida cómoda, lo había conseguido todo, y Judit sentía que había pasado a formar parte de esas comodidades. Dentro de poco perdería su carácter de novedad, y ya ni siquiera Blanca se asombraría ante sus demostraciones de eficacia. Tenía que actuar. ¿No le había dicho que le enviara sus cuentos, que le apetecía leerlos? Iba a hacer algo mejor. El sobre que llevaba en la cartera contenía el argumento de una novela propia, completamente suya, y un esquema con los capítulos que la integrarían, un elenco detallado de los personajes e incluso un comentario acerca del sentido de la que sería su primera obra, y de lo que la literatura representaba para ella.

Descendió sin prisas por Muntaner, saboreando el instante. Al contemplarse en los escaparates, cargados de adornos navideños, ya no vio a la muchacha macilenta que, tiempo atrás, merodeaba por el barrio, soñando con hacerse amiga de Regina, con encontrar en su admirada escritora una mentora, una madre, alguien que la rescataría de la confusión y la convertiría en su protegida. Las vitrinas le devolvían la imagen de una nueva Judit que no desentonaba de las lujosas mercancías que en su anterior existencia envidió y codició. Ella misma, con su abrigo de espléndido corte y el elegante pañuelo, casi tan grande como un poncho, echado por encima con un descuido burgués que la hacía parecer mayor e incluso rica, era envidiable, codiciable, y si su actual aspecto, sus ropas, su desenvoltura, las debía a Regina, Judit también le había dado algo valioso a cambio: un asidero para la mujer que vivía sola a pesar de su fama, sola con su prestigio y su bienestar económico, sola con su egoísmo.

Y le había dado más, aunque había tardado en descubrirlo. En las múltiples libretas que Regina guardaba en su escritorio, aquellas que contenían anotaciones para su próxima novela, Judit había encontrado, cuando las había podido medio leer a hurtadillas, aprovechando un descuido de la otra, descripciones que encajaban con ella, frases que la definían o pretendían hacerlo, fragmentos de sus conversaciones con Álex.

Digamos que hemos hecho un intercambio, concluyó, sofocando el gusanillo de la culpa, mientras empujaba la puerta de la oficina del servicio de mensajería exprés por el que iba a enviarle a la agente literaria su proyecto de novela.

Escribió la dirección con letra grande y pagó la tarifa más alta, para que el envío se encontrara en el despacho de Blanca cuando ésta llegara a la mañana siguiente.

Cuando Judit regresó, Regina ya había repasado la lista de invitados a la fiesta. Se la entregó.

—Busca los teléfonos de la gente que he añadido y llámalos. Asegúrate de que vendrán, o al menos, que sepan que los he tenido en cuenta. Los números están en mi agenda. Diles que las invitaciones han salido tarde. Es la excusa de siempre.

La joven quedó impresionada por la categoría de los nombres. Hizo las llamadas con su propio móvil, desde su mesa. Regina se levantó de la suya y se quedó un rato de espaldas, mirando el jardín.

—Vaya un día asqueroso —dijo por fin, volviéndose—. Espero que en Madrid haga un tiempo más alegre, aunque sea más frío. No prepares más equipaje que la bolsa de mano. Blanca se ha encargado de suspender la gira. No tengo el menor interés en perder tiempo. Pero no te preocupes por el uso que le vas a dar a tu juego de maletas, que tiempo habrá de utilizarlas.

—¿Qué quieres decir?

—Nada. Yo me entiendo.

Volvió a sentarse ante el escritorio y abrió los cajones. Sin dejar de dar explicaciones por teléfono a los invitados tardíos o a sus secretarias, Judit la vio extraer las libretas de anotaciones y apilarlas sin el menor cuidado. A continuación, Regina se dedicó a arrancar las páginas de cada cuaderno y hacerlas trizas, arrojándolas a la papelera, hasta que la cesta se llenó de papelillos.

—Listo —dijo Regina en voz baja, hablando para sí misma, al deshacerse de la última libreta—. Ahí va mi próxima novela.

—Y eso, ¿por qué? —preguntó, señalando la papelera.

—Porque una novela es como una pasión, o no es nada.

Judit sonrió, sin entender. ¿Se le estaría escapando algo importante?

4

A Regina, Madrid le traía buenos recuerdos. Era una ciudad a la que regresaba con deleite, y no sólo porque fue el trampolín que había impulsado sus éxitos. Poseía una memoria madrileña anterior, de su época hippy, de aquellos grupos de gente de su edad, intercambiables, que la envolvían como un torbellino cuando llegaba con su saco de dormir y su recuento de aventuras. Madrid había cambiado en los últimos veinticinco años, pero Regina aún conservaba, enquistados en su corazón, retazos de sus experiencias de la década de los setenta que tuvieron como escenario la capital. El calor asfixiante, la promiscuidad de los cuerpos durante sus paseos dominicales por el Rastro, aquel revolver en los puestos de baratijas en busca de frascos de purpurina, perfume de pachulí, pañuelos de gasa de colores sicodélicos y pantalones de tejidos brillantes con estampados de estrellas y medialunas, el último grito de la moda entre su comunidad, en aquellos tiempos. El aire olía a sardinas y marihuana.

A la barcelonesa que había crecido con las cuadrículas del Eixample dividiéndole la mente en compartimentos aquel Madrid caótico la atraía por lo que ofrecía de picaresca en bruto, por la posibilidad de empezar cada noche un episodio distinto y afrontar cada amanecer al lado de personas como ella que no le hacían preguntas. Los pisos adonde la invitaban y los coches en donde la conducían de un lugar a otro tenían siempre más ocupantes de lo admisible. Jóvenes en todas partes, noches sin fin y días erráticos, música a cualquier hora, mientras se planificaba la próxima expedición para ir al Machu Picchu a la Fiesta del Sol o a Londres para ver a los Rolling Stones.

Aprendió a amar Madrid como no la amaban los catalanes que juzgaban la ciudad sin saber de ella, sin haberse perdido nunca en sus múltiples abrazos. Se relacionó con niños bien capaces de meterse cualquier sustancia en el cuerpo y que, con los años, supo que no habían sobrevivido a la llegada masiva de la heroína que ella se negó a probar sólo porque odiaba las jeringuillas: un golpe de suerte. Tuvo amigos chatarreros que le enseñaron a emborracharse en Semana Santa, siguiendo la procesión de Jesús el Pobre, a comer gallinejas y a joder como los perros en el servicio de un bar. Aquel Madrid por el que solía pasearse en busca de comercios que, de puro clásicos, le resultaban exóticos: viejas ferreterías con su oferta inacabable de tiradores de puertas y cajones, comercios donde se vendían corchos para botellas de cualquier tamaño, corseterías para tallas más que grandes y almacenes de caramelos. Aquel Madrid de sus recuerdos se había acabado para Regina desde que su impresionante éxito la abocó a otra forma de vida, pero le seguía teniendo ley, y en esta ocasión quería rendirle tributo aunque sólo fuera con el pensamiento.

Tantas cosas iban a cambiar para ella, en el inminente futuro, a impulsos del remoto pasado, que quién sabe si aún le sería posible disponer de unas horas para pasear por la calle de Toledo y buscar las esquinas y las fuentes en donde su juventud se desbocó antes de que se convirtiera en la Regina Dalmau que había llevado a cuestas hasta la noche de su reencuentro con Teresa. Tampoco Barcelona, la ciudad en donde vivía, le era familiar desde que se había sometido a su rutina de escritora ensimismada, sujeta a las salidas puntuales que le imponían sus obligaciones pero con los músculos de la curiosidad urbana anquilosados, con el deseo de callejear desfallecido, olvidado con el resto de los hábitos sencillos que antaño le proporcionaron tanto placer. Ni siquiera sabía qué había sido de la casa de Teresa, de su calle.

«*Nel mezzo del cammin di nostra vita*», la frase de Dante que figuraba en el reloj Swatch que una lectora le había enviado como regalo por su último cumpleaños era, quizá, una sentencia que podía aplicar a sus inmediatos cincuenta: siempre que aceptara la convención de que cualquier vida, si sabemos enderezarla a tiempo, vale por cien años de experiencia y sabiduría. Una convención en la que Regina necesitaba creer para darse la oportunidad de ser tal como habría querido Teresa.

El restaurante donde Blanca la había citado pertenecía al mundo que estaba a punto de abandonar. Siguiendo a una encargada vestida de Armani, atravesó el comedor inferior, repleto de ejecutivos. Se dejó llevar con la mirada perdida —no mires si no quieres que te miren, se decía en estos casos— hacia una mesa del piso superior, por encima de cuya balconada podía observar el trasiego de clientes sin ser descubierta. Blanca nunca era puntual, aprovechaba hasta el último momento para dar instrucciones al personal de su oficina, a menudo volvía sobre sus pasos para recalcar una cosa u otra; desde el mismo ascensor seguía velando por los intereses de sus autores. Y hoy tenía mucho trabajo, a causa de la presentación del libro de Regina.

Por la mañana, Hildaridad había ido a recibir a la escritora y a Judit al aeropuerto.

—Qué aspecto de buena que tienes —le había dicho, abrazándola. Y, señalando a la chica, que sonreía modosamente al lado de Regina, había añadido—: Así que ésta es la niña que está en tus ojos.

En el hotel, Regina encargó a Judit que mandara planchar el vestido que esa noche se pondría en la fiesta.

—Aprovecha para darles también el tuyo —le aconsejó.

—¿Vamos a comer en el hotel? —la joven parecía excitada.

—Tú, si quieres, aunque yo te recomendaría que te dieras un paseo por los alrededores. Puedes ver las Cortes, ir al Prado, yo qué sé. Es tu primer día en Madrid, disfrútalo. Yo tengo que almorzar con Blanca. Negocios. Te llamaré a la habitación cuando regrese.

La muchacha se quedó con el ceño fruncido, pero Regina se marchó sin cargo de conciencia. No era su niñera, después de todo.

Mientras esperaba a Blanca, pidió una botella de Moët Chandon.

—No esperaré para beber —le dijo al camarero, indicándole la copa.

Iba por la segunda cuando la agente entró en el restaurante. Desde su observatorio, Regina se asombró ante su dinamismo. Era de su edad, quizá un par de años más joven, pero desplegaba energía incluso cuando, como ocurría ahora, se limitaba a abrirse paso en un lugar público. Blanca era una mujer más alta que la media y, además, usaba tacones de quince centímetros para subrayar su poderío. Su cabello rubio de peluquería, que llevaba despeinado a lo leona, parecía tintinear tanto como el oro que la adornaba profusamente, repartido en aretes, anillos, pulseras y collares de diverso grosor. Regina pensó en lo mucho que quería a aquella fuerza de la naturaleza que se desvivía por ella y el resto de los autores de su cuadra.

—¡Por fin he podido escaparme! —explotó, al llegar frente a la escritora, desembarazándose simultáneamente del abrigo de ante con cuello de piel de tigre sintética, del bolso enorme que colgaba de uno de sus hombros y de varios originales de novelas que, sin duda, había cogido del despacho para hojearlos en el taxi, porque detestaba perder el tiempo.

Casi volcó la mesa al precipitarse a abrazarla, envolviéndola en una nube de perfume de jazmín. Bajo el vestido de punto gris exhibía un cuerpo ajamonado pero hermoso, de proporciones algo titánicas, como su propia personalidad.

—Joder, guapa, hacía siglos que no nos veíamos —dijo, desplomándose en su asiento—. ¿Qué estás tomando? ¿Champán? Creí que no bebías más que vino.

—Ésa es otra de las cosas que ya no son como eran —Regina sonrió con misterio.

—Si hay que beber, mejor que sea champán francés.

Se sirvió antes de que el camarero pudiera acudir en su auxilio.

—A mí tráeme, pero ya, un poco de esa chistorra tan rica que tenéis —pidió.

El muchacho se alejó trotando como si acabara de recibir órdenes de Júpiter. Y, en cierto modo, así era, pensó Regina. Mientras esperaba su pedido, Blanca la escudriñó con sus ojos chispeantes, casi tan dorados como sus abalorios y su pelo.

—Te veo muy bien. Muy bien —enfatizó—. Aunque sospecho que tienes novedades que no me van a gustar. Lo que me adelantaste por teléfono me puso los pelos de punta. Últimamente estás rara de cojones, perdona que te lo diga.

—Siempre me ha sorprendido tu habilidad para adivinar mis estados de ánimo. Sin embargo, corrígeme si me equivoco, hace más de veinte años que nos desconocemos. ¿No es así?

—¡Ja! Si hay algo que controlo como la palma de mi mano son las emociones de mis autores. No empieces con sutilezas de escritora. Es cierto, no nos contamos nuestras mutuas vidas, pero en lo que a mí respecta, no hay gran cosa que explicar. Como bien sabes, fuera de mi trabajo existe poco más. Salvo algún buen polvo que otro con un jovenzuelo que quiere triunfar en la literatura, para qué voy a engañarte. Hum, qué rica está la chistorra, Dios mío, todas las dietas de adelgazamiento deberían incluirla.

—Voy a dejarlo.

—¿Que vas a dejar el qué? —con la boca llena, Blanca parecía al borde de la congestión.

—No te hagas la tonta. Esto. Escribir. Publicar. Toda la fanfarria. Me sorprende tu asombro. Tú has sido la primera en decirme que, como novelista, me he agotado. No tengo nada que contar.

—El mundo entero no tiene nada que decir —la agente hizo un gesto expresivo, abriendo los brazos—. Una cosa es estar agotado y otra ser tan tonto como para no disimularlo. Tienes un cartel sensacional y suficiente inteligencia para seguir sacándole partido unos cuantos años más. Creí que ibas a probar lo de escribir sobre jóvenes.

El obsequioso maître se acercó a tomarles nota. Antes de que las abrumara enumerando las especialidades del día encargaron, de tácito acuerdo, verduras a la parrilla y una dorada a la sal.

—Me muero por un buen cocido madrileño —confesó Regina—. Pero no quiero presentarme en la fiesta con la digestión a medias. En cuanto a la novela de jóvenes, olvídala. Me aburre infinitamente, no tiene nada que ver conmigo y sería un desastre. Créeme.

—Vamos a ver si te entiendo. Estás cansada, harta. ¿Quién no? ¿Quieres tomarte un año sabático?

Regina se echó a reír.

—¡Una vida sabática! Eso es. O lo que me quede por vivir. Hay algo que nunca te he contado, quizá porque no necesitaba hacerlo y porque ni siquiera me lo había confesado a mí misma. Hace muchos años, poco antes de que publicara mi primera novela, murió una persona que había sido muy importante para mí.

—Déjame adivinar. Tu primer amor, el inolvidable… Es la crisis de los cincuenta.

—Por favor, Blanca, deja de pensar en términos de utilidad o de tópicos noveleros. No, esto fue muy diferente, y no tuvo nada que ver con el amor convencional, pero sí con el cariño capaz de cambiar una vida. Era una mujer. Una mujer mayor, que podía ser mi madre. Que debió serlo. En realidad, fue una especie de madre, que no supe apreciar en su momento. Ella también escribía.

—¿Ah, sí? ¿La conozco?

—Sólo los especialistas. Escribía cuentos infantiles, muy bonitos, por lo que recuerdo, muy modernos, que se vendían más o menos, porque ser escritora era entonces más difícil que en estos tiempos y se publicaba a pelo, sin alharacas, como bien sabes. Lo más importante es que escribió en mí, educándome a mí, la obra de su vida. He tardado muchos años en darme cuenta.

—Dices que murió.

—Sí. Murió sola. Me lo había dado todo, y yo no fui capaz de acudir a su lado cuando me necesitó.

—Y ahora tienes remordimientos. Un poco tarde, ¿no? Disculpa, pero sigo sin ver qué relación hay entre lo que acabas de contarme y tu literatura.

—Me he convertido en el tipo de escritora que Teresa detestaba y contra el que siempre me previno.

Pensativa, Blanca apuró el champán de su copa. Puso la botella en el cubilete e hizo señas al camarero para que la repusiera.

—Todos tenemos cosas de las que arrepentirnos —dijo—. No por eso hay que fustigarse hasta la eternidad.

—No me fustigo, Blanca. Es exactamente lo contrario. Al descubrir cuál era el motivo de mi angustia, me he liberado. ¿Sabes? Esta crisis que he tenido y que tú, a tu manera, fuiste la primera en detectar, tuvo su origen en lo que no hice en esa época, pero, sobre todo, se fue larvando a medida que me asentaba como novelista. ¿No te has preguntado nunca qué hubiera ocurrido si, en un determinado momento de tu vida, hubieras tomado aquel camino y no éste, tal decisión y no tal otra?

—Hija, yo prefiero no pensar.

Sin embargo, se quedó un rato ensimismada, contemplándose el esmalte de las uñas. Por fin, levantó la vista y sonrió.

—No sirve de nada mirar atrás. Ésta sí que es una gran verdad.

—A una agente, puede que no. Los escritores nos nutrimos del pasado, y yo, en ese aspecto, soy más bien una autora de ciencia-ficción. He escrito acerca de lo que las mujeres quieren ser, no de quiénes somos. Para mi asombro, el pasado es más tozudo de lo que imaginaba. Esa mujer, que se llamaba Teresa, ha seguido cuidando de mí a pesar de que murió hace un cuarto de siglo, en espera de que le diera una segunda oportunidad. Me educó para la literatura, fue la primera persona que vio en mí dotes para esta profesión. Me pulió y enseñó. Cuando me llegó el día de poner en práctica lo aprendido, hice exactamente lo contrario de cuanto Teresa había previsto. Primero la abandoné y luego la traicioné. El lote completo. Creí que no importaba. Nadie iba a saberlo, porque ella estaba muerta. Pero lo sabía yo, y no se puede vivir con eso.

—Dices que esa mujer fracasó como escritora. ¿Qué clase de lecciones podía darte? —Blanca untó mantequilla en un trozo de panecillo y se lo introdujo en la boca.

—La ética, la moral del que escribe. No dejarse llevar por la senda más fácil.

—Tuviste éxito. ¿No se te ha ocurrido pensar que a lo mejor eres tú quien tiene razón?

—No, si de algo estoy segura es de que el éxito que importa lo tuvo ella, Teresa. Murió sola, o casi, rabiando de dolor y prematuramente. Pero vivió con integridad y eso, quizá porque me he hecho mayor, me parece el triunfo más importante que se puede alcanzar en esta vida.

—¿No te habrás hecho evangélica? Porque lo que dices suena como aquello de la Biblia, de qué le sirve al hombre... ¿Cómo era?

—«¿De qué le sirve al hombre ganar el mundo, si pierde su alma?» Tranquilízate, sigo atea, como lo era Teresa. Eso también me lo enseñó, que hay que portarse bien en esta vida porque es la única que cuenta. Pero sí. Parafraseando a Jesucristo, o quien fuera el autor de la sentencia, podría preguntarme de qué me ha servido el reconocimiento público si, en mi intimidad, nunca he dejado de despreciarme.

—O sea, que vas a echarlo todo por la borda y vas a dar tu dinero a los pobres —suspiró Blanca, apartando el plato con restos de verduras.

—No. No soy imbécil, y estoy muy contenta de disfrutar de una buena posición y de tener dinero suficiente e inversiones lo bastante rentables como para vivir de puta madre durante el resto de mi vida.

—Tú dirás lo que quieras, pero has escrito algunas novelas muy, pero que muy bonitas.

—Sí. Vidas de santas. Santas feministas. Mujeres sumergidas en conflictos cuidadosamente seleccionados para no transgredir el canon intocable que nos hemos dado para sentirnos mejor. ¿Quieres que te diga una cosa? En ninguna de mis novelas me he atrevido a enfrentarme con lo más importante que llevamos dentro: la furia de las mujeres, nuestra rabia de ser, nuestra amargura. Lo que nos hace grandes, tanto en la vida como en la literatura. Eso, salvo contadas excepciones que, desde luego, no se encuentran entre las escritoras feministas consagradas, a cuyo *hit-parade* pertenezco, lo han explicado mejor algunos hombres.

—¡No me salgas ahora con *Madame Bovary* y *La Regenta*! —Blanca cruzó cuchillo y tenedor, como si conjurara al diablo.

Regina se echó a reír, y como estaba bebiendo, se atragantó y la risa se le convirtió en tos. Pasado el acceso, alargó la mano y apretó la de su agente.

—¿Te das cuenta? —comentó—. Después de tantos años, ¡tú y yo hablando de literatura! Siempre he creído que no lees a autores muertos porque no los puedes representar.

—Éso es una calumnia que puso en circulación el primer editor a quien le saqué veinte millones de anticipo.

—Yo pensaba más bien en otras heroínas literarias. En lady Macbeth y Medea, en esa furia incontrolable que sentimos por no poder domeñar la vida como nos gustaría. El ansia de poder que no nos atrevemos a confesar y que se vuelve contra los hombres pero, sobre todo, contra nosotras mismas. La envidia, los celos. ¿De qué otra forma puedo explicar mi traición a Teresa, la deliberación con que la abandoné, a pesar de que me lo había dado todo?

—Aun a costa de perder mi reputación de analfabeta interesada —confesó Blanca—, tengo que decirte que el tema de la furia lo trató muy bien Dorothy Parker.

—Tú, ¿leyendo a la señora Parker? Te juro que guardaré el secreto. ¿Por qué no hemos hablado así hasta ahora?

—Dímelo tú. Yo siempre he sido muy sencilla.

—¿Sueles pensar en el futuro? —preguntó Regina.

—Querida, bastante tengo con organizarme el día sin que me dé un ataque de histeria. Aunque la opinión generalizada entre mis subordinados es que estoy histérica permanentemente.

—¿No echas de menos otra cosa? No sé, un marido. Hijos. Estabilidad sentimental, como solía llamarlo yo.

—¿La verdad verdadera? Echo de menos un mayordomo que esté bueno, lleve la casa y cada noche me dé un revolcón de muerte. Las mujeres como nosotras no estamos hechas para compartir la vida con un hombre ni la vida de un hombre, necesitamos un hombre capaz de compartir la nuestra sin estorbar. Y eso, guapa, sólo te lo consigue una agencia de colocaciones.

—Es un problema de egos —decidió Regina—. Un ego masculino no cabría en una habitación que ya estuviera ocupada por el mío. ¿Lo ves? He aquí algo sobre lo que nunca he escrito, porque me ha sido más rentable echar la culpa de los desastres que vivían mis heroínas a los hombres que se cruzaban con ellas.

—El verdadero problema, querida, es que tú tienes ego porque eres una escritora famosa. Pero cualquier hombre, aunque sea un inútil y lleve veinte años en el paro, tiene el doble de ego que tú y yo juntas. Es un regalo que les hizo su mamá.

—No es un regalo, sino una condena. Están condenados a perpetuar a su madre en cada mujer. En cambio, nosotras somos lo que somos porque casi siempre hemos tenido que luchar contra el poder materno.

—¿Lo ves? Ésa es la razón por la que traicionaste a Teresa. Pura autodefensa.

—Teresa lo intuía y me perdonó por anticipado. ¿Y sabes lo mejor? Me dejó en herencia una documentación valiosísima sobre la mujer y el feminismo. Tenía un cerebro privilegiado, era una adelantada. Durante años he estado saqueando esos papeles, utilizándolos para mis libros, sin poder dejar de sentirme culpable por hacerlo. Pero ella lo había previsto: era un regalo, uno más de los muchos que me hizo. De eso también me enteré tarde.

—Esos planes tuyos… ¿Qué piensas hacer? —preguntó Blanca.

—Lo que me salga de los ovarios. Cuando me apetezca y como me apetezca. Siempre he querido visitar Italia con calma, echándole el tiempo que considere necesario. Será lo primero que haga. Y hay otra cosa. Mejor dicho, otra persona.

—¡Lo sabía! ¿Quién es él? ¿Lo conozco?

—Sí, pero no es él, sino ella —Regina sonrió con guasa. Sabía lo que Blanca iba a decirle.

—¡Era eso! ¡Te has vuelto lesbiana! —dijo, entusiasmada—. ¡Tienes una crisis de identidad sexual! ¡No puedes retirarte ahora! Sales del armario, lo escribes, y te forras otra vez.

Tuvo que interrumpirse, el camarero acababa de llegar con la dorada y se disponía a trocear diestramente el pescado. Cuando terminó, Blanca volvió a la carga.

—¡Ya lo sé! Es esa chica, Judit…

—Guapa, tienes intuición, pero resultas muy obvia. No, no me he vuelto lesbiana ni albergo la menor intención al respecto. Se trata de un sentimiento muy distinto. Como si el recuerdo de lo que Teresa hizo por mí hubiera despertado mis sentimientos protectores hacia esa chica, Judit. Quiero ayudarla. Es demasiado inteligente para pudrirse haciendo de secretaria, deseo que aproveche el tiempo que pase conmigo para cultivarse, para encarrilar su vida.

Se acercó una camarera con el carrito de los postres. Ambas rechazaron la oferta y pidieron café. Blanca sacó del bolso una pitillera y extrajo un cigarrillo.

—Uno después de cada comida, es todo lo que me permite mi médico. Tengo los pulmones como las cuevas de Altamira.

—Teresa fumaba Celtas. ¿Sabes si siguen vendiéndolos?

—Creo que desaparecieron hace por lo menos diez años.

Se dejaron servir las dos últimas copas de champán.

—Si por mí fuera —dijo Regina—, caería otra botella y me pasaría el resto del día durmiendo. No sabes la pereza que me da ir a la presentación. Le hace más ilusión a Judit que a mí.

La agente se puso seria.

—Creo que hay algo de esa jovencita que debo contarte. A lo mejor no es más que una chiquillada, pero… Regina, no he sido sincera contigo. Me tenías tan preocupada, y esa chica me parecía tan ideal, la ponías tanto por las nubes, que la alenté a que te cuidara y hemos mantenido grandes conversaciones a tus espaldas. Que si estabas mejor, que si tenías alguna idea para la nueva novela, en fin… Me ha tenido al día de tus depresiones.

—¿Mis depresiones?

—Sí, tus ataques de mal humor, tus rabietas. No sé, me pareció que cuidaba bien de ti, ella misma me contó cómo mejoraste a medida que te solucionaba problemas. Y como tú me habías hablado tanto de su eficacia y buena disposición, creí que…

Regina alzó el brazo para llamar al camarero.

—¿Vas a pedir otro café?

—No —dijo la escritora—. Voy a pedir un whisky de malta sin hielo.

—Pues que sean dos. He metido la pata, ¿no?

—Judit me ha ayudado, en eso no te equivocas, pero no de la forma que ella pretende. Al principio, pensé utilizarla como secretaria y, al mismo tiempo, como modelo para la novela sobre jóvenes que me pediste. Fue una tontería, tomé un montón de notas que no me sirvieron para nada. No obstante, Judit removió algo en mí, creo que me hizo pensar en mis propios veinte años, y de ahí yo sola volví al pasado, a Teresa. Es una historia compleja, y ya te la he resumido antes. La verdad es que le tengo cariño. Me parecía tan desprotegida, tan necesitada de afecto.

Se quedó mirando a Blanca.

—Hay algo más, ¿verdad? —preguntó, con un hilo de voz.

—De desprotegida, nada. Y falta de algo, desde luego, lo está, pero no creo que sea afecto lo que persigue. Hace un par de días recibí esto.

Rebuscó en el bolso y sacó un sobre grande. Se lo alargó.

—Contiene —dijo— un proyecto de novela firmado por una tal Judit F. Cautín. F de Fernández, supongo.

Regina abrió el sobre.

—No te recomiendo que lo leas antes de que vengan con el whisky —le advirtió Blanca.

Haciendo caso omiso, la escritora se entregó a la lectura de los folios. Cuando el camarero depositó las copas en la mesa, cogió la suya sin desviar la mirada.

—Ésta sí que es buena —dijo, cuando acabó—. Brillante. Una prosa excelente, algo cargada de adjetivos, pero eso es lógico en una principiante. Y la trama, muy bien hilvanada, al menos en la sinopsis.

—No sabes cómo lo siento.

—¿Sentirlo? Si insiste en escribir eso, te recomiendo que la ayudes. Es un proyecto muy comercial, y viene de una mente muy joven. ¿No era lo que querías, lo que quieren los editores? Me pregunto en quién se habrá inspirado para la protagonista. ¿Conoces a alguna mujer madura, escritora de éxito, que a pesar de tenerlo todo lleve una vida miserable, y que hace lo imposible para impedir que su mejor discípula triunfe en la literatura?

—Me quedé horrorizada cuando lo leí.

—Eso será porque me reconociste, al menos en la primera parte. Y yo que creía que la estaba utilizando.

—¿Te duele?

—No te diré que no. Aunque no tanto como tuvo que dolerle a Teresa lo que yo le hice.

5

El camarero, moviéndose con la gracia de un bailarín, interpuso una bandeja entre Judit y el subsecretario de algo, Cultura creía haberle oído decir, que le dedicaba un interesante monólogo acerca de cuán necesarias eran las escritoras como Regina Dalmau y lo mucho que la novelista le gustaba a su señora esposa.

Judit, sin dejar de asentir, aceptó un canapé de caviar y pensó en los vulgares tacos de tortilla que su madre preparaba, y que sirvieron para agasajar a Regina después de su conferencia en el ateneo, el día en que se habían conocido. Si el tipo no tuviera un aspecto tan seboso, Judit le habría pedido que la pellizcara. Era para no creerlo, el camino que había recorrido en tan poco tiempo.

Tal como la miraba, el subsecretario pronto la pellizcaría, sin necesidad de pedírselo, pensó Judit. Parecía una lombriz gorda embutida en un traje negro. Si se limitaba a escucharle, podía hacerse la ilusión de que tenía a su lado a un acompañante de importancia, como correspondía a su nivel actual.

El salón refulgía, las arañas de cristal se multiplicaban en los espejos.

—Un poco recargadito —había refunfuñado Regina, al entrar en el salón para echar una ojeada, antes de que llegaran los invitados.

Habían salido del Palace junto con la gente de la editorial y con Blanca, para cruzar a pie la corta distancia que los separaba del Ritz, donde se daba la fiesta. Regina y Judit no habían intercambiado palabra desde que la primera había vuelto de almorzar con su agente. La joven había intentado llamarla a su habitación, pero el teléfono estaba descolgado. En recepción se lo confirmaron, había dado órdenes de que no la molestaran. Incapaz de dominar su impaciencia, Judit se vistió antes de tiempo con el modelo color caldera, rosa y anaranjado que la escritora le regaló el primer día que fueron de compras. Tuvo que esperar sentada en su habitación, lo cual no le disgustaba en absoluto. Tanto si miraba por el ventanal como si examinaba el interior, el resultado no podía ser más agradable. Fuera, el paseo con sus magnolios y sus abetos gigantescos la hacía sentirse extrañamente internacional: casi nórdica. Dentro, el mueble bar, encajado en un armario rococó, debajo del televisor, y la mesita de patas curvadas, en la que había objetos de escritorio muy delicados e inútiles, prolongaban su ensoñación.

—Ésta es la parte de Madrid que prefiero a esta hora —dijo Regina, deteniéndose en el paseo del Prado, con la fuente de Neptuno iluminada a sus espaldas—, lo que va de Correos a Atocha.

Fue lo único que dijo, durante el corto trayecto, en voz lo bastante alta para que Judit la oyera. El resto del camino se lo pasó cuchicheando con Amat y Blanca. La muchacha tuvo que conformarse con trotar detrás, junto a Hilda y un par de secretarias que no sabía muy bien para quién trabajaban, aunque era evidente que estaban al servicio de Regina, como todos. Judit pensó en cómo engañan las voces por teléfono. Hilda resultó ser una morenita delgada, una cuarentona con cara de niña. Por el contrario, Blanca tenía el aspecto invasor de alguien que podía haberse llamado Hilda.

Había sido un hermoso paseo, aunque algo apresurado. El cielo azul oscuro parecía rasgado por estrías que tenían los colores de su vestido, y de los árboles colgaban guirnaldas no demasiado aparatosas, que subrayaban, sin agobiar, la relativa proximidad de las fechas navideñas. El día anterior había sido la fiesta de la Constitución.

En el Ritz, y después de que Regina hubo examinado el salón donde iba a celebrarse la recepción, el grupo se retiró a un rincón del bar, y Hilda dijo que iba a comprobar que todo estuviera a punto.

—¿Por qué no la acompañas? —había sugerido Blanca, mirando a Judit.

—Así ves cómo les hago el control —había dicho Hilda—. Falta sólo media hora para que empiecen a venir los invitados, y no conviene que estén las patas para arriba.

Cuando regresaron de supervisar, vieron que las mujeres del guardarropía empezaban a recoger abrigos de pieles. El grupo había pasado al salón, y los primeros invitados se apretujaban en torno a Regina. Judit nunca había visto tantos vestidos bonitos juntos, ni tantas joyas. Camareros con bandejas llenas de copas y manjares surgían de detrás de los cortinajes, como apariciones. Regina, con un traje de cóctel negro de línea sencilla y clase extraordinaria (a Judit se le había cortado el aliento al archivar la factura), sin más joyas que unos pendientes de brillantes y el nomeolvides que lucía últimamente, sonreía sin parar a la gente que la abrumaba con sus parabienes. La muchacha se había visto relegada a un rincón, contemplando su gloria desde la distancia.

Cogió otro canapé de caviar y se lo comió con aire displicente, como si no hubiera hecho otra cosa en su vida. El subsecretario la contempló con avidez.

—Regina es extraordinaria —dijo el hombre—. Mírala, tiene a los medios de comunicación a sus pies.

En efecto, un par de decenas de periodistas y fotógrafos la asaeteaban a preguntas. Cómo le habría gustado a Judit conocerlos.

—¿Tú también eres escritora? —preguntó el funcionario.

Un hilillo de sobrasada fundida le resbalaba por la barbilla temblorosa.

—Todavía no, pero lo seré. Estoy empezando.

—Lástima. De todas formas…

Sacó una tarjeta del bolsillo interior de la americana y se la entregó. Vio que se llamaba Faustino. Sus apellidos ocupaban dos líneas, en elegante letra inglesa.

—Si necesitas algo, ponte en contacto conmigo. Tenemos becas para jóvenes escritores, seminarios. Yo me encargo de repartirlas, ¿sabes?

Le había puesto la mano grasienta en la espalda, y Judit pensó que haría bien en huir. Sonrió y esperó unos instantes, para no parecer grosera. Dijo que iba al baño, y se apartó del individuo. Cruzó el inmenso salón, mirando a hurtadillas los espejos hasta dar con su propia silueta, vivaz como una llamarada. Regina se encontraba al otro lado de la estancia, rodeada de gente. Antes de verla, Judit oyó su risa y su voz:

—¡Qué va! Los cincuenta son mejores que los cuarenta, y me han dicho que los sesenta dan aun mejor resultado.

Se abrió paso hasta ella. Regina la miró, risueña:

—¡Vaya, mi mano derecha! Ven, te voy a presentar a la ministra.

Se volvió a la dama, muy morena y de sonrisa algo infantiloide, que tenía a su lado.

—Ésta es Judit. Mírala con atención, ministra, porque en el futuro tendrás noticias suyas. Es una chica muy capaz. Capaz, capaz, capaz —canturreó—. ¿No es cierto, pequeña?

Le pareció que Regina había bebido más de la cuenta. Recordó las huellas de whisky que había encontrado en el cuarto secreto. ¿Se estaría entregando a la bebida? La escritora, como si quisiera confirmar sus sospechas, pidió que alguien le trajera otra copa de champán, mientras seguía hablando con la ministra y su séquito, como si se hubiera olvidado de Judit.

La muchacha observó, con terror, que el pesado de Faustino se le acercaba, babeando. Para su suerte, una mano cargada de sortijas se aferró a su brazo y la condujo hacia un ángulo del salón.

—No pierdas el tiempo con ése, es un don nadie. El que tiene poder de verdad es su inmediato superior pero, lo que es la vida, le gustan los chicos. Al menos, eso dicen.

Al natural, Blanca le imponía mucho más respeto que por teléfono. Le pasaba un palmo y se movía como una fuerza de la naturaleza.

—Me preocupa Regina —susurró Judit—. Parece que ha bebido más de la cuenta.

—Uf, no seas tan estrecha, que sois una generación de puritanos o de perdidos. Digo yo que, entre las pastillas de éxtasis y la abstinencia total, hay un término medio. Regina y yo hemos estado celebrando y aún seguimos en ello.

—Celebrando, ¿qué? —preguntó, con desconfianza.

—¿Qué va a ser? Esto y lo otro, siempre hay motivos para festejar, ¿no te parece? Tú misma, deberías estar como unas pascuas. Nos ha gustado mucho, pero mucho, tu proyecto de novela.

—¿*Os* ha gustado? ¿Se lo has enseñado a Regina?

—No, boba. Hablo de la gente de mi despacho, no te asustes. Ha pasado por varias manos, como comprenderás, decido sola pero me dejo aconsejar por otros que entienden tanto como yo, o más.

Judit respiró con alivio.

—Ya hablaremos de eso —siguió Blanca—. Ahora no es el momento. Ésta es la fiesta de Regina. Por cierto, luego hay una cena privada, para unos veinte o así, en un reservado del hotel. Voy a hacer que te sienten al lado de Amat. Ya verás cómo te cunde.

—¿Le has hablado de lo mío?

—Ssssst. Calla, mona, que empiezan los discursos, qué pesadez. Va a hablar hasta la ministra.

Fue precisamente Amat, que era un hombre delgado y alto, bastante atractivo (Judit lo miraba con buenos ojos desde que sabía que iba a cenar sentada junto a él), quien tomó el micrófono y le dio unos golpecitos, antes de reclamar la atención de los invitados. El murmullo de conversaciones se fue extinguiendo.

—Siempre es un placer y un honor presentar un nuevo libro de la escritora más querida por nuestra editorial que es también, como todos sabéis, la más querida de este país...

Judit absorbió sus palabras. En algún rincón de su mente, cambió el nombre que el editor pronunció por el suyo. Sí, algún día sería la reina de una fiesta como aquélla.

—No sé cómo se os ha ocurrido que me presente esta pesada —masculló Regina, de modo que sólo Amat pudiera oírla.

—A estas alturas —replicó el editor, en el mismo tono y sin perder la sonrisa—, en la nómina de presentadores ya sólo te quedaba por incluir una ministra.

—No seas hipócrita y arréglatelas para que me den otra copa. Lo has hecho para quedar bien tú. Los catalanes echamos pestes de Madrid, pero cuando llega la hora de lamer culos nos encuentran con la lengua bien dispuesta.

Amat hizo una seña a un camarero y pronto Regina se encontró con champán de repuesto. Era la única forma de aguantar. Se le ocurrió que aquello no era la presentación de un libro suyo, sino algo mucho mejor: ella era un barco y le estaban dedicando la botadura. Dentro de nada zarparía y no volverían a tener noticias de Regina Dalmau. Se sintió mucho mejor. Incluso se vio capaz de prestar atención al discurso de la ministra.

—Vosotros sabéis muy bien que los políticos no siempre podemos participar en actos tan agradables como éste. Por eso me siento, además de muy agradecida a quienes me han dado la oportunidad de presentar a Regina Dalmau, muy feliz por poder expresar públicamente lo que me inspira esta mujer a quien vengo leyendo desde que estudiaba y que ha sido para mí, como para varias generaciones de españolas, un punto de referencia moral, espiritual y ético, una especie de faro, además de un orgullo para el mundo de las artes y de las letras.

Regina reprimió un hipido provocado por el gas del champán, y al hacerlo sintió unas irreprimibles ganas de eructar. Luego, luego, pensó, abriendo los labios lo justo para que se le escapara sólo un prolongado silbido. Por fortuna, la ministra no se dio cuenta. Sólo Amat le clavó levemente el codo en el costado.

—Tranquilo —susurró Regina—, que no me voy a dormir ni a desmayar del aburrimiento. Menos mal que, a mí, todo esto me da igual. Te vas a enterar, Amat.

—¿De qué? —preguntó el otro, distraídamente.

Por suerte, la ministra estaba acabando. Ahora enarbolaba el ejemplar del libro que Amat había deslizado en sus manos poco antes de que empezaran los discursos:

—Como madrina de esta presentación, os aconsejo que corráis a comprar la nueva obra de nuestra Regina. Y que la leáis, claro, aunque sé que eso no dejaréis de hacerlo...

Fue el final de su discurso pero no de su parloteo. En la cena que siguió, y que a Regina le tocó presidir con la ministra a su derecha y Amat a su izquierda, más un ramillete de invitados que incluía a los críticos literarios más influyentes de la capital, la vocecilla de la autoridad cultural se elevó por encima de las conversaciones como el croar de una rana en una charca. Taciturna, Regina se limitó a puntuar con monosílabos sus insustanciales comentarios, de los que Amat era en buena parte responsable, puesto que desde el otro lado de la mesa, no dejó de lanzarle absurdas preguntas sobre su cometido profesional.

Regina, que no tenía hambre, se dedicó a roer una tostada, pasando del *foie*.

—Encárguese de que esté siempre llena —le indicó al camarero, golpeando con el índice su copa.

El muchacho le dirigió una sonrisa de complicidad, como si comprendiera que necesitaba combustible para soportar la velada. Por el rabillo del ojo vio que Judit, sentada a la izquierda del editor, imitó su gesto cuando se le acercó el camarero. Regina y ella se miraron fijamente, hasta que la joven sonrió y volvió a concentrar su atención en Amat, contemplándolo con fervor. Venerante entra de nuevo en acción, se dijo la escritora.

Regina golpeó el cristal con el cuchillo de postre:

—Me gustaría proponer un brindis —dijo, cuando se acallaron las voces.

Clavó los ojos en Judit y, pronunciando las palabras lentamente, declaró:

—Por la joven, qué grande es ser joven, ¿verdad?, por la joven Judit, que me ha ayudado a trabajar como nadie lo había hecho hasta ahora, y que sin duda está dispuesta a ayudar a mucha más gente, porque es un verdadero ángel de la guarda convertido en secretaria. Os aseguro que mi último libro no habría salido a la calle sin su inapreciable colaboración. Blanca es testigo —al nombrarla dirigió su copa hacia la agente, y ésta elevó también la suya, con una sonrisa sardónica— de cómo se ha desvelado por mí esta sorprendente criatura. ¡Por Judit y su brillante futuro! Y, sobre todo, ¡por los pobres autores que aún no la conocen y no saben lo que se han perdido!

Todos bebieron por Judit y ésta, colorada hasta la raíz del pelo y visiblemente complacida, se sintió en la obligación de corresponder con un pequeño discurso.

—A mí también me gustaría alzar mi copa —y la alzó, aunque no se atrevió a ponerse en pie para el brindis.

—¡Que hable Judit, que hable Judit! —pidió Blanca, sin dejar de sonreír, y los otros comensales la secundaron.

Está preciosa, se dijo Regina, hay que reconocer que tuve una buena idea al comprarle ese vestido. Amat no le quitaba la vista de las tetas.

—Me da mucha vergüenza —se disculpó Judit—. No estoy acostumbrada a hablar en público.

—Mujer, no será tanto —la cortó Regina, sonriente—. Ánimo, que tú puedes.

—Mi brindis va dedicado a esta mujer —dijo la muchacha, mirándola con una expresión de arrobo idéntica a la que, minutos antes, había utilizado para escuchar a Amat—. Sin ella, hoy no estaría entre ustedes. Conocerla ha sido lo más importante que me ha ocurrido hasta ahora. Me siento orgullosa de merecer su confianza y de, bueno, de estar aquí compartiendo un momento así con personas tan maravillosas como Regina.

Cuando la cena terminó, llegó la hora de las despedidas. La ministra y su séquito fueron los primeros en marcharse. Algunos críticos pasaron al bar del hotel, para seguir bebiendo.

—Yo tengo que madrugar —dijo Blanca—. ¿Queréis que os acerque al Palace?

—Podríamos andar —propuso Amat, mirando a Judit.

—¿Por qué no lo dejáis para otro día? Así podréis caminar a solas.

En cierto momento, al final de la cena, Regina había visto que el editor anotaba un número en su agenda: el móvil de Judit, se dijo, me juego el cuello.

—Judit y yo tenemos algo pendiente. Sí, Blanca, déjanos en el hotel. Me duelen los pies, y lo que tenemos que hacer prefiero hacerlo descalza y tumbada en mi cama.

Durante el trayecto sólo hablaron Amat y Judit, que iban en los asientos de atrás, comentando la velada. Regina y Blanca se limitaban a intercambiar miradas de vez en cuando.

—Te llamo mañana —dijo la escritora, besando a su agente en la mejilla, antes de enfilar hacia el interior del Palace.

Judit y Amat la siguieron. Éste propuso tomar la última en el bar.

—No seas pesado —sonrió Regina. Y, dirigiéndose a Judit—: Como tiene a su mujer lejos, le da por la farra. Anda, guapa, acompáñame a mi habitación. Nos queda la gran escena final, ¿no te parece?

6

Regina se tendió en una de las camas gemelas, la más cercana al teléfono. Se quitó los zapatos, los arrojó al suelo y se frotó los dedos por encima de las medias.

—Debería quitármelas, me aprietan —dijo—. Al miserable que ideó los *panties* habría que colgarlo de un árbol, atado por los testículos con su propio invento.

Judit se echó a reír.

—No haces más que quejarte —observó—. Si yo hubiera tenido una fiesta como la de hoy en mi honor, la recordaría durante varios años.

—Puede que no haya sido tu fiesta —replicó Regina, forcejeando por bajarse los *panties*—, pero no me cabe duda de que la recordarás, maldita sea, están pegados a la piel por el sudor. Ya lo creo que la recordarás.

Hizo una bola con las medias, las olisqueó, murmuró «qué asco» y las tiró al suelo. A continuación, intentó bajarse la cremallera del vestido.

—¿Te ayudo? —preguntó Judit, solícita.

—¡No! Todavía puedo valerme por mí misma. No estoy inválida, ¿lo sabías? Ni muda, ni sorda, ni ciega. Vaya, se me ha enganchado con el sostén. ¡No te acerques! —Abrió los brazos y el vestido cayó a sus pies, enredado con el sujetador y las bragas.

—Qué forma de tratar un traje tan caro —comentó Judit.

—¿Ah, sí? Mira —levantó los brazos, triunfante, como una bailarina—, Venus madura surgiendo del vestido. Ja.

—Estás estupenda —Judit movió la cabeza, como si tratara de convencer a una niña—. Nadie más que tú habla de tu edad. ¿No has oído las alabanzas de la ministra? Se nota a la legua que te envidia. No necesitas meterte en política para tener más poder que ella sobre nuestros corazones.

—Qué rebuscada eres. En cuanto a la envidia… ¿Sabes a quiénes envidiamos más? —bizqueó, como si acabara de realizar un gran descubrimiento—. ¿Cómo he podido no darme cuenta? ¡Envidiamos a quienes nos ayudan! Sí, señor, así es la cosa. Te rompes el alma echando una mano a alguien, y te lo paga como Judas. Por consiguiente, deduzco, la ministra no me envidia, sino que me venera, porque nunca le he hecho ningún favor, aparte de aguantar sus necedades. Y tú no me veneras, sino que me envidias. *Voilà!*

—¿Vas a seguir soltando discursos, ahí desnuda? Y no digas cosas tan desagradables. Es evidente que estás borracha.

—Bebida, Judit, bebida. Una subordinada, que eres tú, no puede decirle a su jefa, que soy yo, que está borracha. Eso es una grosería y una insubordinación.

—¿Quieres que pida Alka-seltzer?

—Me gustaría saber qué diría la ministra, si me viera —Regina seguía perorando, sin otra cosa encima que el nomeolvides. Subrayó sus palabras agarrándose los pechos con las manos y aflautó la voz, en una imitación bastante afortunada de la aludida—. «Una vez más, nuestra sin par Regina Dalmau, completamente trompa y con las nalgas caídas, nos indica a las mujeres españolas el camino a seguiiiiir.»

—Ponte algo, por favor, que vas a pillar una pulmonía.

—¿Una pulmonía, en este lujoso ambiente dotado de calefacción central? Cómo se nota que no tienes costumbre, cielo. No se cogen enfermedades, en los hoteles de primera.

—De hoteles puede que no sepa. Pero de borracheras sí, y la tuya es de cinco estrellas. ¿O prefieres que diga que sólo estás achispada?

—Está bien, está bien. Venus madura va a darse una ducha. Y tú no te largues, que tengo que decirte un par de cosas.

—¿Más? —preguntó Judit, algo desconcertada—. Si no paras de desbarrar. La verdad es que no sé si estás bebida o de mal humor.

—Las dos cosas. Y, además, me duelen las cervicales.

—Es por la tensión. ¿Quieres que te dé un masaje?

—Gracias, pero no. Cuando precise que me desnuquen, acudiré a un profesional.

Entró desnuda en el baño, dando un portazo, pero salió segundos después, envuelta en el albornoz del hotel.

—Renuncio a la ducha. Es mejor empezar la limpieza por dentro. Por donde se pudre —dictaminó, después de tenderse de nuevo en la cama—. ¿Me pones un whisky? Sin hielo, por favor.

Judit se arrodilló ante el minibar. Vaciló.

—¿Te conviene? Has bebido demasiado.

—Y dale. ¿Te refieres a que me puede caer mal, a mi edad?

Se sentó como un rayo, apartándose la melena de los ojos de un manotazo.

—Observa mi agilidad, mis reflejos. Te sorprendería la de cosas que aún pueden hacerse a los cincuenta. El imbécil, por ejemplo, que eso es lo que he hecho contigo. Te sorprendería, sobre todo, saber cómo puede uno destrozar su propia vida cuando es joven, sin enterarse. Así que menos humos con la edad, princesa. Trae para acá.

Agarró el vaso en el que Judit había vertido un botellín de Chivas.

—Puedes servirte otro, nena. En realidad, puedes hacer lo que se te antoje. Estás aquí para eso, ¿no es cierto? No seas tan escrupulosa. Si vas a contar mi vida, puedes beberte tranquilamente mi whisky. ¿O es que tienes miedo a perder el control? Ni con toda la cosecha de Escocia dentro te desviarías un milímetro de tu objetivo. ¡Madre mía! He conocido a gente fría, calculadora y rastrera, he visto a auténticas sabandijas arrastrándose por las editoriales y los periódicos con un puñal entre los dientes, listas para clavártelo en la espalda al menor descuido. Me he cruzado con individuos que se relamían como sanguijuelas ante la perspectiva de saltarme a la carótida. Jamás, jamás creí que caería en la trampa que me tendería una mosquita muerta, y eso que es el truco más antiguo del mundo, desde que Abel convenció a su hermano de que, si le daba con una quijada de burro en la cabeza, a Caín le irían mucho mejor sus asuntos. Y ya ves, el pobre, maldito e itinerante para la eternidad. Ese mérito sí te lo reconozco. El de haber tenido los santos ovarios de embaucarme.

La muchacha empalideció. Sin decir nada, regresó al mueble bar, sacó otro botellín, lo abrió y se echó su contenido al coleto. Luego se sentó en la otra cama, de cara a Regina, con las manos sobre la falda y los ojos bajos.

—Menudo saque, hija —comentó la mujer—. Lo malo de vosotros es que lo queréis todo pero no lo saboreáis. Os lo bebéis de un trago.

—No hagas filosofía barata conmigo. —Judit la miraba, frunciendo el ceño—. Lo has leído, ¿no? Blanca te lo ha enseñado.

—Claro, tontita. Pero ¿qué creías? ¿Que mi propia agente iba a escondérmelo? «Una famosa escritora, que ha perdido la inspiración y las ganas de vivir, y que vegeta, encerrada en su confortable mansión y ajena a cuanto ocurre a su alrededor, se venga del mundo destrozando la carrera de una joven y prometedora discípula.» No recuerdo cómo sigue. «Confortable mansión», qué cursilería.

—Por Dios, Regina, no me interpretes mal. No me atrevía a mostrártelo. Tenía miedo de que te burlaras de mí, de mis deseos de escribir. Sé que no soy lo bastante buena, estoy empezando. Temo tu opinión tanto como te respeto. Además, ya lo estás viendo, me has llamado cursi, y lo soy.

Regina soltó una carcajada herrumbrosa.

—¡Deja de hacerte la modosa! Miedo, ¡tú! Si te metieran en una cesta podrías ganarte la vida matando a Cleopatra.

—¿Qué quieres decir?

—Que eres una serpiente. Y, de paso, que deberías leer a Shakespeare. Dios mío, tanta ambición y la niña ni siquiera ha leído a William, hip, Shakespeare.

Judit se levantó, presurosa:

—¿Te encuentras mal?

—¡Ni se te ocurra ponerme las manos encima! —la escritora casi gritó, apartándola—. No te importa romperme el corazón, destrozar la confianza que puse en ti. ¡Te alarma mi acidez de estómago! Eres una perfecta mema si crees que tu libro me preocupa. No me cabe duda de que lo escribirás, ése y muchos otros, y que te harás rica y famosa. ¿Es a eso a lo que aspiras? No lo lamentarás, hay un buen mercado esperando a la gente como tú, a los que vienen a tomar el relevo de quienes, aunque no valemos gran cosa, todavía os damos varias vueltas. Amat te puede asesorar y la propia Blanca se morirá por representarte. Pero serás tan desgraciada como yo. Y si no, al tiempo. Me engañaste, y eso no te lo perdono. No me dijiste que querías ser escritora. Si lo hubieras hecho, te habría ayudado, de eso no te quepa duda. No, señor, callaste como una rata y esperaste el momento oportuno para hacerte con mi pellejo y rellenarlo con tus cuatro ideítas pomposas.

—Vamos, Regina, sé sincera. —Judit se levantó y caminó arriba y abajo por el espacio que quedaba entre las dos camas—. No te quisiste enterar. Reescribí lo que estaba mal en tu libro, y te pareció de perlas. ¿No te resultó extraño? No, porque te convenía. ¿Qué pensabas? ¿Que iba a pasarme la vida llevándote el cojín para que reposaras tus lindos pies malcriados? Tú no sabes lo que es necesitar, desear, ambicionar y no poseer nada, ni siquiera la esperanza.

Regina saltó de la cama, agarrando a Judit por el borde del escote de su vestido.

—¡Déjame! Lo vas a romper —la joven la empujó—. ¡Un vestido tan caro!

—Si lo sabré yo, que lo he pagado. Cuéntame, ¿qué le cotorreaste a Blanca durante las numerosas conversaciones que sostuvisteis a mis espaldas? La pobre, la querida Regina, dirías. Me parece estar oyéndote. Se nos está volviendo lela. ¿O loca? ¿Qué elegiste? ¿Incapacitarme por estupidez o por demencia?

De repente, Judit se echó a reír.

—¡Si te vieras! Pareces una bruja. Ignoraba que podías serlo.

La joven se dirigió al minibar, lo abrió y sacó otros dos botellines.

—Toma —dijo—. Uno para ti y otro para mí. Son los últimos. Luego tendremos que empezar con el vodka.

—Me contemplabas como a una hada madrina —también Regina prescindió del vaso y bebió a morro—. Te fundías cuando me mirabas.

—Llegué a ti en busca de la maestra, de la dueña de todos los secretos. Creí que sabrías ver lo que de bueno había en mí, que me ayudarías a ser como tú. Era a lo que aspiraba. A adorarte. Me tomarías de la mano y me enseñarías qué debía hacer para triunfar en la vida —ahora hablaba como para sí misma, en voz queda—. Yo he carecido de tus oportunidades, tengo derecho a algo mejor.

—¡No dirás que te traté mal! —protestó Regina, iracunda.

—Dinero y vestidos. Como a una criada.

—Eso sí que no. Como a una secretaria. Y carita, ¿eh? Una chica por horas me habría dado mejor resultado.

—No seas injusta. Blanca sabe lo que hice por ti. Cuando nos conocimos estabas hecha un desastre. Mucha fachada, y nada más. La gran Regina Dalmau no es más que eso, apariencia. ¡Si hasta Álex, que es un crío, tiene compasión de ti!

—¡No metas a Álex en esto!

—Más bien diría que es Álex quien se ha metido aquí. —Judit hizo un gesto arrabalero que, pensó, habría avergonzado a su propia madre: se dio una palmada en la entrepierna.

—¿Quieres decir que le has seducido?

—Nos sedujimos mutuamente. Vivir contigo no ha sido una experiencia tan divertida como para hacernos prescindir del sexo.

—¡Es lo último que me faltaba por oír! Un niño, prácticamente una criatura… ¡Lo has seducido, violado!

—Los niños crecen. Yo escribo. Y tú no te enteras de nada. Vives encerrada en tu mundo de mierda, sola, completamente sola, Regina, porque no sabes mirar a los demás. Yo te he mentido a ti, pero tú mientes a todo el mundo. No eres como pareces cuando se leen tus libros.

—En eso, tengo que darte la razón. Pero es al revés. Son mis libros los que no muestran cómo soy.

Se puso en jarras.

—Por si te interesa, Judit, esa puñetera mierda de libro que piensas escribir sobre mí tampoco tiene ni así, pero que ni así —juntó índice y pulgar, señalando un mínimo espacio de aire— de lo que tú eres en realidad. Ésa es una asignatura que te queda por aprender, pero ahora no tengo ganas de enseñártela.

Bostezó.

—¿Y sabes qué te digo? —añadió—. Que esta conversación me tiene harta. Fuera, largo de aquí.

Judit se levantó y caminó hacia la puerta. Se giró, mirándola con resentimiento.

—Supongo que estoy despedida.

—Supones bien. No te preocupes, puedes quedarte con tus vestidos. Y en cuanto al trabajo, Amat te colocará de secretaria. Le gustas mucho, me he dado cuenta. Aunque eso ya lo sabes.

Judit interrumpió la tarea de cepillarse los dientes. Le había parecido oír un ruido en la puerta, como si alguien rascara en el exterior. Figuraciones mías, pensó. Tenía en la garganta el regusto amargo de la conversación y del whisky que había trasegado sin pensar, sólo para hacerse la valiente. Había llegado muy lejos para que todo se fuera al carajo en aquella habitación de hotel, en una ciudad desconocida, después de haber pasado una noche memorable que, en parte, le pertenecía. Ahora tendría que volver a arrastrarse, a pedir. A engañar. No todo había sido en vano, se dijo, contemplándose en el espejo. Ya no era la muerta de hambre que había perseguido a Regina Dalmau, sino una joven sofisticada y elegante que había entablado algunas interesantes relaciones. Se animó un poco.

Alguien llamaba a su puerta. Se acercó, con el cepillo de dientes en la mano.

—¿Quién es? —preguntó.

—¡El lobo feroz! —gritó Regina.

Judit abrió rápidamente, y la escritora se coló en su habitación, cayendo casi en sus brazos. Iba en albornoz y estaba recién duchada, con el pelo todavía húmedo.

—¿Quién voy a ser? —gruñó. Miró a su alrededor—. No me extraña que quieras suplantarme. Te han dado una habitación mucho peor que la mía.

—Habla más bajo. Estás montando un escándalo —dijo la otra.

—Cariño, los precios son lo único escandaloso de estos hoteles.

Se acercó al armario, una de cuyas puertas estaba abierta, dejando ver el vestido de fiesta que Judit había colgado con esmero. El dormitorio se encontraba en perfecto orden, el orden con que los pobres cuidan los tesoros que por fin poseen, pensó Regina. Se volvió hacia la joven. Su expresión había cambiado. Seguía pasada de alcohol pero en sus ojos había una desesperada tristeza.

—Tienes razón… en una cosa —balbució, levantó un dedo—, y eso no quiere decir que apruebe tu conducta. Sin embargo, eres joven y puedes, incluso debes cometer errores.

Se sentó en una de las camas y siguió hablando, más para sí misma que para Judit:

—Cada paso que damos desencadena acontecimientos que, a su vez, originan otros y otros, y somos responsables de lo que hacemos tanto como de lo que no nos atrevemos a hacer. Me temo que no he sido ni soy la Regina que esperabas encontrar cuando entraste en mi casa por primera vez, temblando. No eres la única defraudada por mi comportamiento. Tampoco a mí me gusta cómo soy. En eso, no podemos estar más de acuerdo.

Judit siguió callada. No quería interrumpir la ocasión mágica que se presentaba, después de tantos errores. Ante sus ojos, Regina pugnaba por salir del caparazón de su personaje.

—Es posible que, después de escucharme, continúes empeñada en vivir a tu manera, y que consideres cuanto te diga un simple arrebato de mujer madura que se empeña en imponerte los dictados de su experiencia. Me da igual. Te lo debo. Se lo debo, sobre todo, a la persona que trató de impedir que yo me convirtiera en lo que soy, en lo que tú quieres ser también. Te voy a contar una verdad, la mía, que sólo tú puedes valorar, y quizá no ahora, sino dentro de mucho tiempo, para saber si puede convertirse en la tuya y salvarte, como quizá algún día me salve a mí, aunque no estoy muy segura. Por cierto, la verdad da mucha sed. ¿No tienes nada para mí en tu minibar?

Silenciosa, Judit preparó dos whiskies en sendos vasos. Le alargó uno a Regina y, con el suyo en la mano, se sentó frente a ella, en la otra cama. En sus fantasías adolescentes había soñado con un momento así, se había visto compartiendo dormitorio con su maestra, intercambiando confidencias. Iba a cumplirse su antiguo sueño.

—Debo decirte, primero, que yo tampoco jugué limpio contigo. Has dicho antes que estoy sola porque no sé mirar. No, Judit. Estoy tan sola como tú y como cualquiera, y no me parece mal, porque la soledad es la única certeza de la vida. En cuanto a saber mirar, me he nutrido de eso, como cualquier escritor. O, mejor dicho, como un escritor cualquiera. Te contraté para adueñarme de ti. Necesitaba una fuente de inspiración que me sirviera para proseguir en mi carrera de estafas. Cada libro, una suplantación. Funcionaba y no dolía, ¿qué más podía pedir? He huido del dolor como de la peste, pero el dolor, junto con la soledad, es lo que nos enseña a crear. Iba a basarme en ti para escribir una novela sobre la juventud actual.

—Por eso escribías de mí en tus cuadernos…

Regina soltó una risa ácida.

—Veo que eso tampoco se te escapó. Sí, lo hice, pero

tiré a la papelera todo el material, como recordarás. Y te dije que una novela tiene que ser como una pasión.

—No lo entendí. Para mí, una novela es algo que se escribe sobre cosas interesantes que te suceden. Lo malo es que todo lo importante ha ocurrido siempre lejos de mí.

—Quiero hablarte de Teresa. Cuando termine, espero haberte convencido de que sólo cuenta lo que sucede dentro de uno. A mí me hicieron un regalo cuando era un poco más joven que tú y tenía tus mismas ambiciones. Entonces no supe que lo era, lo confundí con una amenaza o un ajuste de cuentas, y sólo mucho más adelante me atreví a desenvolverlo. La verdad, Judit, me dieron la verdad, que es algo que nunca hace daño, aunque te torture. No me gustaría que nos despidiéramos sin que te llevaras eso, al menos, de mí. Mucho después de que hayas olvidado de qué color era el vestido que ahora cuelga en tu armario, de nuestra pelea, del motivo por el que nos peleamos e incluso de quién fui y cuánto te defraudé, recordarás, porque así lo deseo, que esta noche empecé a verte como eres y a quererte sin engaños.

Durante largo rato, Judit escuchó. Supo quién había sido aquella Teresa que había descubierto en el cuarto secreto y el verdadero significado del cuarto mismo. Le pareció ver el piso al que llegaba el rumor del mar y a una joven Regina que se preparaba para ser adulta bajo los dictados de su maestra. Escuchó y calló, y dejó a la escritora llorar arrebatada por sus recuerdos.

—Y eso es todo —acabó—. Hace unos días comprendí, por usar tus palabras de hace un rato, que he llevado una vida de mierda.

Judit, pensativa, preguntó:

—Todo eso, ¿qué tiene que ver conmigo?

—Mucho, porque no quiero que la historia se repita.

Me siento responsable de ti. Eso que has escrito puede darte mucho éxito, pero eres demasiado buena, tienes demasiado talento como para seguir mis pasos. Sé valiente, hazme caso. No seas como yo, que he retratado muy bien el exterior, pero nunca he intentado asomarme a mis barrancos. Has intuido a tu modo la gran verdad de Regina Dalmau, y puede que, algún día, nuestra historia te dé material para una novela en la que la protagonista sea una mujer de verdad y no un estereotipo. Antes tendrás que averiguar quién eres, bucear en ti y en tus raíces, ser auténtica. No tengo nada que darte, ningún santo grial que entregarte, salvo algo que no es mío y que otra persona me dio. Te diré lo que me dijo Teresa. Sé tú misma. Trabaja y púlete como una joya, porque sólo entonces serás capaz de crear y de dar. El dinero no es importante. Lo que hay detrás de ti, incluso aquello que odias o, sobre todo, aquello que odias, es la savia de la que te alimentarás si eres una verdadera escritora.

Regina se reclinó sobre un costado, con las rodillas dobladas asomándole por la abertura del albornoz, los cabellos mojando la colcha.

—¿Me has comprendido? Me da miedo no haberme expresado bien, porque tengo la sensación de que nunca dispondré de una oportunidad como ésta. Vas a seguir adelante con tu vida y pronto no pensarás en mí más que con compasión y, si hay suerte, una leve nostalgia. La pelotera de esta noche te parecerá irreal, porque pronto tomarás las riendas y nada más importará. Pero te lo repito una vez más. Sé tú misma. No te fíes de los aduladores, ni sigas las modas. Encuentra tu fuerza dentro de ti, canaliza tu rabia, la rabia de las mujeres. Cada mujer alimenta una clase de rabia. No supe ver la tuya, y es lógico, porque ni siquiera había sabido aceptar la mía. Remueve en tu interior, en tu pasado, en aquello que constituye tu esencia. Tienes mucho talento, aunque yo no haya sabido verlo. Trabájalo. Y lee, hija, lee.

La miró, soñolienta.

—No soporto dormir sola. No, esta noche. ¿Puedo quedarme aquí?

—Necesitarás un camisón, no tengo más que el mío.

—Huy, hija, en pelotas estoy bien. Además, tengo esto —señaló el nomeolvides—. Era de Teresa.

Se dejó arropar por Judit.

—Ven aquí —pidió—. Dame un beso. Hagas lo que hagas, ten la seguridad de que no te dejaré sola.

La muchacha obedeció. Luego se metió en la cama y apagó la luz. Sabía que no podría dormir. Después de todo, era verdad. Regina había escrito un argumento para ella, y el alma de su maestra ensanchaba la suya.

EPÍLOGO

Hoy es el principio de su vida.

Perros sueltos sin collar, con un amo en alguna parte, atraviesan la plaza, jugando a perseguirse. Uno de ellos, un galgo espúreo, se despista e invade la terraza del Da Marzio, retrocede al no encontrar a ningún conocido y corre a reunirse con los suyos, sin que Regina pueda cumplir su deseo de acariciarle el hocico.

Es temprano. El sol baña los mosaicos de la fachada de la basílica y las cuatro solemnes estatuas papales que vigilan la entrada. Pronto será primavera, la luz de esta mañana de finales de febrero ya lo anuncia. En la terraza, bien arrebujada en su abrigo, Regina disfruta de la luz y del ruido, del olor a tomate y especias que empieza a expandirse desde los restaurantes que rodean la plaza y jalonan sus calles adyacentes. Pronto Roma olerá también a las hierbas salvajes que crecen entre piedras para garantizar, con su modestia indestructible, que las ruinas nunca detendrán el empuje de la vida.

No han transcurrido ni tres meses desde que Regina llegó a la ciudad. Al principio se instaló en el Raphael, el mismo hotel que frecuentó en sus breves visitas anteriores, motivadas por asuntos profesionales. Esta vez pensaba pasar una semana en la capital, como mucho diez días, para iniciar tan pronto como pudiera su proyecto de perderse en Italia, del Piamonte y la Lombardía hasta la punta de la bota, y quizá un poco más allá, a las islas. Quería viajar de Petrarca a Lampedusa, de Dante a Sciascia. Falta de entrenamiento en la práctica del vagabundeo, cayó al principio en los hábitos del turista, y recorrió el itinerario de monumentos e iglesias más frecuentado, en espera de que su hasta entonces rígida concepción del ocio, forjada durante años de disciplina, se desprendiera de su voluntad y dejara su receptividad a flor de piel. Como una turista cargada de bolsas y con los pies en ascuas, regresaba todas las noches al hotel, dispuesta a saborear un martini, escuchar al pianista y atender a los otros huéspedes que, solícitos, intentaban paliar lo que consideraban las melancólicas vacaciones de una mujer sola. Aceptaba sus invitaciones, mientras en su interior hacía sitio a la Regina en que quería convertirse y preparaba el verdadero viaje. Paseando por las abruptas vías medievales, iluminadas con candiles de aceite ante la cercana Navidad, que conducían al Tíber desde la plaza Navona, pensó que el viaje no era sólo para ella. Cómo le habría gustado a Teresa leer a sus autores preferidos en su lengua original y en los paisajes a los que pertenecían.

Cuando se extinguió el aceite de la última lámpara navideña, se propuso volar al día siguiente a Milán o, por qué no, a Trieste. O quizá debería tomar un tren y detenerse primero en Ferrara para rezar, como siempre había querido hacer, una oración sin dios a la memoria de los Finzi-Contini. Eran tantas las posibilidades que se abrían ante ella que, indecisa, sin saber qué hacer con su libertad, se quedó en Roma.

Un atardecer del nuevo año cruzó el río por un pequeño puente de piedra que ostentaba el nombre del mismo papa que mandó levantar la capilla Sixtina, y ya no volvió atrás. Caminando por el Trastevere llegó hasta una de sus muchas plazas y se metió en una iglesia, más en busca de un poco de silencio que de fe. Allí, en San Francisco a Ripa, frente a la escultura de Bernini dedicada al éxtasis de la beata Ludovica Albertoni, Regina sintió que el nudo fosilizado de la rabia que aún llevaba consigo se disolvía, dejándole las entrañas tan livianas que bien hubiera podido revolcarse sobre las losas como la propia beata, cuyo cuerpo entregado al placer de la autosatisfacción mística había sido moldeado por el artista con clara predisposición pagana.

El premio no era el viaje, se dijo entonces Regina. El premio era volver a vivir, volver a mirar. Y eso no debía hacerlo con los ojos de Teresa, sino con los suyos. Teresa la había conducido hasta allí. Era bastante.

Aquella noche de principios de enero deambuló por el Trastevere hasta dar con un hotel discreto en cuyo último piso, al que se llegaba trepando por unos empinados peldaños, le alquilaron una diminuta habitación con una terraza desde la que se veía el río, el puente y un medallón de luna. Llamó al conserje del Raphael para que le enviara sus cosas al nuevo domicilio, y desde entonces vivió en las calles, retirándose a su palomar sólo cuando, cansada de exteriores, perdido el foco como una pantalla borracha de imágenes superpuestas, se decía que tenía que reposar para continuar mañana. Las caminatas ponían a prueba su capacidad para observar y entender. Había abandonado las nociones aprendidas y no le quedaba otro remedio que señalar con el dedo y deletrear, como los niños, nombres y significados; las cosas y los seres, y también las emociones. En su nueva humildad de párvula hallaba tanto arrebato como la Ludovica de Bernini en su éxtasis. Pues dos son los momentos de máximo asombro para un escritor: aquel en que descubre el orden en que el mundo se le revela, y aquel en que recupera la facultad de nombrar que había creído perdida.

Bajar a la *piazza*. Así llamó, premonitoriamente, al impulso centrífugo que la obligaba a fugarse de las paredes para buscar en la calle la corriente de la vida. Y el inevitable desenlace fue que acabó habitando en una *piazza*, la más hermosa del, para ella, más hermoso y romano de los barrios de Roma, el Trastevere. Consiguió un apartamento en aquel *quartiere* de forma triangular abierto entre el río y los jardines del Gianicolo, donde convivían en armónica simbiosis trasteverinos puros y artistas extranjeros, artesanos y vendedores ambulantes, ladrones y patricios. Su piso estaba en la casa adyacente a la iglesia de Santa Maria in Trastevere, que pertenecía a la parroquia, y era un segundo piso dotado de cinco grandes ventanas. Las mismas que ahora veía, mientras sorbía un *cappuccino,* sentada en la terraza de Da Marzio y contemplaba el ritmo de la vida.

La oportunidad de hacerse con la hermosa vivienda llegó a su debido tiempo, cuando Regina se había convertido ya en una figura familiar que rondaba desde primera hora por el barrio, asistiendo al despliegue de las mercancías que los vendedores ambulantes extendían sobre las *bancarelle,* expositores de esplendor renacentista aplicado al arte de la supervivencia. En aquellas bancas convivían peines-linterna importados de Hong Kong, al lado de retratos del padre Pío sumido en llagas; copias de bolsos de Prada a veinte mil liras, al lado de zapatillas de seda china; postizos de nailon para el cabello, al lado de bragas tailandesas; estuches de bolsillo para herramientas junto a juegos de uñas postizas. Regina amó el Trastevere desde el primer instante, como se ama en la madurez, uniendo el deseo y la nostalgia. La conocían en cafés y mercados, aprendió los nombres de quesos y pastas; iba a la compra casi a diario por el placer de conversar con los vendedores, pero casi nunca cocinaba en su apartamento y acababa regalando las viandas a otro huésped o a la dueña del hotelito, porque tampoco quería privarse del gusto de conocer una nueva *trattoria,* o de acudir a las ya descubiertas, para recibir esa cálida acogida que los camareros reservaban a los habituales.

La oferta para vivir en la *piazza* se produjo en el interior de la basílica, porque el destino parecía citar a la atea Regina en las iglesias. Por las tardes, antes de recalar de nuevo en su café predilecto, en Da Marzio, para admirar los matices que el crepúsculo arrancaba a los mosaicos del friso, solía meterse en el templo y explorarlo palmo a palmo, como si ya adivinara la naturaleza del vínculo que pronto la uniría a aquel territorio. Una de aquellas tardes, cuando pugnaba por descifrar los detalles de un trabajo de Cavallini medio oculto por la penumbra, una voz que hablaba español con acento latinoamericano le ofreció uno de esos puntos de luz que los africanos vendían a los turistas y que ayudaban a combatir la oscuridad en el interior de los templos.

Quien hablaba era una mujer más o menos de su edad, bella y elegante. Le dijo que vivía en la casa contigua. Se llamaba Marcela y su marido, que tenía un cargo en la FAO, acababa de ser destinado a México. «Vivimos en un apartamento muy especial, y nos gustaría que la persona que nos sucediera supiera apreciarlo.» Marcela, como Teresa, pensó Regina, creía en el alma de las casas. La invitó a subir a verla. Se quedó a cenar. El marido, Hernán, tenía el aspecto que correspondía a su nombre, parecía un hidalgo español salido de un tapiz antiguo, con un toque de Verdi en la cabeza cana, de cabello y barba pulcramente esculpidos.

En cuanto puso los pies en la casa, Regina se prometió que sería suya, y el matrimonio estuvo de acuerdo. La española se asomó a cada una de las cinco ventanas que ahora veía desde el café, y pensó que sería magnífico dormir allí, con los postigos abiertos, dejando entrar la luz, las voces, los colores, los aromas. Permitiéndose bajar a la *piazza*, incluso en sueños.

El apartamento consistía en un espacio rectangular limpio y preciso, dividido longitudinalmente en dos. A la derecha, desde la entrada, se encontraban las habitaciones, cada una con su ventanal. A la izquierda, el pasillo, con techo abovedado. La cocina se hallaba al fondo del corredor, y a la izquierda de éste, como catacumbas situadas tres escalones más abajo, estaban los dos baños. Al examinar el dormitorio, que era la pieza más alejada del vestíbulo, Regina miró atrás y vio que las puertas que comunicaban cada habitación formaban una perfecta alineación de vacíos que le permitían contemplar el salón desde la cama, y que entre éste y el dormitorio no había obstáculo alguno para el ensanchamiento de la mirada. Más tarde, cenando, Hernán observó:

—Te habrás dado cuenta de que no tenemos puertas. Las guardamos en el desván, te las pueden volver a poner cuando quieras. Mi mujer sufrió prisión durante la dictadura. Tiene claustrofobia.

—Me parece perfecto tal como está —convino Regina, y cambiaron de tema.

—El sacristán te cobrará el alquiler cada mes. Es muy simpático. Si quieres, hasta puede subirte el periódico por las mañanas.

Antes de partir a México, Marcela y Hernán dieron una fiesta para presentar a Regina a sus amigos del barrio, que se mostraron encantados de tener a una escritora española entre ellos.

—*É una grande scritrice spagnola, molto riconosciuta* —insistía Marcela, con énfasis, para su vergüenza. Bajando la voz, dirigiéndose a ella, añadía—: Los romanos se mueren por estas cosas, verás con qué deferencia te tratan en todas partes.

Y así había ocurrido.

Mario, el camarero que suele atenderla en Da Marzio, le pregunta si desea que le traiga su segundo *cappuccino*. Es un joven simpático, que ama su oficio y conoce las costumbres de Regina.

Esa mañana, la mujer se ha detenido en el estanco de via della Paglia que hace esquina con la plaza y ha comprado un bloc grande y un bolígrafo. La vendedora ha dejado de ofrecerle postales y recortables con los monumentos romanos; ahora la trata como a una vecina. Han comentado que parece primavera, y la dependienta le ha dicho que no hay sitio mejor en el mundo para vivir esa estación que el Trastevere. Mientras aguarda que Mario le sirva el café, Regina mordisquea el extremo del bolígrafo. Quiere contestar la última carta de Judit y darle las gracias por el ramo de flores que ella y Álex le han hecho llegar por la mañana, con una tarjeta de Interflora en la que una letra anónima ha escrito: «Feliz cumpleaños, feliz siempre. Tus becarios, Judit y Álex.»

Recuerda, con orgullo, el párrafo más conmovedor de la carta de la muchacha: «Quién me hubiera dicho que, gracias a ti, acabaría hablando con mi madre como nunca lo había hecho antes.» Con gesto decidido, Regina se dispone a empezar la carta, pero en ese momento llega Mario y coloca en la mesa la taza humeante.

—*Ecco il cappuccino.*

Se queda quieto unos instantes y pregunta, señalando el bloc:

—La *signora*, ¿está escribiendo una novela? —Como la mayoría del vecindario, Mario conoce la profesión de la española.

—Todavía no, Mario. Todavía no.

Aunque algo se mueve. Arranca una hoja del bloc y escribe: «Mientras vivimos.» No está mal, como título. Quién sabe.

Son cincuenta años. Y hoy es el principio de su vida.

NOVELAS GALARDONADAS
CON EL PREMIO PLANETA
—